唐代小说中的岭南书写研究

相明霏　著

北京燕山出版社

图书在版编目（ＣＩＰ）数据

唐代小说中的岭南书写研究 / 相明霏著 . — 北京：
北京燕山出版社，2024.2
ISBN 978-7-5402-7110-7

Ⅰ . ①唐… Ⅱ . ①相… Ⅲ . ①古典小说 – 关系 – 地方
文化 – 研究 – 广东 – 唐代 Ⅳ . ① I207.41 ② G127.65

中国国家版本馆 CIP 数据核字 (2023) 第 203404 号

唐代小说中的岭南书写研究

作　　者：相明霏

责任编辑：王月佳

版式设计：张　悦

出版发行：北京燕山出版社有限公司

社　　址：北京市西城区椿树街道琉璃厂西街 20 号

电　　话：010-65240430（总编室）

印　　刷：廊坊市新景彩印制版有限公司

开　　本：710mm×1000mm 1/16

字　　数：206 千字

印　　张：16

版　　次：2024 年 2 月第 1 版

印　　次：2024 年 2 月第 1 次印刷

定　　价：78.00 元

序

唐代岭南图景再现
与岭南印象之变

————

　　"岭南"一词在《汉语大词典》中的解释为"五岭以南的地区，即广东、广西一带"[①]。自秦帝国建立，岭南地区正式进入中原版图，使得中原文化得以在岭南地区传播。汉唐以来，岭南地区逐步从原始社会走向文明世界，尤其是自魏晋时期经济中心南移以来，中原与岭南的交融互动机会更多，岭南地区逐渐进入其他地区特别是中原王朝的视野之中。唐代时期，全国领土被分为十道，其中岭南道的疆域按《新唐书·地理志》记载当为"岭南道，盖古扬州之南境，汉南海、郁林、苍梧、珠崖、儋耳、交趾、合浦、九真、日南等郡。韶、广、康、端、封、梧、藤、罗、雷、崖以东为星纪分，桂、柳、郁林、富、昭、蒙、龚、绣、容、白、罗而西及安南为鹑尾分。为州七十有三，都护府一，县三百一十四"[②]，大致包括今两广、南海及越南部分地区。这片极南之地有着自己的独特性：地理位置闭塞，北有南岭山脉阻隔，

————

① 汉语大词典编辑委员会.汉语大词典：第三卷[M].上海：汉语大词典出版社，1989：872.
② 欧阳修、宋祁撰.新唐书：卷四十三[M].北京：中华书局，1975：1095.

西以云贵高原为障，与中原地区的隔绝使得此地经济文化水平低下，岭南一直被中原人视为一块蛮荒之地。随着时代变迁，岭南虽然得到了一定的发展，但是从初唐至中唐，岭南地区在唐代人眼里仍常是"恶地"，他们常用文学艺术的形式展现岭南的恶与奇。特别是初盛唐时期，一大批因宫廷政治斗争而远贬岭南的中原文人在抵达岭南后都不约而同地竭力嘶喊出每一个赴岭南文人的心声。如初唐宋之问在《桂州三月三日》一诗中感叹道："代业京华里，远投魑魅乡。"以"魑魅乡"代指岭南，反映其对岭南地区不寒而栗的恐怖印象。开元初年张说被贬岭南后亦发出感慨："老亲依北海，贼子弃南荒。有泪皆成血，无声不断肠。"[①] "血泪""断肠"等词语反映了张说对此地的观感。直到晚唐，岭南地区政治经济的不断发展促使文学文化得到相应的转变，诗文中所表现的"岭南印象"开始积极起来，反映了中晚唐文人对岭南地区的印象的积极转向。在这个过程中，唐人的诗文创作较好地展现了岭南历史发展的点滴细节，无论是落后还是进步，怪异还是优雅，凄冷还是繁华，都能从诗文的描绘中得以窥见，岭南这片宝地与唐代诗文这颗明珠相得益彰、互为表里，共同为我们展现了波澜不惊、变化多端、悲喜交加的岭南发展图景。遗憾的是，近代以来，虽已经有不少学者关注唐代诗歌中的岭南书写，但关注唐代小说中的岭南书写则有所欠缺，而小说的创作模式决定了其书写内容要比诗歌丰富得多，因此从中更能发现唐代岭南的地域特色。本书即想填补对岭南地区研究的不足，以唐代小说的岭南书写为考察对象，发掘更为广阔、深刻的岭南图景。

纵观中国古代文学史，文言小说的岭南书写可追溯到汉代。岭南地区的神秘性恰好能够满足汉代以来求异风气的流行，越来越多的文人士子开始关注、记录、书写这片土地，如汉代杨孚的《异物志》、陆贾的《南

---

① 彭定求 . 全唐诗 [M]. 北京：中华书局，2008：437.

越行纪》等著作,记录和描绘了岭南地区诸多物产风俗,开了岭南文学的先河。而魏晋南北朝时期的长期战乱,中原地区由稳定走向丧乱,由富庶趋于贫苦,政治环境和生活环境的改变促使更多的中原人南迁,其中就有一部分人进入岭南,这不仅给岭南带来了较为先进的生产力,也给岭南文学注入了新的活力。出现了如晋代嵇含《南方草木状》这样的著作,较为详细地介绍了岭南地区的植物,内容丰富完备,至今仍是人们研究岭南花草药材的参考资料之一。又如晋代刘欣期的《交州记》,其中记载了不少岭南地区的传说故事,为后世岭南文学书写提供范式,也成为后人了解岭南的重要资料。魏晋时期的这些笔记小说中的岭南书写,上承秦汉岭南书写,又增强了文本表现力;下启隋唐岭南书写,为唐代小说岭南书写的逐渐繁荣做足了准备。到了唐代,紧随着魏晋时期志人志怪小说的脚步,文言小说走向成熟,小说中的岭南书写较前期有了很大的进步。这首先表现为书写岭南的作家群体的扩大。汉魏以来,已存在诸多书写岭南的笔记小说,除上述几部外,还有裴渊的《广州记》、朱应的《扶南异物志》、袁宏的《罗浮山记》等,但一方面由于时代久远,散轶严重;另一方面时人对岭南地区的关注度的确也没有唐时那样多。依据《太平广记》《全唐五代笔记》等资料粗略统计,唐代涉及岭南地区书写的小说集主要有《酉阳杂俎》《朝野佥载》《桂林风土记》等23种笔记类小说,此外还有如房千里的《杨娼传》、李象先的《卢逍遥传》、孟弘微的《柳及传》等传奇小说,亦有如《补江总白猿传》这样以岭南为背景的小说,可见越来越多的人由于各种原因开始关注岭南。其次,唐代小说岭南书写题材更为丰富。与魏晋时期相同的是,文人们常着眼于岭南地区物产书写,在这23种小说集中,涉及物产书写的约230则,占总篇数约61%,所记载物产较魏晋时期多得多。此外,唐代小说还突破了魏晋时期物产人事的书写,开始更多地关注岭南地区的气候、风俗等方面,且描写更为真实详尽。最后,唐代小说岭南书写内容更加曲折。唐代传奇的产生，也为小说中的岭南书写提供了一条新路子，唐代文人们在进行小说创作时不再局限于平铺直叙，产生了像《杨娟传》那样极富故事性的传奇小说，文中虽以杨娟与岭南帅为主要赞颂对象，但岭南帅之妻的刻画也十分到位，展现了一个喜妒蛮悍的岭南女性形象。还有如裴铏《传奇》中创作的《崔炜》《陈鸾凤》等5篇以岭南人为对象的传奇，故事情节丰满曲折，这是在汉魏小说中难以见到的。总之，唐代小说中岭南书写对前朝既有继承亦有发展，其内容多集中在奇异的物产与神异的人事上，通过对这些物产和事件的渲染，更能达到"作意好奇"的效果。岭南地区与中原地区迥异的风土人情、气候物产给小说家们以新的书写内容和视角，在某种程度上促进了唐代小说的不断发展；同时，唐代小说中的岭南书写又很好地勾勒了唐代岭南地区的发展图景，从中反映出了唐人的岭南印象及这种印象的变化。

有唐以降，随着大一统环境的形成，中原与岭南地区的接触更为密切，岭南地区得到了一定程度的发展。但岭南远离中原的地理位置没有改变，岭南地区较为落后野蛮的地域环境也没有得到很好的改善，故人们对岭南的印象似乎没有马上好转，时人对远赴岭南这件事常感到无限的悲凉。初唐时期，对于一大批因宫廷政治斗争而远贬岭南的中原人来说，岭南的确是一个令人不寒而栗的恐怖之地。开元初年张说被贬岭南后发出了"老亲依北海，贱子弃南荒。有泪皆成血，无声不断肠"的感慨，竭力嘶喊出了每一个赴岭南文人的心声。唐代小说中岭南书写所表现的岭南印象与诗歌有近似之处，但也有区别。因遥遥陌生而带来的神奇感在小说中表现得远比诗歌中突出，而诗歌中最爱渲染的作为伤心之地的岭南在小说中则非常罕见。综合而言，唐代小说中岭南书写所反映的岭南图景及岭南印象之变主要有以下几个方面：

一是魑魅之乡与恐怖印象。宋之问在《桂州三月三日》一诗中感叹道：

"代业京华里，远投魑魅乡。"① 除去诗歌中政治失意、远离家乡的悲情，"魑魅乡"三个字足以让人体会宋之问对岭南印象之差，但我们却难以在这首诗中窥见岭南的真实图景，到底是什么让岭南给人们留下"魑魅乡"这样的恐怖印象？唐代小说则可以弥补这种不足：房千里《投荒杂录》中对岭南常年湿热气候的书写、刘恂《岭表录异》对岭南"瘴气"的记录，都真实地再现了让中原人难以忍受的岭南恶劣气候；张鹭《朝野佥载》中对岭南制毒、食人风俗的记载及对岭南妒妇的刻画，又尽显岭南地区之"蛮"，让人心生畏惧。由此看来，恶劣的生活环境，"蛮人"的无序统治，使得中原人面对岭南选择避而远之，小说中的这些基于一定事实的夸张描写，体现了唐人对岭南害怕且厌恶的态度，在他们的印象里，岭南就是一个名副其实的"魑魅乡"。

二是陌生地带与神秘印象。胡应麟在《少室山房笔丛》中提出："凡变异之谈，盛于六朝，然多是传录舛讹，未必尽幻设语，至唐人乃作意好奇，假小说以寄笔端。"② 小说发展到唐代，文人们在进行创作时，更注意运用必要的夸张、想象使得故事更为曲折离奇，更具可读性。在这样的风气下，越是地处边缘，越会因为自身具有的神秘性吸引大批文人把目光投向岭南，他们笔下的岭南神秘而又陌生。在风土人情方面，《朝野佥载》对吃活鼠"蜜唧"风俗的记录，段公路《北户录》对岭南地区"鸡卵卜"活动的记载，已经较少表现出令人"恐怖""害怕"的情感，更多的是给人留下神秘之感。在物产书写方面也反映了岭南地区的神秘。如《岭表录异》对岭南铜鼓的生动描写，与中原乐器不一样的铜鼓，自身的特色已经吸引了好礼乐的中原人的注意力，又结合当地奇闻异事，更让铜鼓大放异

① 彭定求.全唐诗[M].北京：中华书局，2008：290.
② 胡应麟.少室山房笔丛[M].上海：上海书店出版社，2009：371.

彩，也增添了岭南地区的神秘性；又如孟琯的《岭南异物志》中对人形菌类、长脚能行的芥菜等物产的书写，都反映出了岭南给唐人留下的神奇印象。从这些风俗和异物中，已经不见作者对南方地区的厌恶之情，偏于纪实的笔触让人感觉到，面对岭南地区，他们就如孩童一般想要记录下这神奇的桩桩件件，虽然还保留着对南方的恐惧，但厌恶之心逐渐已被好奇心所取代了，而这种印象的变化在诗歌中几乎不可见。

三是向往的奇异之处。中原地区的动荡，改变了时人对岭南的印象。此时，地处边缘给岭南带去的不再是劣势，正因它的边缘，才让其远离中原战乱，越来越多的人向往并适应了岭南的生活，这也促进了中原文化与岭南文化的融合，文人士子更多的不是纠结于岭南的可怖，而是开始被岭南的奇特山水、物产与人事吸引，并开始接受和欣赏岭南的独特魅力。然而，尽管存在如"胡尘不到处，即是小长安"[1]这样赞美岭南的诗句，但岭南具有什么样的独特魅力，还必须通过小说中的书写才能发现。岭南人莫休符的《桂林风土记》集中地表现了岭南地区的宜人山水，共计48篇的书写中，对桂林地区地理山川的书写就占了32篇之多，较为全面地展现了唐代桂林的独特图景。此外，岭南地区丰富奇特的物产也依旧是唐人喜欢书写的内容，甚至是时人最为关注的一个方面。纵观唐人小说的岭南物产书写，除了一些令人毛骨悚然的毒虫鸟兽外，更多的是记载了一些吸引人的物产：如能言的鹦鹉、猩猩和山魈，还有如房千里《南方异物志》中的可以软化石头的"自然灰"，《南方异物志》《纪闻》《岭表录异》等小说多次书写的罗州孔雀，等等。面对这些独特的南方物种，他们既真实记录，又发挥想象，在一定程度上增强了人们想要了解岭南的意识。除此之外，小说中记载的一些奇事奇景也反映出了岭南给唐人留下的奇异印象：如《朝

---

① 彭定求.全唐诗[M].北京：中华书局，2008：1319.

野金载》和《岭南异物志》中记载的养鸭淘金之事，《广异记》中记载的雷州地区雷公与鲸鱼打斗之事，《岭南异物志》记载的朱崖蜈蚣为远山、海中螃蟹为洲渚的故事。由此看来，岭南地区既有宜人的山水景物，又有奇异的物产人事，但是因为地处边缘，所以很多人是靠耳听口传才能一知半解，这就使得越来越多的中原人对岭南有所向往。

这些书写为我们描绘了唐代岭南的风情画卷，展现了唐代岭南的发展图景，同时从不同时期的书写中也能看出唐人对岭南印象之变化。尽管没有十分明确的界限，但还是可以窥见时人对岭南的印象随着唐代社会的更迭而发生改变，大致以安史之乱为界，分为前后两期，前期的印象以消极为主，而后期的则偏积极。总体来看，唐人的岭南印象深受传统观念影响。由于中原地区对岭南的开发晚而缓，地处边缘的岭南自身落后，在地理气候、风俗习惯等方面与中原地区差距巨大，鲜有涉足的中原人提到岭南总是带着歧视地发挥负面的想象，先秦时期就已存在如"雕题黑齿，得人肉以祀，以其骨为醢些"[1] 等对地处边缘的岭南的恐怖描写。而自秦以来，岭南地区又长期作为发配犯人的要地，因此岭南常留给人们以负面印象。而影响唐人岭南印象及其变化的因素是多元的，主要有以下几个方面。一方面与唐代社会环境有关。在唐代，尤其是中唐以前，流贬官制度完善，流放制更是仅次于死刑的重刑。根据《唐律疏议》的记载，唐代依所犯罪行的类型与轻重不同，可判2000里、2500里及3000里的流刑。而仅依据《新唐书》中所载，有唐一代，由于各种原因被流放的官员约178例，若加上平民流放者和连坐流放者，流人的数量则数不胜数。在这178例流放官员中，被流岭南者就有126例，占了流官的70%。从以上数据可以看出，在唐代，远离中央、气候恶劣的岭南是朝廷安放罪官与罪民的首选之地，来到岭南

---

[1] 洪兴祖.楚辞补注[M].北京：中华书局，1983：199.

的文人士子，怀着绝望与无奈的心情，无法接受岭南地区的新环境，又加上岭南本身的荒蛮湿热，更让他们忍无可忍。尤其在初盛唐时期，士子们正处于一个开明向上的时代，他们正想有一番作为的时候，流贬岭南对他们来说是致命的打击，因此此期小说中岭南书写所表现出来的岭南印象多偏排斥厌恶。但是，安史之乱却改变了唐人的这种印象。安禄山"渔阳鼙鼓动地来"①，中原地区失去了原有的安宁，就连玄宗也不得不"千乘万骑西南行"②。安史之乱摧毁了盛唐时期的经济，改变了盛唐文人的精神，还加剧了经济重心南移的进程。根据左鹏先生的《唐代岭南流动文人的数量分析》③一文可以看出，在中唐以后，尤其从建中年间开始，岭南地区流动士人和文人的数量都达到了唐时的巅峰。这些南迁的文人士子，为南方带去了许多劳动力和新技术，南方社会得以发展，而又因为许多人举家迁徙，南方地区就成了他们永久的家。因此，原先负面的印象，开始向积极面转变。这种对岭南地区由厌恶转向接受的意识变化，一直延续到晚唐。如在中晚唐时的《杜阳杂编》记载了岭南地区得道高人罗浮先生，因为技艺高超被召入宫廷为皇帝寻求长生之道的故事，由此可见，就连中原的朝堂都开始接受岭南文化，更何况民间呢。

另一方面也与唐代文人的猎奇心理有关。依前文所提，有不少文人士子乐此不疲地在小说中对岭南的神奇物产、异事等进行书写，这主要是与安史之乱之后文人的心态变化有关。中唐以来，随着唐王朝逐渐衰落，许多文人士子的心态也发生了变化，文坛上"尚奇""尚实"的主流风格的推动，加之小说本身具有的曲折离奇的特点，就使得越来越多的人开始有意识地创作既荒诞不经，又强调真实的小说。而岭南这片本就神秘的地区，

---

① 白居易撰，顾学颉校点.白居易集 [M].北京：中华书局，1979：238.
② 同上。
③ 左鹏.唐代岭南流动文人的数量分析 [J].中国历史地理论丛，2011（26）：93-101.

也被越来越多的人关注。可以看出，此期小说中的岭南书写多反映出文人们对南方的好奇意识，他们开始更多地去了解南方风物，对岭南地区的厌恶印象也逐渐改变。值得一提的是，佛道思想的进一步传播也是这种猎奇心理产生的因素之一。唐代以来，开放的文化环境使得佛道思想得以被广泛传播与接受，加之李唐王室将李耳尊奉为自己的祖先，道教思想更是有了极大的发展空间。

除了上述诸多影响小说中岭南书写所表现出的岭南印象不同的原因之外，我们还必须看到小说创作者本身的经历。那些岭南本土的作家，他们能够用带着乡土情结的客观笔触来记录岭南；而那些被贬岭南或由于各种原因进入岭南的作家，他们笔下的岭南书写则要复杂得多。首先，外籍人士笔下的岭南书写复杂多变。在众多的唐代小说作者中，大部分都不是岭南本土文人，他们进入岭南原因的复杂性也影响了他们在小说中所表现的岭南印象的多变性，上述的任何一条原因都可能影响这些作者的思考。他们在书写岭南之时，多少会带着中原文化的影子，骄傲地俯视着这块看似与他们格格不入的土地，当感受到这里与中原地区差距巨大之时，他们总会想办法把自己撇得干干净净。此外，在小说中他们也会直接表现出对岭南的厌恶之情，如在《大唐传载》中记载："韦崖州执谊，自幼不喜闻岭南州县……乃崖州图也，竟以贬终。"[①] 而当他们逐渐熟悉这里的生活后，会以一种好奇而非尊敬的心态去探索岭南。此外，随着中原文化的不断传入，以及这些岭外人士对岭南地区的不断探索，也总有一些岭南独特风景物产能够成功地被他们"施舍"一些赞美。如晚唐时曾出任广州司马后又居于海南的刘恂，他的《岭表录异》有载："陇州山中多紫石英，其色淡紫，

---

① 丁如明，李宗为，李学颖.唐五代笔记小说大观[M].上海：上海古籍出版社，2000：819.

其质莹彻，随其大小，皆五棱，两头如箭镞，煮水饮之，暖而无毒。比北中白石英，其力倍矣。"① 文中甚至拿岭南的石英与中原石英做了比较，更突出了岭南物产的实用性。可以看出，对于张鷟、韦执谊这样被流贬岭南的人来说，他们不会对岭南产生太好印象，因此在张鷟笔下，多是记录岭南不同于中原的可怕的风俗物产；而韦执谊则被当作主人公写入了小说之中以表现这类文人对岭南的厌恶之情。而中唐以后，主动入幕岭南的人开始增多，如段公路和刘恂那样积极主动地进入岭南的人，则会更自觉地去关注岭南，记录岭南。其次，本土作家笔下的岭南书写真实美丽。不幸的是，这类作家简直是凤毛麟角，唐代以前较为有名并有作品传世的岭南作家只有杨孚、黄恭等几位。到了唐代，由于唐王朝的偏见，导致岭南地区很难出现文人士子。根据《唐摭言·卷一》中记载，"金汝、盐丰、福建、黔府、桂府、岭南、安南、邕、容等道，所送进士不得过七人，明经不得过十人"。② 与其他地区相比，岭南地区可送举人为最少，这确实多少限制了岭南本土的文化发展。而留下有关岭南的小说作品，又为岭南本土作家的是莫休符，他的《桂林风土记》极具代表性。在这部作品中，作者将笔墨着重放在了风景的记录上，那是带着欣赏的眼光去描写他的家乡，书写了"越亭""訾家洲"等美景，且引用时人赞美的诗歌，进一步表达他对这些景物的尊敬与喜爱。即使是写鬼神怪异之事，也没有了晚唐以前那种令人害怕的场景，而是表现出对鬼神的尊敬。如《徐氏还魂》中，"泣告曰：'无端泄阴间事，获罪蒙遣追。此去难再还，好看儿女。'"③ 在许多中原地区的唐传奇中，书写阴间事时，往往嘱托不能泄密，而莫休符对徐氏故事的描写，也能看出他对中原文化的接受。此外，在《桂林风土记》中还记

---

① 莫休符撰，陶敏主编.全唐五代笔记[M].西安：三秦出版社，2012：2602.
② 莫休符撰，陶敏主编.全唐五代笔记[M].西安：三秦出版社，2012：2602.
③ 莫休符撰，陶敏主编.全唐五代笔记[M].西安：三秦出版社，2012：2568.

载了如"会仙里""欧阳都护冢"等鬼神之事，这也真实地反映了岭南人民的鬼神观念。多亏了晚唐时如段公路那样积极"入岭者"的关注，以及如莫休符这样本土文人的创作，才让岭南文学得到更进一步的发展。

　　唐代的小说与唐代诗歌一样，都在这个格外繁盛的时代大放异彩。从岭南书写的角度看，唐代小说中的岭南书写更能帮助我们进一步了解唐代的岭南，了解唐人心目中的岭南，了解漫长的岭南发展史中的关键一环。总的来看，安史之乱之后中原人的大量南迁，扭转了人们原先对于岭南的消极印象，唐代文化的包容性及岭南本土文人的作品，使得岭南地区变得不再那么令人恐惧。对于一般唐人来说，岭南是遥远而陌生的，但也是令人心向往之的神奇之地，这正是唐代小说中岭南书写为我们了解当时人的岭南印象所做出的独特贡献，对此予以必要的重视与探讨无疑是很有意义的。

目录

绪论

————

第一节
论题的提出及研究意义

秦以降，岭南正式划入中原版图，中原文化得以在岭南地区传播，秦以后经过长时间的社会变迁，岭南地区与中原地区的交往愈加密切。到了唐代，张九龄主持大庚岭的开凿，使得南北交通往来更加频繁，进一步加强了岭南与中原的联系；唐代科举制度的普及，加之张九龄、韩愈等文人的努力，使儒家文化得以在岭南地区广泛传播，促进了岭南与中原文化的交融。但文人士子们对待岭南的态度却很矛盾，他们有的发出"老亲依北海，贱子弃南荒。有泪皆成血，无声不断肠"①的悲吟，有的写下"江作青

————

① 彭定求.全唐诗：卷八十七 [M].北京：中华书局，1960：951.

罗带，山如碧玉簪"①的赞美。前者之悲是基于唐代以岭南作为流放犯人首选之地的流贬官制度，后者之赞是由于与中原迥异的奇特山水。但诗歌中的这类书写，因为体制之限，总是难以使人从中看到唐代岭南的具体面貌和丰富文化，这种情况在唐代小说中有很大改观。纵观现存唐代小说集对岭南的书写，就有近400篇之多，此外还存在如《杨娟传》《卢逍遥传》等对岭南奇人异事进行书写的单篇传奇，增长的篇幅、曲折的叙述都弥补了诗歌中的不足。唐代的小说从物产、人事、气候、风俗等各方面入手，全面具体地描绘了唐代岭南的文化特点，如果说诗歌中的岭南书写拨动了我们的心弦，让我们经历了一场心灵之旅，那么小说中的岭南书写则为我们描绘了岭南图景，给予了我们一次视听盛宴。因此对唐代小说中的岭南书写进行研究就十分必要，它不仅可以与诗歌互补，为我们展现更具体的唐代岭南，还为我们深入了解唐人的岭南印象提供了新的角度，通过整理此类小说中对岭南地区风俗人情、气候地理及奇人异事等方面的书写，可以在一定程度上还原一个更为完整神秘的唐代岭南，从而为岭南地区的文化研究增添新的内容。

综上，本书拟结合岭南本土文化，将唐代小说中涉及岭南书写的内容作为主要研究对象，一方面结合相关史料，努力描绘唐代岭南地区人文风情、地理气候之画卷；另一方面探求唐人在面对岭南时所反映出的思想态度，以及在不同时期这种态度的变化，并结合有唐一代的社会环境、思想文化及小说作者本身的经历，寻求产生这种变化的原因，从而观照此类小说的文化内涵，丰富唐人小说与唐代岭南文化的研究。

---

① 彭定求.全唐诗：卷三百四十四 [M].北京：中华书局，1960：3864.

第二节
唐代文学与岭南关系的研究现状

岭南地区在中国古代长期处于交通闭塞艰险、经济文化落后的环境之中，一直属于文化的边缘弱势地带，古时常为人所忽略。近代以来，随着边疆问题、民族问题日益受到重视，以及文学地理学的兴起，这一地区也受到越来越多的关注，不少学者将文学与岭南地区的地域特色、文化传统等结合起来进行探讨，至今已经取得了较为显著的成果。

首先是有关岭南文献整理研究。岭南自秦代被纳入中原版图后，一直深受中原文化影响，因而岭南文化早已成为中国古代文化不可分割的一部分。但由于各朝各代的偏见，以及岭南偏僻的地理位置，岭南文学的发展一直较为缓慢，首次将岭南地区文学系统归类整理，基本可以追溯到清代。在诗歌方面，清初梁善长编的《广东诗粹》、黄登的《岭南五朝诗选》，嘉庆间温汝能辑的《粤东诗海》、民国初何藻翔编的《岭南诗存》等都为岭南地区粤东文学的发展做出了极大的贡献。而汪森的《粤西诗载》、张鹏展的《峤西诗钞》、梁章钜的《三管英灵集》等，又为粤西地区诗歌的保存做出了贡献。在文章方面，清代汪森的《粤西文载》则汇集了历代书写岭南或岭南作家的文赋创作，是最早最全的岭南文章总集。近现代以来，文学研究进入了一个新时期，20世纪80年代陈永正先生的《岭南历代诗选》①取得了相当的成就，这本著作选取了由汉至近代的岭南诗歌创作，参考文献权威，诗歌选择精准，不仅为后来学者进一步研究中国文学与岭南文化奠定了基础，也吸引后世学者关注岭南诗歌的文献整理工作。而中山

---

① 陈永正.岭南历代诗选 [M].广州：广东人民出版社，2012.

大学中国古文献研究所编的《全粤诗》^① 于2008年出版至今，已可见20多册，这部巨著将广东古代诗歌搜集整理的工作完成得极其出色，对保存岭南诗歌起到了极大的作用。而广东人民出版社在1990年至1998年期间，整理出版了《岭南文库》系列丛书，保存了40种与广东有关的历史文史资料。其中仇江的《岭南历代文选》选取了从汉代至近代与岭南相关的散文、小说140多篇，涉及人物106人，十分宏大。而罗志欢的《岭南历史文献》涵盖了岭南地方史料、岭南人物与著述、岭南出版物三部分的内容，全面、系统地叙述了岭南文献源流、岭南文献刻印、岭南文献聚散、岭南文献整理、岭南文献传播，为岭南文献留传情况及现有情况做出了系统的归纳整理。文献是文学研究的前提，经过这些前代学者的努力，古代文人书写岭南的篇章及岭南全域的诗文得到了全面搜罗和保存，为后世岭南诗文的研究打下了坚实的文献基础。

其次是岭南文化与文学风格的研究。文学创作总是会受到地域文化的影响，正如同刘师培所说："大抵北方之地，土厚水深，民生其间，多尚实际。南方之地，水势浩洋，民生其际，多尚虚无。民崇实际，故所著之文，不外记事、析理二端。民尚虚无，故所作之文，或为言志、抒情之体。"^② 因此将诗文与地方文化结合起来研究，是一条很好的途径。如严明的《岭南诗风与岭南艺术》^③ 就认为，岭南诗歌的风格受到岭南地区词曲、民歌、地方戏等一系列岭南艺术文化的影响。而覃召文的《岭南诗论的地方特色》^④ 更是从岭南地域文化出发，研究其对岭南诗歌理论的影响，作者认为岭南的诗歌理论极富地方特色，即南楚百越文化，产生了自然为本、情道合一及乐歌

---

① 中山大学中国古文献研究所 . 全粤诗 [M]. 广州：岭南美术出版社，2010.
② 刘师培 . 刘师培全集 [M]. 北京：中共中央党校出版社，1997：557.
③ 严明 . 岭南诗风与岭南艺术 [J]. 暨南学报（哲学社会科学版），1992（1）：100–106.
④ 覃召文 . 岭南诗论的地方特色 [J]. 华南师范大学学报（社会科学版），1992（4）：58–65.

为先的诗歌理论特色。而1999年户崎哲彦、赵克、张民的《唐代诗人所发现的山水之美与岭南地区——中国岭南地区文学研究的倡言》①，主要从主客体的共同特征出发，讨论了唐人诗歌中岭南书写的内容特点。文章指出，北方人的新奇性与岭南地区的独特景观和空间构造，使得岭南给北方人留下了恶而奇的印象，但从文章的引文中也可发现，这种具体印象的描绘多在散文而非诗歌中表现，且散文的描绘又是不全面的。马树良的《历代广西风土诗研究》②，从不同朝代和不同身份的文人所创作的书写广西风土的诗歌入手，力求展现历代广西风土诗的整体风貌及其意义。作者认为，广西风土诗内容丰富，语言自然，又具有反映广西风物民俗的现实意义。钟乃元的《唐宋粤西地域文化与诗歌研究》③，从广西的生态环境对诗人的创作心态影响、广西文化环境与诗歌创作的关系、唐宋时期广西交通与诗歌的关系等方面入手，较为完整地填补了粤西地域文学研究的空白，一方面增进了唐宋诗歌的研究，另一方面也展现了唐宋时期广西地区的地域环境和思想文化。这些研究不仅将眼光放置于诗歌本身，而且以诗歌为文本，努力发掘诗歌创作背后的地域特色，为后来的岭南文学研究开拓了新路子，也为岭南文学与文化的融合铺平了道路。

此外，除了文学与岭南文化相结合的研究外，还有很多学者专注于岭南文化的研究，这些研究都为我们深入了解古代岭南做出了贡献，也为上述研究学者的研究提供了文化基础，如方志钦、蒋祖缘的《广东通史》，李锦全、吴熙钊的《岭南思想史》，钟文典的《广西通史》，司徒尚纪的《广东文化地理》，等等，由于书中主要论述岭南文化发展，很少涉及文学研究，

---

① 户崎哲彦、赵克、张民.唐代诗人所发现的山水之美与岭南地区——中国岭南地区文学研究的倡言 [A]. 见：东方丛刊 [C]. 桂林：广西师范大学出版社，1999（4）：204–223.
② 马树良.历代广西风土诗研究 [D]. 南宁：广西大学，2008.
③ 钟乃元.唐宋粤西地域文化与诗歌研究 [D]. 桂林：广西师范大学，2010.

故在此不赘述。不过，岭南文化的研究又能为岭南文学研究提供更深层次的意义，不应忽视。

再次是有关岭南与古代士人的研究。由于古代岭南偏僻的地理位置和中原朝廷的不平衡政策，导致汉唐间岭南地区本土士人的数量极少，宋代以后开始逐渐增多，明清时期才出现空前繁荣的景象。但长期以来，岭南地区属于统治者眼中一个极佳的贬谪之地，因此流寓岭南的外地士人很多，他们的入岭给岭南地区带去了先进的中原文化，在一定程度上也影响了岭南本土士人的创作。这类研究又可以分为两类，一是岭南本土士人与创作研究：如梁超然的《唐末五代广西籍诗人考论》①，文章主要关注晚唐五代时期除曹邺、曹唐外在《全唐诗》中留有作品的翁宏、王元、陆蟾、赵观文、林楚才等广西诗人，认为这几位诗人同样对广西文化的发展起到了重要作用。杨骥的《清代广西诗歌研究》②则按地域选取了桂北诗人七人、桂东诗人六人、桂中诗人四人及桂南诗人四人，对他们的创作进行了研究，较为直观地展现了清代广西诗坛的整体情况。而赵杏根的《清代广西诗人诗歌朱琦创作评述》③则对桂林人朱琦诗歌的思想内容及艺术特色做了较为详细的评述，认为他学习了杜甫、韩愈、苏轼等大文学家，其诗在清代诗歌史上也当有一席之地，但作者却忽略了地域文化对其创作的影响。刘文宙的《晚唐陈陶诗歌论稿》④将岭南诗人陈陶的生平、诗歌创作内容及特色做了较为详细的研究，但同样也忽略了岭南地域对其诗歌风格的影响。这种不足在专著中得到了改进，王德明的《清代粤西文学家族研究》⑤独具慧眼地将目光从广西文学家移至广西文学家族之上，认为清代广西的文学家族数量

① 梁超然.唐末五代广西籍诗人考论 [J].广西社会科学，1986（3）：218-229.
② 杨骥.清代广西诗歌研究 [D].广州：暨南大学，2011.
③ 赵杏根.清代广西诗人诗歌朱琦创作评述 [J].社会科学家，1986（1）：66-73.
④ 刘文宙.晚唐陈陶诗歌论稿 [D].吉林大学，2014.
⑤ 王德明.清代粤西文学家族研究 [M].桂林：广西师范大学出版社，2013.

多，成因复杂，表现也不同，正因为他们，才使得清代广西文学呈现出百花齐放的景象。胡大雷的《粤西士人研究》①、《粤西士人与文化研究》②两部著作，将广西地区的生态环境、人文地理等因素与广西士人的精神风貌、文学创作结合起来，将中国古代产生于广西地区的一大批士人的事迹、心理及文化精神等方面展现出来，一方面让我们认识到广大广西地区士人的思想内涵，另一方面也展现了广西地区的政治文化。刘海波的《唐代岭南进士与文学》③则是从岭南本土士子和外来士人两方面出发，研究唐代文学与岭南的关系。这些士子一方面受到岭南地区特点的影响而形成自己的风格，另一方面也丰富了岭南文学。二是岭南外来士人创作研究：陈永正的《韩愈诗对岭南诗派的影响》④，认为岭南诗歌中的"雄直"诗风来源于韩愈而高于韩愈，这是较早地关注到唐代诗人与岭南诗歌的研究；除了韩愈以外，对于唐代个别诗人和岭南地区的研究还有如马茂军的《张九龄具有岭南特色的诗歌创作》⑤、丁佐湘的《李商隐桂幕时期的诗歌创作》⑥、区克莎的《柳宗元柳州时期的诗歌探析》⑦等。唐代入岭的士人，他们常常有着一样的身份，即政治活动中的失败者，因此他们笔下的岭南是一块伤心地。岭南作为唐时流贬官的首选之地，在这里产生了许多与岭南文化有关又极富感情的贬谪诗歌，这类诗歌的创作特色也成了学者们的主要研究对象。如钟乃元的《论初唐流贬岭南诗人的生命体验及其诗歌创作》⑧认为，大喜大

① 胡大雷．粤西士人研究 [M]．桂林：广西师范大学出版社，2015．
② 胡大雷．粤西士人与文化研究 [M]．桂林：广西师范大学出版社，2014．
③ 刘海波．唐代岭南进士与文学 [D]．桂林：广西师范大学，2007．
④ 陈永正．韩愈诗对岭南诗派的影响 [J]．中山大学学报（社会科学版），1993（2）：107-111．
⑤ 马茂军．张九龄具有岭南特色的诗歌创作 [J]．嘉应学院学报（哲学社会科学），2005，23（5）：46-50．
⑥ 丁佐湘．李商隐桂幕时期的诗歌创作 [J]．桂林师范高等专科学校学报，2013，27（4）：74-77．
⑦ 区克莎．柳宗元柳州时期的诗歌探析 [J]．广西社会科学，2002（6）：124-127．
⑧ 钟乃元．论初唐流贬岭南诗人的生命体验及其诗歌创作 [J]．广西师范大学学报，2012，48（3）：77-82．

悲的人生经历，加上岭南炎荒之地的风土人情，对他们的诗歌创作产生了极大的影响，且一直影响到后来岭南诗歌风格。此外还有钟良的《杜审言、沈佺期和宋之问岭南贬谪诗述论》①、史文丽的《中唐岭南谪宦及其文学研究》②等，集中分析了唐代一些著名的被贬岭南的诗人创作，在研究中他们注意将岭南地区特色与诗人创作结合，毕竟，岭南环境的恶劣加剧了他们的痛苦之情。至于唐代岭南的样貌如何，以及其地域特色如何影响文人创作等问题也有学者关注。台湾的陈雅欣在其硕论《唐诗中的岭南书写研究》③中，具体分析了从初唐至晚唐，不同经历的诗人对岭南的不同情感的书写，并得出不同时期唐诗岭南书写所表现的唐人南方意识是有所变化的。又如丘悦的《唐代八大诗人的岭南书写》④，选择了唐代宋之问、沈佺期、张九龄、杜审言、韩愈、柳宗元、刘禹锡及李商隐等八位经历同中有异的诗人的岭南诗歌进行研究，认为他们对岭南的书写有着相似之处，都对自然景观和民俗有所书写，但表达出的情感却不尽相同。此外还有陈灿彬的《岭南植物的文学书写》⑤，主要选取了荔枝、榕树、木棉、朱槿等植物书写作为研究对象，并深入挖掘诗人的情感。罗媛元的《唐人在岭南诗歌意象中的书写》⑥，选取了唐诗中常见的岭南意象进行研究，进而分析这些意象的写实性特质，并分析诗歌艺术特色。而刘健的《初盛唐文学中的岭南想象》⑦中，从诗歌、小说和史传等多种材料出发，研究了初盛唐时期在各种文体中唐人对岭南风俗、物产等方面的书写，较为完整地研究了唐代文学

---

① 钟良.杜审言、沈佺期和宋之问岭南贬谪诗述论 [D].广州：华南师范大学，2004.
② 史文丽.中唐岭南谪宦及其文学研究 [D].石家庄：河北师范大学，2013.
③ 陈雅欣.唐诗中的岭南书写研究 [D].台北：台湾成功大学，2008.
④ 丘悦.唐代八大诗人的岭南书写 [D].广州：广东外语外贸大学，2015.
⑤ 陈灿彬.岭南植物的文学书写 [D].南京：南京师范大学，2017.
⑥ 罗媛元.唐人在岭南诗歌意象中的书写 [J].广州大学学报（社会科学版），2008，7（10）：19–23.
⑦ 刘健.初盛唐文学中的岭南想象 [D].石家庄：河北师范大学，2013.

与岭南地域的关系。但是由于该文涉及文体太广，所以内容不够细致，且题目为"初盛唐文学中的岭南想象"，在写作过程中，对于小说中岭南书写的想象选取的却是《桂林风土记》《北户录》及《岭表录异》等晚唐小说，有"文不对题"之嫌疑。

最后是唐代小说与岭南的研究。相比起岭南与古代诗歌的研究，古代小说研究鲜有人涉足。就笔者目之所及，以古代小说与岭南地区为主要内容的研究有以下几个方面：一是岭南小说的搜集整理工作。此项工作主要兴起于清代后期，如清代的《香艳丛书》① 收录了屈大均的《书叶氏女事》、周有良的《珠海梅柳记》等。而20世纪初开始，对岭南小说的整理工作更上一层楼。王钟翰的《四库禁毁书丛刊补编》② 中收录了包括《广东新语》在内的清代岭南小说，而宁稼雨的《中国文言小说总目提要》③，朱一玄、宁稼雨的《中国古代小说总目提要》④，广东人民出版社的《历代岭南笔记八种》⑤ 等，均收录并考证了许多岭南小说。此外，也有部分学者对单部小说进行考证研究，如户崎哲彦的《莫休符〈桂林风土记〉佚文考》⑥ 及莫道才的《〈桂林风土记〉佚文献疑》⑦ 等，为《桂林风土记》的文献整理工作做出了必要的贡献。学者们的努力使得越来越多的岭南古代小说出现在人们面前。而董灵超的《唐宋五部涉桂笔记研究》⑧，则对唐宋以来包括《桂林风土记》《北户录》《岭表录异》《岭外代答》及《桂海虞衡志》在内的五部涉及书写桂林的笔记小说做了深入的研究，对这些小说的版本源流、

① 虫天子. 香艳丛书 [M]. 北京：人民文学出版社，1994.
② 王钟翰. 四库禁毁书丛刊补编 [M]. 北京：北京出版社，2004.
③ 宁稼雨. 中国文言小说总目提要 [M]. 济南：齐鲁书社，1996.
④ 朱一玄，宁稼雨. 中国古代小说总目提要 [M]. 北京：人民文学出版社，2005.
⑤ 鲁迅、杨伟群点校. 历代岭南笔记八种 [M]. 广州：广东人民出版社，2011.
⑥ 户崎哲彦. 莫休符《桂林风土记》佚文考 [J]. 古籍研究，2001，（1）：37-48.
⑦ 莫道才.《桂林风土记》佚文献疑 [J]. 广西地方志，2007（5）：53-54.
⑧ 董灵超. 唐宋五部涉桂笔记研究 [D]. 桂林：广西师范大学，2011.

书写内容及其价值都做了详细的论述。关于这项研究，许多研究岭南地区小说的学者在他们的论著中已经多次提到，在此不赘述。二是岭南小说史的研究。20世纪初始，岭南小说史的研究多是中国古代小说史研究的附属品，如吴志达的《中国文言小说史》①、张俊的《清代小说史》②、占骁勇的《清代志怪传奇小说集研究》③等，虽然都涉及岭南小说的研究，但始终不是重点。而谭威红的《清代岭南文言小说研究》④、邓大情的《古代小说中的广州》⑤和梁冬丽的《明清小说的西南时空书写》⑥等，则将研究重点只放于岭南地区，谭文主要选取了《广东新语》《霭楼逸志》《五山志林》《羊城古钞》等作品，对他们的内容与特色进行分析；邓文主要分析了汉至明清，小说中对广州的描写，认为古代小说对广州的书写经历了从丛残小语式的笔记体到生动详尽的传奇的过程；梁文根据《通俗小说总目提要》与《中国古代小说百科全书》统计出明清时期书写西南的小说80多部，认为这些小说可以作为研究西南边地历史地理、山川文化等有益的补充，其中就有岭南地区的小说。耿淑艳的《岭南古代小说史》⑦则有了很大的突破，此书按时间顺序，把汉至清的书写岭南或在岭南地区创作的小说作为主要研究对象，梳理了岭南小说发展的历史，对岭南小说的研究做出了极大的贡献。上述小说研究主要集中在粤东地区，而粤西地区的小说研究数量则更少一些，殷祝胜的《唐代文士与粤西》⑧中，在第三章第三节中提到的"唐人小说对于粤西社会的叙写"，将唐代小说与粤西地区的社会情况结合起

---

① 吴志达. 中国文言小说史 [M]. 济南：齐鲁书社，1994.
② 张俊. 清代小说史 [M]. 杭州：浙江古籍出版社，1997.
③ 占骁勇. 清代志怪传奇小说集研究 [M]. 武汉：华中科技大学出版社，2003.
④ 谭威红. 清代岭南文言小说研究 [D]. 广州：暨南大学，2018.
⑤ 邓大情. 古代小说中的广州 [J]. 绵阳师范学院学报，2011，30（10）：87-90，100.
⑥ 梁冬丽. 明清小说的西南时空书写 [J]. 广西社会科学，2016（4）：171-176.
⑦ 耿淑艳. 岭南古代小说史 [M]. 北京：社会科学文献出版社，2015.
⑧ 殷祝胜. 唐代文士与粤西 [M]. 桂林：广西师范大学出版社，2015.

来，要比叶书和耿书所涉及的唐代粤西小说的数量多得多，对丰富粤西地区风俗文化、完善粤西地区小说研究都有积极的意义。杨东甫、杨骥的《笔记野史中的广西》①一书，从粤西的风俗民情、物产气候、旅桂名人、笔记野史文献四个部分出发，将汉至清的书写粤西的笔记小说按其书写内容分类，展现了中国古代的粤西地区，对粤西历史文化的发展起到了重要作用，也对粤西历代的笔记小说整理工作做出了贡献。但此书的关注点只在笔记类，唐代的传奇、明清的通俗演义等小说均被忽略，且没有注意到那些产生于粤西地区，深受地方文化影响的小说，因此还有不够完善之处。可以看到，诗文与岭南地区文化关系的研究，从最基本的文献整理工作，到岭南地域特色对文人创作的影响等问题，迄今已经做了不少工作，但是，对于唐代的另一朵奇葩——唐代小说与岭南地区的关系，目前的研究仍是不够的。

综上所述，唐代文学与岭南地区关系的研究主要集中在诗文与岭南地区文化的研究上，而有关唐代小说与岭南文化的研究很少。偶有涉及唐代小说与岭南关系的，多只是在论述整个唐代文学或古代文化时偶尔涉及，没有集中于唐代小说的细致具体的研究。这就导致以往这类研究往往笼统片面，无法注意到有唐一代小说作者在不同时期、不同社会环境下对岭南书写的不同，也没有注意到他们对岭南不同地区书写的具体情况及其原因，而这些都将是本论文所关注的重点。

---

① 杨东甫，杨骥.笔记野史中的广西 [M].桂林：广西师范大学出版社，2012.

第三节
相关概念界定

在开始论文的撰写之前，需要将本论文所涉及的文体概念和地域概念做出界定。首先是有关唐代小说概念的界定。中国小说的发展，经历了一个漫长又复杂的过程，随着小说逐渐成熟，"小说"一词的概念慢慢逼近今天我们所说的"小说"。但汉唐间的小说，正处于发展阶段，其内涵不断扩大，士人们也没有给小说以明确的界定，加上唐代重史的观念，许多传奇笔记的书写也偏于纪实，这使得小说概念及其文体特点至今仍无定论。"小说"之名首次出现于《庄子·外物篇》中，此"小说"为"琐屑、浅薄之论"之意，其意虽与今天我们所说的"小说"相去甚远，但开天辟地提出这一概念，被《汉书·艺文志》《隋书·经籍志》《旧唐书·经籍志》等目录学著作沿用。由于目录学著作所收小说作品的杂乱性质，导致了不少欲从目录学著作入手来厘清古人的"小说"观念的学者均"无功而返"。有学者提出"古典目录学始终没有赋予'小说'以任何正面的具有质的规定性的定义"，"'小说家'类更是专收'无类可归'之作的'垃圾桶'"。①在明确传统目录学著作无法提供确凿的唐代小说概念后，有的学者开始尝试自己对"唐代小说"下定义，如李时人先生在其撰写的《全唐五代小说》中，引用何满子先生来信以说明该书的入选标准，认为唐代小说应具有完整故事，应有超越故事的寓意，应有细致的人物事件描写，应辞藻华丽，应有完整的艺术逻辑等诸多条件，这样的"创意"确实比较好地界定了"唐

---

① 邵毅平.论古典目录学的"小说"概念的非文体性质：兼论古今两种"小说"概念的本质区别[J].复旦学报（社会科学版），2008（3）：10-19.

代优秀小说",但也把很多唐代小说排除在外。另有学者开始从小说的文体特征入手来定其概念,如高小康先生认为,探究古义小说的概念,"不在于'是'什么,而在于'不是'什么——它的文体形式不是经史,不是诗赋,不是章表铭诔,总之不是有规则的文体;它所要表达的内容既非经国大业、不朽盛事,也非圣哲道理、学子文章,总之不是具有重大意义的内容"①。这一看法,确实给界定"小说"概念提出了一条新路子,但这样的界定可能会造成"小说"范畴的无限扩大。李剑国先生则为"古代小说"的界定问题做了文体上的限定。他在《早期小说观与小说概念的科学界定》一文中提出了小说的文体要素,"小说的文体可以确定为叙事性、虚构性、形象性,而于古小说而言,鉴于在小说研究中一直存在的关于小说概念及小说界划的理论混乱,更须强调它的体制,规定出古小说文体的体制特征。这样,可以确定出四个划分原则,即叙事原则、虚构原则、形象原则和体制原则"②。李先生提出一系列原则后,还强调说,对不同时代的小说应对以上原则加以综合把握,对于文体还不完善的小说则应放宽尺度。但李先生此言是针对自战国至六朝的早期小说观,而在小说发展达到兴盛的唐代,新出现了"传奇"一类,与六朝延续下来的志人、志怪和笔记是否都属于小说呢?关于这一点,周勋初先生早在《唐人笔记小说考索》一书中有所论述:"不管作品的性质属于志人、志怪抑或属于学术随笔性质的著作,在古人看来,中间还是有其相通的地方,因此这些著作都可在'小说'名下统一起来。"③那么唐代传奇呢?周先生说"从源流上看,篇幅短的传奇

---

① 高小康.重新认识中国传统"小说"概念的演变[J].南京师范大学学报,2005(2):130.
② 李剑国.早期小说观与小说概念的科学界定[J].武汉大学学报,2001,54(5):602-603.
③ 周勋初.唐人笔记小说考索[M].南京:江苏古籍出版社,1996:19.

即是笔记小说，篇幅长而带有故事性的笔记小说也就是传奇"①，因此在先生看来，传奇、笔记、志人、志怪都可以"小说"之名冠之。

本书所谓"唐代小说"，主要以周勋初先生观点为基础，加之李剑国先生对文体的限定：研究对象包括唐代的志人、志怪、笔记和传奇等或具叙事性，或具虚构性，或具形象性的单篇或丛集之作，是较为宽泛的小说概念。

其次是关于岭南的界定。随着朝代的更迭，自秦岭南进入中原版图始，岭南地区的范围及名称也在不断变化。为了便于讨论与科学地统计，本论文所提岭南，取唐代岭南道之义，主要参照《新唐书·地理志》中的记载，"岭南道，盖古扬州之南境，汉南海、郁林、苍梧、珠崖、儋耳、交趾、合浦、九真、日南等郡。韶、广、康、端、封、梧、藤、罗、雷、崖以东为星纪分，桂、柳、郁林、富、昭、蒙、龚、绣、容、白、罗而西及安南为鹑尾分。为州七十有三，都护府一，县三百一十四"②，大致包括今两广、南海及越南部分地区。

第四节
研究内容与研究方法

一、研究内容

由于地理位置偏远，气候环境恶劣，经济文化水平落后，岭南地区在古代常被视为蛮荒之地，文学的不毛之地。当代的地域文学研究兴起后，

---

① 周勋初. 唐人笔记小说考索 [M]. 南京：江苏古籍出版社，1996：20.
② 欧阳修、宋祁撰. 新唐书：卷四十三 [M]. 北京：中华书局，1975：1095.

有不少目光敏锐的学者开始研究岭南地区与文学之间的关系，并取得了一定的成就。但这些成就基本集中于诗文方面，关于小说与岭南的关系却未引起学者的足够关注。

中国古代小说在唐代有长足的进步，岭南书写是唐代小说中引人注目的内容。唐代诗文中虽然已经出现了大量书写岭南地区的篇章，但由于诗文多侧重抒情议论，篇幅多较为短小，不像小说那样注重叙事，体制比较宏大，故与唐代小说中的岭南书写相比，其丰富多彩的程度实有所不及；而从文学的立场看，唐代小说对岭南的书写也有自己独特的方式和手段，对后世岭南小说的发展和兴盛具有较大的推动作用，因此对唐代小说中的岭南书写进行研究是很有必要的。本文即以此为研究对象，共包括六个部分。

绪论部分对该选题的相关研究现状进行整理分析，从而阐述本课题提出的创新性和可行性，同时对"唐代小说"及"岭南"做概念上的界定。

第一章对唐前小说中的岭南书写做一个回顾。主要从秦至魏晋时期中原朝廷对岭南地区的统治政策入手，首先考察小说中岭南书写产生的大背景；接着探讨在这样的背景下所产生的岭南书写的主要内容，包括对民风民俗的书写及物产书写；最后分析汉魏时期小说中岭南书写的特点，即虚实结合手法的运用、书写地域的集中及注重艺术的传统，为与后文唐代小说中岭南书写的特点比较而做准备。

第二、三章主要论述唐代小说岭南书写的内容。依据《太平广记》《全唐五代笔记》《唐五代笔记小说大观》《中国文言小说总目提要》及《全唐五代小说》等资料统计，现存涉及岭南书写的小说集约二十四种，共有近四百篇书写，题材相对集中。第二章讨论唐代小说中的岭南地理环境书写，包括对岭南地区自然气候、地理景观和丰富物产三个方面的书写。自然气候的书写较为真实地反映了岭南地区自然环境的恶劣，并且折射出唐人对岭南地区的恐怖印象，但随着岭南以外的小说家逐渐习惯岭南地区生活后，他们又开始关注岭南地区独特美丽的地理景观，与岭南本土小说家一起，书写出了不少岭南之景。此外，与汉魏小说家一样，唐代小说家十分喜欢关注岭南地区物产，在书写岭南物产时形成了海洋意识、务实意识，并通过对物产的关注满足了他们的猎奇心理。独特的自然地理条件，促使岭南地区形成了与中原不一样的风俗民情，第三章即是在第二章的基础上，进一步分析唐代小说对岭南地区社会情况的书写，主要包括生产活动、人文风情及巫术宗教等方面的书写内容。从小说对岭南生产活动的书写中可以看到唐代岭南地区经济的前进，农业、手工业和商业都得到了发展，正是因为这样，岭南地区人民的生活方式才有了新的变化。小说中人文风情的书写恰恰反映出了这种变化，与汉魏时期小说的民风民俗书写比起来，唐代小说对这个岭南民俗书写有了新内容，反映出了唐代岭南地区人民物质生活富足，精神生活兴起，也写出了不同阶层人民的事迹和生活。但总的来看，岭南以外小说家依然着重关注岭南社会"奇"的一面，求奇而失真，在一定程度上也反映了外地人对岭南地区的鄙视态度。此外，封闭的岭南自古以来就形成了自己独特的宗教崇拜，而随着唐代佛道思想的广为传播，岭南地区的独有宗教文化开始与佛道思想融合，一方面保留了占卜、制蛊等巫术，另一方面也在佛道思想推动下形成了更具体系的雷神崇拜、水神崇拜和鬼神崇拜等宗教信仰，这在小说中也有所表现。

　　第四章主要论述唐人小说中岭南书写的特点。由于唐代小说岭南书写主要是由岭南以外的小说家完成的，因此固有的创作模式不会因内容的变化而变化，这就使得唐代小说中的岭南书写与其他地区书写在艺术和审美特征上没有太大的不同。不过，随着唐代小说观念的变化，与汉魏时期小说创作比起来，唐人会更大胆虚构，更努力求奇；而在叙事模式上，唐人在写岭南时常使用第三人称叙事模式，这反映了他们对岭南地区的鄙夷之态，这种态度在中晚唐得到了一定的转变，开始有小说家喜欢使用第一人称的叙事模式了。在书写空间范围上也有新特点，一方面，集中于五管治所，主要是因为那里经济发达，社会稳定；另一方面，唐代岭南地区交通的发展，使得书写范围不断扩大，主要交通要道上的城市都成为书写对象。总之，从这些书写方式中，可以窥见唐人对岭南态度的变化及岭南地区交通的大致情况。

第五章主要对唐代小说所涉及的主要岭南风物进行考证和补充。尽管唐代小说对岭南地区的书写丰富且全面，几乎为我们展现了唐代岭南的地理全貌和社会风情，但小说的创作毕竟含有"道听途说"的虚构夸张成分。若想弄清真实的岭南图景，还须借助正史、地方志等材料，多重材料结合才能还原真实的唐代岭南风情画卷。本章将选取粤东、粤西乃至整个岭南地区的一些重要地理景观和人文信仰进行进一步的考察，纠偏小说里的虚构成分，还原更切合实际的唐代岭南，以古观今，以此对今天的岭南文化保存和传播、岭南景观保护和开发进行反思总结。

结语部分在总结全文的基础上，提出两点思考：一是唐代小说中的岭南书写，在整个岭南文学发展史上处于转折处，起到了推动器的作用，为宋代以后岭南小说的发展打下了坚实的基础；二是中国古代岭南地区文学始终处于落后、被动的局面，但因具有包容性，自秦汉以来也一直在不断进步中，唐代小说中的岭南书写得益于这种包容性，也表现了这种包容性。

二、研究方法

"唐代小说中的岭南书写"是一个较为综合的课题，在研究过程中要运用到文学、文学地理学、文化人类学等诸多学科的知识。岭南作为唐代小说创作的空间，它既是一个承载着实体物质的地理空间，亦是一个有着自己风俗人情的文化空间，在考察唐代小说对其书写时，既要考虑到在这个时空中的历时性特征，也要考虑其共时性特征。本论文主要采取的研究方法如下：

1.统计法：为更直观地展现观点，按照汉魏六朝及唐代小说中岭南书写的内容和区域内具体地点的不同，将相关小说作品分类并做成表格。

2.比较法：比较唐代不同时期、不同经历文人在创作小说时的不同侧重，及其反映的唐人岭南印象的变化。此外，将汉魏六朝小说中的岭南诗学与唐代岭南书写对比，突出唐代小说岭南书写的进步之处，又将其与唐后小说中的岭南书写进行对比，确定唐代小说岭南书写在中国古代岭南书写史上的地位。

3.文史互证法：不局限于唐人小说文本，更结合史书、地方志等史料，相互参证，以便更加深入地剖析小说作品中的岭南书写的内涵，考究唐代小说与岭南文化的关系。

4.图示法：根据唐代小说中岭南书写所涉及的具体地域和内容，绘制出唐代小说岭南书写的文学地图。

第一章

唐前岭南区域特点
与唐前小说中的岭南书写

————

自古以来，处于我国西南边陲的岭南虽物产丰富，但多毒虫猛兽；虽山川秀美，但也山穷水恶。岭南的地理位置相对闭塞，北有南岭山脉阻隔，西以云贵高原为障，因此长期以来，岭南被中原人视为一块蛮荒之地，中原的经济文化水平一直都远远走在岭南地区之前。自秦起，岭南地区进入中原版图，此后各朝政府采取了不同的政策态度来统治岭南，在他们的统治下，岭南与中原的交往愈加频繁，中原文化得以在岭南地区传播，从而为先唐小说中岭南书写的兴起提供了必要的文化土壤。而有关先唐各朝对待岭南的统治态度，此种态度给岭南地区带去的影响，及其在唐前小说中的反映均是本章要探讨的问题。

本章将分三节进行讨论，第一节从唐前中原王朝对岭南地区的态度入手，分析唐前岭南在政治和思想上的区域特色，以究唐前小说岭南书写的大背景。第二节关注汉代以来主要小说中的岭南书写内容，及其反映出的当时人的岭南印象。第三节主要分析唐前小说中岭南书写的特点。

第一节
唐前岭南区域的特点

根据史料记载，岭南与中原的交往可以追溯到三皇五帝之时。《墨子·节用》中载："尧治天下，南抚交阯，北降幽都。"[1] "交阯"即泛指南方大片地区。又《史记·五帝本纪》中分别载在舜、禹统治期间，中原与岭南地区的交往活动：舜"践帝位三十九年，南巡狩，崩于苍梧之野"[2]，禹"定九州，各以其职来贡，不失厥宜。方五千里，至于荒服。南抚交阯、北发，……四海之内咸戴帝舜之功"[3]。或许早在尧舜禹时期，岭南区域就已为中原地区所控。然而这些记载仍须进一步考证，一方面，三皇五帝的记载较为虚无，产生于秦汉时期的交阯、苍梧等地名在此所指也并不明确；另一方面，《史记》中所提"九州"中，唯处于西南的梁州、荆州和扬州可能与岭南地区有部分联系，清顾祖禹认为广州府属《禹贡》扬州南境，春秋时为扬越之地"[4]。但顾颉刚先生早就提出，《禹贡》中的九州制只是基于实现大一统意志上的想象罢了[5]。不过从这些记载中我们至少可以肯定，在史前岭南地区就已经进入了中原人的视线中，而考古的发现，更有助于确定岭南与中原的联系。在岭南地区可以发现早至商代的遗物或受商代影响的遗物[6]。到了周朝，两地的交往似乎更为密切，在李锦全等人编著的《岭南思想史》中也提到："广东信宜出土的铜盉，和中原所见西周中晚期

---

[1] 孙诒让撰，孙启治点校. 墨子间诂 [M]. 北京：中华书局，2017：162.
[2] 司马迁. 史记 [M]. 北京：中华书局，1963：44.
[3] 司马迁. 史记 [M]. 北京：中华书局，1963：43.
[4] 顾祖禹撰，贺次君、施和金点校. 读史方舆纪要 [M]. 北京：中华书局，2005：4593.
[5] 顾颉刚. 秦汉统一的由来和战国人对世界的想象 [A]. 见：顾颉刚. 古史辨（第二册）[M]. 上海：上海古籍出版社，1981：1-4.
[6] 倬云. 江心现月明 [M]. 台北：三民书局，2004：53.

的形制相通，曲江马坝马鞍山出土的铜铙，与江西出土的西周铜铙几乎一样。"① 春秋战国以来，南方的楚国地大物博，"赫赫楚国，而君临之，抚有蛮夷，奄奄南海"②。此时楚国的政治势力已经影响到了岭南地区。据《舆地广记·卷三十五》"广南西路上"条记载："下都督府桂州古百越之地，战国属楚。"③ 似乎桂州已经处于楚国的管辖范围内。又据《读史方舆纪要》载："相传南海人高固为楚威王相，时有五羊萃谷于庭，遂增南武城，周十里，号'五羊城'。"④ 岭南人高固得以为楚相，加之广州的出现，都显示出了楚国与岭南地区的政治文化交流之密切。岭南地区与中原的早期联系，一方面为两地文化交流打开了大门，使得越来越多的中原人开始了解岭南这块偏僻荒凉之地；另一方面为后来始皇将岭南正式划入中原版图奠定了基础。

一、不断开发与远而弃之——唐前中原王朝对岭南的态度

公元前214年，经历了多年征战的秦王朝，终于将岭南地区正式划入中原版图，并于岭南设置象郡、南海郡及桂林郡以进行管理，此三郡基本包括今两广大部分地区。但由于岭南地处偏远，地理位置易守难攻，当时自北向南入岭必经大庾岭、骑田岭、都庞岭、萌渚岭、越城岭等五岭，这不仅使得秦王花费了大量的人力和时间才得以统治岭南，也使得后来赵佗得以立国为王。汉武帝平定南越吕嘉之乱后，将秦设三郡分为南海、苍梧、郁林、合浦、交趾、九真、日南等七郡，元封时"又遣军自合浦徐闻入南海至大洲，方千里略得之"⑤，而新置儋耳、朱崖二郡，统辖于交趾刺史部，

① 李锦全，吴熙钊，冯达文.岭南思想史[M].广州：广东人民出版社，1993：31.
② 杨伯峻.春秋左传注[M].北京：中华书局，1990：1002.
③ 欧阳忞.舆地广记（台湾商务印书馆影印清文渊阁四库全书本）[M].台北：台湾商务印书馆，第471册，1983：502.
④ 顾祖禹撰，贺次君、施和金点校.读史方舆纪要[M].北京：中华书局，2005：4595.
⑤ 马端临.文献通考[M].北京：中华书局，1989：2539.

至此，岭南地区又重归中原地区管理，且政治势力范围不断扩大，将今越南地区也收入囊中，并首次对海南岛地区进行直接统治。但岭南地区的动乱仍得不到平息，这一方面是由于长期以来岭南相对封闭的环境，使其形成了自己独特的文化，当中原人欲以其先进文化控制它时，两者之间就会遇到沟通问题，"交土荒裔，斗绝一方，或重译而言，连带山海"①，荒远的土地上，不通的语言极有可能激起民族融合过程中的矛盾冲突；另一方面岭南地区的土著民族大约是"历史上与古越族有关，大概是属于江南地区百越的一支"②，"其性强梁"③，又缺乏先进的思想文化对其进行教育，因此随着中原文化的不断渗透，这样凶暴强横的民族常采取武力的手段来解决逐渐积累起来的矛盾。同时，也与中原人的贪婪有一定关系。尤以儋耳、朱崖二郡为甚。武帝末年，此地就因为不堪中原的劳役而起兵攻打郡府，后又因"中国贪其珍赂，渐相侵侮，故率数岁一反"④。这种情况的持续，导致大量中原士兵战死，又致该地民不聊生，此后，中原地区对待岭南这二郡的态度则十分多变。如汉元帝时期，贾捐之就以岭南"雾露气湿，多毒草虫蛇水土之害，人未见虏，战士自死"⑤为由，建议汉元帝不要贪图南海之利，"又非独朱崖有珠犀玳瑁也，弃之不足惜，不击不损威。其民譬犹鱼鳖，何足贪也"⑥，罢弃儋耳、朱崖，汉元帝采纳之。而到了三国时期，孙权看到了岭南地区近海的便利，他重新重视起岭南，恢复二郡，且开始向南进一步开发，其势力甚至到达台湾一带。尽管由于岭南地区环境的恶劣，全琮全力劝阻"兵入民出，必生疾病，转相污染，往者惧不能返，猥

① 房玄龄等.晋书：卷五十七 [M].北京：中华书局，1974：1560.
② 李锦全，吴熙钊，冯达文.岭南思想史 [M].广州：广东人民出版社，1993：18.
③ 顾祖禹撰，贺次君、施和金点校.读史方舆纪要 [M].北京：中华书局，2005：4578.
④ 范晔.后汉书：卷八十六 [M].北京：中华书局，1965：2836.
⑤ 班固.汉书：卷六十四下 [M].北京：中华书局，1964：2834.
⑥ 班固.汉书：卷六十四下 [M].北京：中华书局，1964：2834.

亏江岸之兵，以冀万一之利"①，但其贪婪之心已无法阻止，最终导致"士众疾疫死者十有八九"②。后又采取交广分治的策略，"权以交阯县远，乃分合浦以北为广州，吕岱为刺史；交阯以南为交州，戴良为刺史。又遣陈时代燮为交阯太守"③。这种分治政策延续到南朝齐时，只不过晋时再次因为朱崖的动荡，"省朱崖入合浦"④，而宋时分交、广、越三州而治。不断的动乱还导致岭南地区"梁陈以来废置混杂，不能悉举"⑤，直到隋唐时期才重新有条不紊地治理岭南。

从唐前中原王朝对岭南的态度可以看出，一方面，统治者受利益驱使，不断开发岭南地区；但另一方面，当统治者自顾不暇时，因岭南地处偏远、多乱难安，他们也常主动放弃对南海等地区的控制。这种统治态度，虽然使得岭南得到了一定程度的发展，但始终无法与中原相比，经济文化地位都处在较为边缘的地位，任凭中原朝廷将其塑成他们想要的样子，一旦发现无力控制，就立刻抛弃。尽管魏晋时期经济中心开始南移，但那时的岭南，乃至唐以后的岭南，在人们眼里都是一个偏远蛮荒之地，是一块一旦中原稳定，就没有人愿意再踏足之地。这种统治态度一方面使得岭南地区发展不平衡，另一方面也将岭南蛮荒偏远的印象深深地烙在后来中原人的心中，不论是唐前小说还是唐代小说，涉及岭南书写的部分多少都能反映出这种岭南印象。但不管中原对岭南的统治态度如何，岭南进入中原版图，给岭南发展带来了极大的好处，这主要是通过中原朝廷的移民政策实现的。

---

① 陈寿.三国志：卷六十 [M].北京：中华书局，1959：1383.
② 同上。
③ 陈寿.三国志：卷四十九 [M].北京：中华书局，1959：1193.
④ 房玄龄等.晋书：卷十五 [M].北京：中华书局，1974：465.
⑤ 马端临.文献通考 [M].北京：中华书局，1989：2539.

二、谪戍制度与自愿南迁——唐前中原人移民岭南的方式

自始皇纳岭南入中原版图起，就大量派遣军队和人民入岭以安社稷。作为第一批正式入岭的中原人，他们的身份如何呢？《史记·始皇本纪》中载，始皇"发诸尝逋亡人、赘婿、贾人略取陆梁之地，为桂林、象郡、南海，以適遣戍"①。后又于公元前213年"適治狱吏不直者，筑长城及南越地"②。可见始皇在不减对中原地区控制的基础上，不断增派罪犯、商人、有罪官吏等朝廷边缘人物去戍守岭南，长期以来岭南成为贬官流放的首选之地便是始于此。据《文献通考》记载，为使岭南安定，始皇前后派了五十余万人戍边五岭③，这种谪戍的制度使得大量中原人进入岭南，而他们的融入，给岭南带来了互存互生的两方面问题：一是文化融合过程中无法避免的战争，二是在中原文化的推动下岭南文化的进步。

关于岭南地区的战争问题，如前文所述，主要是由文化差异、南人野蛮及中原贪婪三个因素所导致的。为缓解两地文化融合中产生的冲突战争，加强中原地区对岭南的控制，自秦起，中原朝廷采取"颇徙中国罪人杂居其间，稍使学书，粗知言语，使驿往来，观见礼化"④的方式，慢慢地对岭南人民进行教化，这就使得岭南文化得到了进步。除了中原朝廷采取有效的管理制度外，被派去镇压岭南叛乱的军队中，也有一些人为中原与岭南地区的文化融合做出了贡献，其中最为有名的就是任嚣和赵佗二人，可以说他们是沟通岭南与中原地区的先驱。赵佗是一位目光高远的政治家，他发现岭南地区人心涣散，即采取"先固根本而后从事于外"⑤的政策，稳定了岭南内部的动荡局势。公元前205年，他在岭南建立了独立政权后，效

---

① 司马迁．史记 [M]．北京：中华书局，1963：253.
② 同上。
③ 马端临．文献通考 [M]．北京：中华书局，1989：106.
④ 陈寿．三国志：卷五十三 [M]．北京：中华书局，1959：1251.
⑤ 顾祖禹撰，贺次君、施和金点校．读史方舆纪要 [M]．北京：中华书局，2005：4576.

仿中原地区的政治经济文化，并与中原王朝不断联系，大大推动了岭南与中原地区的文化交融进程，使其从原始社会逐渐走向文明世界。

汉武帝平定南越吕嘉之乱后，岭南地区又重归中原地区管理，两地之间的交往更为频繁。汉武帝吸取了南越国的经验，采取较为开明的"以其故俗治，毋赋税"①政策，在保留岭南自身风俗的基础上管理岭南。东汉和帝时，因"旧南海献龙眼荔枝，十里一置，五里一堠，奔腾险阻，死者继路"②，而下令其无须再进献珍馐，体现了中原朝廷对岭南地区的关切。这些政策的实施，使得岭南地区虽偶有出现叛乱、杀官吏等动荡，但总体来说一直保持着较为安定的局面，这就给魏晋时期移民的大量增加奠定了社会基础。此外，汉代的屯田戍边政策及继秦以来的徙边刑罚等，又使得大量中原人入岭，葛剑雄先生在《中国移民史》中提到"西汉和东汉都将岭南作为流放犯罪官员及其家属的场所，西汉以合浦郡为主，东汉则增加了今越南中部的日南、九真二郡"③。对于这些因政治斗争或触犯法律的罪臣及其家庭来说，或许是一场灾难，但对于岭南，这种政策带去的是大量的人力物力、先进的生产力及领先的文化水平。为了加强中原与岭南的联系，汉朝还修缮了连接中原与岭南的道路，据《后汉书·南蛮西南夷列传》记载，为平定岭南战乱，汉光武帝下诏"长沙、合浦、交阯具车船，修道桥，通障谷，储粮谷"④。这不仅有利于中原朝廷加强对岭南的控制，更为两地交流提供了便利条件。

东汉末年，中原地区战乱不断，相对安定的岭南就成了人们躲避战乱的风水宝地，如果说秦汉时期中原人的迁入是迫于谪戍制度，是带着诸多

---

① 司马迁. 史记 [M]. 北京：中华书局，1963：1440.
② 马端临. 文献通考 [M]. 北京：中华书局，1989：215.
③ 葛剑雄. 中国移民史·先秦至魏晋南北朝时期 [M]. 福州：福建人民出版社，1997：266.
④ 范晔. 后汉书：卷八十六 [M]. 北京：中华书局，1965：2836.

不满与嫌弃入岭的,那么魏晋时期中原人的迁入多为躲避灾祸,出现许多自愿入岭者,如东汉末年的袁忠,在战乱时"弃官客会稽上虞",后孙策攻破会稽,"忠等浮海南投交阯"①。同样在会稽被孙策占领后迁入岭南的还有桓晔,"初平中,天下乱,避地会稽,遂浮海客交阯"②。岭南地区之所以由恶地转向"宝地",除了由于地处偏远,远离了中原战乱外,还得益于一些入岭中原人的有效管理,其中最为有名的就是汉末三国的士燮。他任交阯太守时,"体器宽厚,谦虚下士"③,将岭南地区管理得井井有条,在当时颇受赞誉。当时陈国袁徽给尚书令荀彧写信赞扬他"交阯士府君既学问优博,又达于从政,处大乱之中,保全一郡,二十余年疆场无事,民不失业,羁旅之徒,皆蒙其庆"④。在士燮的努力下,岭南地区既无战乱之难,又有开明之气,使得"中国士人往依避难者以百数"⑤,其中较为有名的如程秉"汝南南顿人也。逮事郑玄,后避乱交州……士燮命为长史"⑥,薛综"少依族人避地交州,从刘熙学。士燮既附孙权,召综为五官中郎将,除合浦、交阯太守"⑦。岭南安定的政治、社会环境,使得越来越多的中原人趋之若鹜。

这种为躲避战乱而入岭的情况到南朝梁时更甚,侯景之乱使得本来较为安定的长江流域再次陷入战火之中,此时许多人转而迁入岭南,有的时候甚至是举家迁徙,如梁萧引"与弟彤及宗亲等百余人奔岭表"⑧。除了自愿入岭之外,魏晋时期继承了秦汉以来以岭南作为发配犯人的首选之地的政策,如孙皓派薛莹主持开凿圣溪事,但"以多盘石难施功,罢还",后

① 范晔.后汉书:卷四十五 [M].北京:中华书局,1965:1526.
② 范晔.后汉书:卷三十七 [M].北京:中华书局,1965:1260.
③ 陈寿.三国志:卷四十九 [M].北京:中华书局,1959:1191.
④ 陈寿.三国志:卷四十九 [M].北京:中华书局,1959:1191.
⑤ 陈寿.三国志:卷四十九 [M].北京:中华书局,1959:1191.
⑥ 陈寿.三国志:卷五十三 [M].北京:中华书局,1959:1248.
⑦ 陈寿.三国志:卷五十三 [M].北京:中华书局,1959:1250.
⑧ 姚思廉.陈书:卷二十一 [M].北京:中华书局,1972:289.

孙皓"追圣溪事，下莹狱，徙广州"①。此期大量中原人的迁入给岭南的发展带来了极大的好处。秦汉时期的融合是对岭南的初步开发，魏晋时期的移民则是对岭南发展的大力支持。

在这种政策的影响下，大量中原人的入岭促进了两地的文化交融进程，一方面中原的儒道文化得以通过移民带到岭南地区，使得岭南文化就这样慢慢与中原文化靠拢、融合；另一方面也使得中原人对这片与中原截然不同的地区产生了浓厚的兴趣，他们开始主动了解岭南，记录岭南，由此，唐前小说中的岭南书写就这样在一种较为特别的思想文化环境中应运而生。

三、奇异之地与思想多元——唐前岭南地区的吸引力与文化特征

尽管在对岭南地区开发的过程中，中原政府的态度多变，岭南地区的战争矛盾也不少，但是这些都无法让中原人彻底抛弃岭南，其中有一个很重要的原因是岭南有着大量中原没有的物产风俗，是一方奇异之地，这就使得汉代以来具有求异心理的中原人开始关注、书写岭南。此外，随着中原政府的不断向南开发，中原先进思想文化和岭南周边异国思想源源不断地流入岭南，使得岭南成为一个既保存自身民族文化，又杂糅了儒释道各家文化的思想开放之地。

岭南地区神秘奇异，深深吸引了具有求异心理的中原人士。《淮南子》记载："又利越之犀角、象齿、翡翠、珠玑，乃使尉屠睢发卒五十万为五军……"②始皇欲攻占岭南，有很大一部分原因是觊觎岭南的独特物产。而随着秦汉以来中原朝廷对岭南地区的统治加强，了解加深，中原人对岭南奇特物产的兴趣越发浓烈，他们借助岭南独特物产发家致富，"（岭南）处近海，多犀、象、毒冒、珠玑、银、铜、果、布之凑，中国往商贾者多取

① 陈寿. 三国志：卷五十三 [M]. 北京：中华书局，1959：1255-1256.
② 何宁撰. 淮南子集释 [M]. 北京：中华书局，1998：1289.

富焉"①。这也促进了岭南地区的商业发展。这种情况一致延续到后来。正是这些奇异物产对中原人的吸引,促使不少文人士子开始关注并书写这片土地,岭南的文学也因此得到了很大程度的发展,秦汉小说中的岭南书写,由此获得了生机,正如向达先生所言:"汉时南方渐与中国相通,殊异之物多中原所未有。览者异之,遂有《异物志》一类书籍出现。"②

到了魏晋,大量的移民迁入,越来越多的中原人对于岭南的物产除了表现出强烈的好奇心之外,更流露出贪婪的占有欲。三国时期,掌控南方地区的孙权,就尝到过岭南物产的甜头,"燮每遣使诣权,致杂香细葛,辄以千数,明珠、大贝、流离、翡翠、玳瑁、犀、象之珍,奇物异果,蕉、邪、龙眼之属,无岁不至。壹时贡马凡数百匹"③。他不仅从岭南地区获得了中原地区无法提供的珠宝珍果,还获得了战争时期尤为重要的马匹④,这使得孙权更为迫切地想要掌控岭南。待士燮一死,孙权就立刻展开铲除士燮在岭南势力的行动,自己控制了岭南地区。除了长期以来通过纳贡的形式来获取岭南地区物产外,东晋、南朝的统治者还采取"责赊"的方式"变相"地向岭南索取财物⑤。在统治者们想方设法掠夺这些奇异物资之时,文学家们也用笔将它们记录下来,魏晋以来出现了如《博物志》《南方草木状》《交州记》等更为完善书写岭南的笔记小说。这些笔记小说中的岭南书写,上承秦汉以来对岭南书写的范式,下启隋唐对岭南书写的敷演,对后世的岭南文学也有着极大的影响。

在中原与岭南文化融合的驱动下使得岭南成为思想多元的地区,这首

---

① 班固.汉书:卷二十六 [M].北京:中华书局,1964:1670.
② 向达.唐代长安与西域文明 [M].石家庄:河北教育出版社,2007:567.
③ 陈寿.三国志:卷四十九 [M].北京:中华书局,1959:1192-1193.
④ 孙权十分重视马匹,李昉《太平御览》中载:"吴録曰:'魏使以马求易珠玑、翡翠、玳瑁。'孙权曰:'此皆孤所不用,而得马,若何不听。'"(北京:中华书局,1960:3587.)
⑤ 龚荫.中国民族政策史 [M].成都:四川人民出版社,2006:232.

先表现在中原地区儒家礼教文化的传入。如前文所述，在中原地区成功控制岭南后，为使岭南稳定，中原政府派遣中原罪人戍边岭南，让他们以礼教之。而随着越来越多中原人的迁入，岭南地区教育的日渐兴起，"光武中兴，锡光为交阯，任延守九真，于是教其耕稼，制为冠履，初设媒娉，始知姻娶，建立学校，导之礼仪"①，中原政府开始在岭南地区设立学校，以中原先进的礼教文化教导岭南人民。在两地文化交融的进程中，出现了如杨孚、士燮这样深受儒家影响、知书达礼、土生土长的岭南士人，也正是他们，给岭南的经济文化发展贡献了十分重要的力量。除了中原儒家文化外，道家文化也深刻影响了岭南地区。对此有重大贡献的是晋代的鲍靓及他的女婿葛洪，二人都是道教的大家，又都曾任职于岭南。在任职期间，他们便将自己的道家学说传到了岭南地区，葛洪甚至成为罗浮道教的开拓者②。此后，罗浮山则成为道家圣地，吸引着许多中原人来到此处，这种情况一直延续到后世，在唐代的小说和诗歌中都能看到对罗浮山的书写。而唐前小说的岭南书写中也有受到道家学说影响的故事，如晋顾微的《广州记》中记录了"桂父"之事："桂父常食桂叶，见知其神，尊事之。一旦与乡曲别，飘然入云。"③虽然语言十分简短，但已得见"桂父"的基本形象，毫无疑问，他就是一个修得神仙之术的道人。最后，佛教思想也在此期间来到岭南。在中原人对岭南不断开发的过程中，交州和广州常常是中原人与南方其他各国交往的枢纽，佛教就是借助这个机会来到了岭南。较早在我国传播佛教思想的牟子，就是一个岭南人，可见岭南地区受佛教思想影响之深。此外，在魏晋时期，如迦摩罗、昙摩耶舍禅师来到岭南宣传佛教，佛教思想得以在岭南广泛流传，并一直影响到后世。刘宋时期王韶

① 范晔.后汉书：卷八十六 [M].北京：中华书局，1965：2836.
② 李锦全，吴熙钊，冯达文.岭南思想史 [M].广州：广东人民出版社，1993：118.
③ 鲁迅、杨伟群点校.历代岭南笔记八种 [M].广州：广东人民出版社，2011：3.

之在《始兴记》中也书写了与佛教相关的内容："灵鹫山，台殿宏丽，画像巧妙，岭南佛寺以此为最。"①

先唐小说中的岭南书写就是在这样三种思想的影响下产生的，儒家文化为岭南文学培育了创作者，佛道文化为书写岭南的小说带去了神秘奇异的浪漫主义色彩。此后的小说家，在书写岭南的过程中，都受到这三种思想的共同影响，创作出了许多既富有文采，又充满传奇的岭南书写。

综本节所述，唐前处于中原对岭南地区开发的初级阶段，中原政权对岭南地区的控制主要是通过谪戍制度，促使中原人大量入岭和不断的民族融合战争完成的。在这个时期的文化融合过程中，岭南形成了自己独特的区域特征，而这些特征都是当时小说中岭南书写产生的不可忽视的背景。一是稳定中常存战乱。唐前出现了许多由中原人岭的伟大政治家，他们有效的管理使得岭南在魏晋乱世时较为稳定。但是，由于大量的中原人初入岭南，两地文化的相互碰撞和中原人对岭南物产的大肆掠夺，也为岭南的多乱埋下了导火索，这使得长期以来岭南都给中原人留下了野蛮、好战的印象，这种印象也体现在后世小说中。二是人口流动性较大，移民人数众多。不论是秦汉时期为了稳定岭南而采取的贬谪、戍边制度，还是魏晋以来因躲避战争而自愿的迁入，都将大量的中原人引入岭南。前期的人口流动造成两地之间被动的文化融合，常因文化差异及岭南人野蛮之性导致中原人与岭南人的冲突矛盾，但后期的人口流动则带来了良性的、主动的融合，尤其是经过如士燮那样的政治家的治理，反而扭转了中原人对岭南的坏印象，使得文人们开始客观地关注书写岭南。三是思想多元，文化包容。不论是秦汉时期的求异心态，还是魏晋以来的贪婪猎奇，都或多或少地影响了时人对岭南的关注与向往，也给岭南文学注入了新的活力，唐前小说

---

① 鲁迅、杨伟群点校. 历代岭南笔记八种 [M]. 广州：广东人民出版社，2011：30.

中对岭南的关注与书写，就是在这样的环境中发展起来的。那么魏晋时期小说中的岭南书写，主要关注了岭南的哪些内容呢？

第二节
唐前小说中岭南书写的主要内容

如前文所述，自中原人民源源不断进入岭南以来，越来越多的人开始关注并书写岭南地区，描绘出了先唐时期岭南的大致图景。自汉以来，各时期小说家对岭南地区的书写主要包括以下几个方面：

一、对与中原迥异的民风民俗的关注

有关岭南地区怪异的民风民俗，早在中原人还未对其进行大规模开发时就已经出现了诸多描述。如有关南方百越族，屈原在《楚辞·招魂》中提到"魂兮归来！南方不可以止些。雕题黑齿，得人肉以祀，以其骨为醢些"①，就已经形成了较为恐怖的印象。而在汉代以来的小说中，对岭南社会民俗的关注度非常之高，基本涉及了岭南社会生活的方方面面。而较早、较全面地记载岭南地区社会风俗的一则小说，当数汉代南海人（今广州）杨孚《异物志》中的《乌浒》条：

乌浒，南蛮之别名。巢居鼻饮，射翠取毛，割蚌求珠为业。无亲戚，重宝货，卖子以接衣食，若有宾客，易子而烹之。②

此则笔记小说共反映了岭南人民在居住、商业及饮食三方面的社会风

---

① 洪兴祖. 楚辞补注 [M]. 北京：中华书局，1980：199.
② 杨孚撰，吴永章辑佚校注. 异物志辑佚校注 [M]. 广州：广东人民出版社，2010：10.

俗，而这些风俗，在后世的小说中也常有人关注。

（一）巢居傍树的居住之风

岭南地处丘陵地带，又邻近海洋，因此人们过着"水行而山处"的生活，加上岭南气候湿热多雨，使得岭南地区形成了与中原地区不一样的生活风。除了杨孚《异物志》中的记载外，亦有晋代张华的《博物志》：

南越巢居，北朔穴居，避寒暑也。①

有关"巢居"，在《魏书·僚传》中记载"依树积木，以居其上，名曰'干栏'，干栏大小，随其家口之数"②。这种干栏式建筑，当是为适应独特气候而建的，且岭南地区开发缓慢，有着大片茂密的丛林，有这样的建筑也就不足为奇了。但对于生活在相对发达的中原地区的人来说，这种居住风俗却相当怪异。除了巢居之外，岭南地区还有一类人同样也是依林而居：

黄头人，群相随行，无常居处，其类与禽兽同。或依大树，以草被其枝上，而庇荫其下。③

与巢居者不同的是，他们的居住方式更为原始，已经免去了筑房的工序，直接倚傍大树而居。这种风俗的形成，与南方的多山地形有关，除了岭南之外，今江西地区也有这种巢居风俗。

（二）鼻饮烹人的饮食之俗

地处偏远的岭南，长期以来是一个封闭又未被开化的地区，这些蛮人无法形成系统的仁义礼教观念，体现在生活上则是形成了十分多样、恐怖的饮食风俗。在汉代的正史之中，就已经出现关于岭南"鼻饮"风俗的记载，"骆越之人父子同川而浴，相习以鼻饮，与禽兽无异"④。这种鼻饮之风在中原人来看，不仅奇怪而且令人厌恶，甚至以禽兽相称。在小说中也多有记

---

① 张华撰，范宁校证.博物志校证 [M].北京：中华书局，2014：12.
② 魏收.魏书：卷一百一 [M].北京：中华书局，1974：2248.
③ 杨孚撰，吴永章辑佚校注.异物志辑佚校注 [M].广州：广东人民出版社，2010：24.
④ 班固.汉书：卷六十四下 [M].北京：中华书局，1964：2834.

载，但基本都延续《异物志》中的内容，如晋人裴渊的《广州记》中载：

晋兴有乌浒人，以鼻饮水，口中进啖如故。①

同样是乌浒一族的风俗，但是描写得更详细了一些，乌浒人在用鼻子饮水的同时，口中依然可以进食，看起来是一种很便利的风俗。这种风俗一直在岭南地区流传着，并且不断地改进，对此宋人周去非的《岭外代答》做了十分详细的描述：

鼻饮之法，以瓢盛少水，置盐及山姜汁数滴于水中，瓢则有窍，施小管如瓶嘴，插诸鼻中，导水升脑，循脑而下入喉。富者以银为之，次以锡，次陶器，次瓢。饮时必口噍鱼鲊一片，然后水安流入鼻，不与气相激。既饮必嗌气，以为凉脑快膈，莫若此也。②

宋人看到的鼻饮之俗，恐与先唐岭南地区的鼻饮之俗相比，有了一定的升级。我们可以想象，最早的鼻饮或许是直接以鼻吸水，而随着岭南地区生活水平的进步，人们开始发明出专门用来鼻饮的容器，且开始往水中加入其他物质了。

食人的风俗在小说中的记载更是屡见不鲜。食子的风俗在《后汉书》中有较为详细的记载："其西啖人国，生首子辄解而食之，谓之宜弟。味旨，则以遗其君，君喜而赏其父。"③关于为什么要杀子，两则材料有不一样的看法，杨孚认为是岭南人重财货而轻伦理，在缺乏生活必需品时，便用儿子交换货物；而范晔则认为杀子的原因是"宜弟"，有关这一点，有的学者认为是岭南地区不重贞操而造成的，长子不一定是自己所生，因此要杀首子而保证血统纯正④。窃以为此种观点有一定瑕疵，一方面，不重贞操而重血统，是存在矛盾的，既不重贞操，那么就算杀死首子，也极有可能保

① 李昉. 太平御览：卷七百八十六 [M]. 北京：中华书局，1960：3480.
② 周去非著，杨武泉校注. 岭外代答校注 [M]. 北京：中华书局，1999：420.
③ 范晔. 后汉书：卷三十七 [M]. 北京：中华书局，1965：2834.
④ 参见：吴永章辑佚校注. 异物志辑佚校注 [M]. 广州：广东人民出版社，2010：13.

不住血统；另一方面，史书中关于杀子以保血统的记录发生在羌胡这类北方少数民族地区，"且羌胡尚杀首子以荡肠正世，况于天子而近已出之女也"①，但并不见岭南地区的这类记载。杀首子的原因或许要将生长于岭南地区的杨孚观点和正史中的观点结合起来看，一方面物资的匮乏使得未开化的岭南人不得不以子换物，另一方面所谓的"宜弟"有可能是一种祭祀活动，将首子作为祭品使得子孙得以延绵不绝。而所烹之子，实际上是别人的儿子，这样看来，这只是岭南食人风俗的延续。万震在《南州异物志》中对于乌浒食人之风有着详细的记载：

> 交广之界，民曰乌浒，东界在广州之南，交州之北，恒出道间伺候二州行旅，有单回辈者，辄出击之，利得人食之，不贪其财货也……乌浒人便以肉为肴俎，又取其髑髅破之以饮酒也。其伺候行人，小有失辈，出射之。若人无救者，便止以火燔燎之；若人有伴相救，不容得食，力不能尽相担去者，便断取手足以去。尤以人手足掌蹯为珍异，以饴长者。出得人归家，合聚乡里，悬死人中当，四面向坐，击铜鼓，歌舞饮酒，稍就割食之。②

岭南人以人肉为佳肴，得人肉后甚至会邀约乡里人聚会，以歌舞庆之，这种风俗在中原人看来，是恐怖且不能理解的，因此许多中原人就带着好奇鄙视的心理将它们记录下来。事实上，对于岭南人来说，食人的风俗或许并不涉及伦理良心，他们的观念可能是"每一个人都是由以往死去的某一个人的灵魂转生而来的，把生下来的婴儿杀死，只不过是让某个人的灵魂推迟转生或到别处转生而已"③，这是一种愚昧的表现，但是随着岭南地区文化的进步，纵观唐代小说中的岭南书写，这种食人之俗已经较少出现了。除了食人风俗外，先唐小说中还关注了岭南地区其他一些饮食风俗，

---

① 班固.汉书：卷九十八[M].北京：中华书局，1964：4020.
② 李昉.太平御览：卷七百八十六[M].北京：中华书局，1960：3480.
③ 李锦全，吴熙钊，冯达文.岭南思想史[M].广州：广东人民出版社，1993：84.

如"南方人以猕猴头为鲊"①，吃猴脑的风俗至今仍存在于岭南地区；又如"东南之人食水产……食水产者，龟蛤螺蚌以为珍味，不觉其腥臊也"②，这种食海鲜的习惯也一直流传了下来。

（三）割蚌纺织的生产活动

岭南地区临海，大片的海域使得他们形成了与中原迥异的商业、手工业类型，其中最主要的一类商业活动就是"割蚌求珠"，生活在海边的岭南人，从小习水，可以轻而易举地采得珍珠：

> 合浦民，善游采珠，儿年十余岁便教入水。官禁民采珠，巧盗者，蹲水底，刮蚌得珠，吞而出。③

万震运用了动作描写将采珠的行为书写得十分生动具体。据《晋书》记载，合浦人得珠后，常与周边民众进行以珠易米的活动，"合浦郡土地硗确，无有田农，百姓唯以采珠为业，商贾去来，以珠贸米"④。岭南的采珠业一直延续至今，宋开宝年间曾因采珠致死者甚众，而罢停了岭南道媚川都的采珠活动。除了采珠行业外，小说中还记录了岭南地区的纺织生产：

> 儋耳夷，生则镂其头皮，尾相连并；镂其耳匡为数行，与颊相连。状如鸡腹，下垂肩上。食诸，纺绩为业。⑤

纺织业是岭南地区较为重要的产业，但与中原人不同的是，他们的纺织不用蚕丝，而是用其他的材料，"蛮夷不蚕，采木棉为絮，皮员当竹，剥古绿藤绩以为布"⑥。《广州记》中的这条记载说明了岭南人纺织业不同于中原的原因——蛮夷不蚕，只好用木棉等代替。能代替纺织的还有吉贝：

> 五色班布以丝布，古贝木所作。此木熟时状如鹅毳，中有核如珠珣。

① 杨孚撰，吴永章辑佚校注.异物志辑佚校注 [M].广州：广东人民出版社，2010：55.
② 张华撰，范宁校证.博物志校证 [M].北京：中华书局，2014：12.
③ 李昉.太平御览：卷七百八十六 [M].北京：中华书局，1960：3568.
④ 房玄龄等撰.晋书：卷五十七 [M].北京：中华书局，1974：1561.
⑤ 杨孚撰，吴永章辑佚校注.异物志辑佚校注 [M].广州：广东人民出版社，2010：19.
⑥ 李昉.太平御览：卷七百八十六 [M].北京：中华书局，1960：3651.

细过丝绵。人将用之则治，出其核，但纺不绩，在意小抽相牵引，无有断绝。欲为班布，则染之五色，织以为布，弱软厚致，上毳毛。外徼人以班布文最烦缛多巧者名曰城城，其次小粗者名曰文辱，又次粗者名曰乌骦。①

制作五色班布的工序十分精细复杂，可见岭南人织布的手艺十分精湛，且已经学会运用染色手段，巧妙繁杂的织布工艺，吸引中原人奇而记之。

除了上述民风民俗外，先唐小说中对岭南地区的风俗书写还涉及雕题黑齿、穿胸垂耳等奇特的服饰，亦有恐怖的制毒风俗等。从这些书写中我们可以发现，唐前的岭南人野蛮愚蠢，给中原人留下了许多负面印象，但由于生活环境的特殊性，他们也拥有着不同的手艺，这却吸引着中原人来一探究竟。

二、对丰富奇异的物产资源的书写

前文提到，中原人之所以源源不断涌入岭南有一个很重要的原因，是觊觎岭南丰富奇特的物产资源。在先唐小说中，对岭南物产的书写占比最重，在保留得比较完整的小说中，汉代杨孚的《异物志》中物产的书写占了全书的77%，而晋代嵇含的《南方草木状》则是以一本书的篇幅记录了岭南的植物，可见岭南物产之丰富。

（一）真实丰富的植物书写

南越、交趾植物，有四畜最为奇。周、秦以前无称焉。自汉武帝开拓封疆，搜求珍异，取其尤者充贡。中州之人，或昧其状。乃以所闻诠叙，有裨子弟云尔。②

在《南方草木状》的开篇，嵇含清楚地叙述了自己撰写此书的目的，乃是在汉代求异风气的驱使下，越来越多的岭南物产被发现和使用，但中

---

① 李昉. 太平御览：卷七百八十六 [M]. 北京：中华书局，1960：3650-3651.
② 鲁迅、杨伟群点校. 历代岭南笔记八种 [M]. 广州：广东人民出版社，2011：9.

原人对这些植物不了解，因而作书释之。这也是先唐文人们在小说中书写
岭南植物的一种普遍态度，望能真实具体地记录下这些奇异花草，所以这
类书写都偏向真实，少传奇色彩，但种类繁多。有果实，如：

荔支为异，多汁，味甘绝口，又小酸，所以成其味。可饱食，不可使厌。
生时大如鸡子，其肤光泽，皮中食；干则焦小，则肤不如生时奇。四月始熟也。[①]

荔枝可谓中原人最喜欢的岭南水果了，就先唐小说中关于荔枝的书写，
窃以为以此篇最为完备，既写了荔枝之味，又写了荔枝之状，还写了荔枝
之季，从杨孚的书写中我们似乎已经可以感受到荔枝的味美，也难怪大批
中原人对此心向往之了。

亦有树木，如：

桂出合浦，生必于高山之巅。冬夏常青。其类自为林，间无杂树，交
址置桂园。桂有三种：叶如柏叶，皮赤者为丹桂；叶似柿叶者为菌桂；其
叶似枇杷叶者为牡桂。《三辅黄图》曰："甘泉宫南有昆明池，池中有灵波
殿，以桂为柱，风来自香。"[②]

还有花草，如：

水葱，花叶皆如鹿葱。花有红、黄、紫三种。出始兴。妇人怀妊，佩
其花生男者，即此花，非鹿葱也。交、广人佩之极有验，然其土多男，不
厌女子，故不常佩也。[③]

嵇含在对这些花草树木进行书写时，注意到了真实和生动并存，既采
用写实的笔法记录下其形其名，亦通过引用或叙说风俗的方式，使得书写
又具有一定的文学性。但总的来说，岭南小说中的植物书写以客观写实为
主，因此语言较为平实，刻画不够生动。

---

① 杨孚撰，吴永章辑佚校注. 异物志辑佚校注 [M]. 广州：广东人民出版社，2010：141.
② 鲁迅、杨伟群点校. 历代岭南笔记八种 [M]. 广州：广东人民出版社，2011：16.
③ 鲁迅、杨伟群点校. 历代岭南笔记八种 [M]. 广州：广东人民出版社，2011：13.

但亦有一些植物书写，结合了人事书写，十分具有故事性，如嵇含《南方草木状》中有关"吉利草"的记载：

吉利草，其茎如金钗股，形类石斛，根类芍药。交、广俚俗多蓄蛊毒，惟此草解之极验。吴黄武中，江夏李俣以罪徙合浦。始入境，遇毒，其奴吉利者，偶得是草与俣服，遂解。吉利即遁去，不知所之。俣因此济人不知其数，遂以吉利为名。岂李俣者徙非其罪，或俣自有隐德，神明启吉利者救之耶？[①]

此则植物书写，为说明"吉利"之名的由来，加入了一则较为神奇的故事书写，把吉利的身份去向、李俣的获救原因及吉利草的来源都写得十分神异，给常规平淡的植物书写增添了一丝传奇色彩，十分生动。此外，如顾微《广州记》中有关"古度树"的记载：

熙安县有孤古度树，其号曰古度。俗人无子，于祠炙其乳，则生男，以金帛报之[②]。

这种极具原始宗教色彩的书写，在先唐小说的岭南植物书写中也较为罕见。关于"古度"，不仅树奇，其子亦奇：

古度叶如栗无花，枝柯皮中生子，子似枇而酢，煮以为粽，数日不煮化作飞蚁。[③]

这种植物化为动物的记载，少见而奇异。

（二）虚构奇特的动物书写

与植物书写不同，先唐小说中的动物书写则较为生动，常常将一些动物与传奇故事联系在一起，给人以恐怖的印象，如《博物志》中记载的一种食尸虫：

---

① 鲁迅、杨伟群点校. 历代岭南笔记八种 [M]. 广州：广东人民出版社，2011：14.
② 鲁迅、杨伟群点校. 历代岭南笔记八种 [M]. 广州：广东人民出版社，2011：4.
③ 李昉. 太平御览：卷七百八十六 [M]. 北京：中华书局，1960：4262.

景初中，苍梧吏到京，云："广州西南接交州数郡，桂林、晋兴、宁浦间人有病将死，便有飞虫大如小麦，或云有甲，在舍上。人气绝，来食亡者。虽复扑杀有斗斛，而来者如风雨，前后相寻续，不可断截，肌肉都尽，唯余骨在，便去尽。贫家无相缠者，或殡殓不时，皆受此弊。有物力者，则以衣服布帛五六重裹亡者。此虫恶梓木气，即以板郭防左右，并以作器，此虫便不敢近也。入交界更无，转近郡亦有，但微少耳。"①

面对这种啃噬尸体的虫，作者描绘得十分生动，这种虫可以提前知晓人之将死，且以令人恐怖的态势袭击亡者。为了保护尸体，岭南人只能想尽各种办法，以布帛裹之，以梓木防之，才能保住尸体，使其得以安葬。这是苍梧的官吏回到中原朝廷时的言论，而后又传到张华耳中并记录下来，可以想象对于中原人来说，这种虫子令人毛骨悚然。

还有一类令人感到怪异恐怖的动物书写，是叙述了人兽互化之事，如裴渊在《广州记》中记录的食牛化虎的故事及《异物志》中懒妇化兽的传说：

浈阳县里民有一儿，年十五六牧牛，牛忽舐此儿，随所舐处肉悉白净而甚快，遂听牛日日舐之，儿俄而病死，其家葬儿杀牛以供宾客。食此牛者，男女二十余人，悉变为虎。②

昔有懒妇，织于机中常睡，其姑以杼打之，恚死。今背上犹有杼文疮痕。大者得膏三四斛，若用照书及纺织则暗，若以会众宾歌舞则明。③

人化虎的类型故事是古代小说中较为惊心动魄的一类，在唐宋乃至明清时期的小说中均可见，此则虽缺乏一定的传奇性故事情节，但将事件的前因后果叙说得十分清楚，最终又无法解释为何食牛会变虎，留下了悬念。而有关"懒妇兽"的故事也在后代南方地区流传，如在宋代的《桂海虞衡

①　王根林等点校.汉魏六朝笔记小说大观[M].上海：上海古籍出版社，1999：193.
②　李昉.太平御览：卷七百八十六[M].北京：中华书局，1960：3994.
③　杨孚撰，吴永章辑佚校注.异物志辑佚校注[M].广州：广东人民出版社，2010：58.

志》《岭外代答》等作品中均可见。这类人兽互化的书写，或是在原始物我观念的影响下形成的，体现了岭南地区人民思想的蒙昧性。

大部分先唐小说中的动物书写，还是以普及知识为主要目的，多与植物书写类似，均追求真实可靠，语言平淡。但由于岭南地区有许多中原没有的动物资源，因此作者在书写的过程中，总是突出它们最奇特的一面，因此给人留下了十分奇异的印象。如有声音似小儿的猩猩，"出交趾，封溪有猩猩，夜闻其声，如小儿啼也"[①]；有能致海水沸腾的神牛，"九真有神牛，乃生溪上，黑出时共斗，即海沸，黄或出斗，岸上家牛皆怖，人或遮则霹雳，号曰神牛"[②]；还有皮可做席的果然兽，"交州以南，有果然兽，其鸣自呼。……集十余皮，可得一蓐，繁文丽好，细厚温暖"[③]。这些书写在一定程度上帮助中原人了解岭南，并且吸引着他们来到岭南。

（三）奇珍异宝书写

相比起中原的珍宝矿产，岭南地区实际上并没有那么多物资，就连在岭南地区象征着权力财富的铜鼓，都由于不产铜矿，而难以制作，甚至在晋时岭南人化中原铜币以造铜鼓，"广州夷人宝贵铜鼓，而州境素不出铜，闻官私贾人皆于此下贪比轮钱斤两差重，以入广州，货与夷人，铸败作鼓"[④]。但岭南近海，广阔的海洋也给他们带去了中原没有的海洋珍宝资源，除了上文提到的珍珠之外，还有同样产于海边的成色极好的贝类，"交趾北，南海中有大文贝，质白而文紫色，天资自然，不假雕琢，莹而光色焕烂"[⑤]；富有光泽的云母，"增城县有云母，向日出照之晃耀"[⑥]；薄如蝉翼的

---

① 杨孚撰，吴永章辑佚校注.异物志辑佚校注 [M].广州：广东人民出版社，2010：39.
② 王根林等点校.汉魏六朝笔记小说大观 [M].上海：上海古籍出版社，1999：195.
③ 李昉.太平御览：卷七百八十六 [M].北京：中华书局，1960：4034.
④ 房玄龄等.晋书：卷二十六 [M].北京：中华书局，1974：795.
⑤ 李昉.太平御览：卷七百八十六 [M].北京：中华书局，1960：3588.
⑥ 李昉.太平御览：卷七百八十六 [M].北京：中华书局，1960：3593.

火齐，"火齐如云母，重沓而可开，色黄赤似金，出日南"①。岭南地区临海，因此这种珠贝类的物产极为丰富，也吸引中原人大量地入岭开采。除了临海物产外，《异物志》中还记载了源于火中之树的"火浣布"、可以食用的"石贲灰"等奇妙的物产。

此外，先唐小说中的岭南书写还有对人事方面的关注，如刘欣期在《交州记》中记载的"乳长数尺"的赵妪、裴渊《广州记》中记载的茅人董奉等，写得十分生动有趣，但数量较少。

综本节所述，先唐小说中对岭南的书写主要集中在风俗和物产两个方面，又以物产书写为主，从这二者的书写中可以发现当时中原人对岭南地区的态度。一是充满鄙夷的。英国人类学家泰勒在《原始文化》中曾说："民族学家在任何一个地方遇到关于长尾巴的人的故事，都应该查找居住在统治居民附近或其中的某种受轻视的土著部族，某些被压迫者或异教徒，被统治居民看作动物一样，并按照动物的样子给他们加上了尾巴。"②而从先唐小说中对岭南民风民俗的书写中，尤能看出中原人对岭南的歧视，对于中原人来说，岭南地区的诸多风俗恐怖又可笑，因此他们常常是站在中原优势文化的地位上，带着鄙视的目光俯瞰着这片土地，因而出现了许多神秘但又令人嫌弃的风俗书写。二是充满好奇的。这主要体现在物产书写上，先唐小说对岭南物产的大量关注恰恰反证了汉魏以来中原人对岭南物产的觊觎，讽刺的是，正是因为中原人的贪婪，才增进了岭南地区的开发，同时促使大量士人对岭南物产进行书写。对于那些无法利用的物产，中原人仍喜欢写出它们的恐怖、怪异，一方面是带有偏见，另一方面也是为了满足人们的好奇心；而对于那些十分珍稀的，甚至可以进行商业往来的物产，中原人就将其写得真实新鲜，将它们的用途教科书式地告知更多的中原人。

---

① 杨孚撰，吴永章辑佚校注. 异物志辑佚校注 [M]. 广州：广东人民出版社，2010：207.
② 泰勒著，连树声译. 原始文化 [M]. 上海：上海文艺出版社，1992：374.

第三节
唐前小说岭南书写之特点

一、书写范围广，以广州[①]为主

纵观唐前小说岭南书写之范围，基本涵盖了整个岭南地区。以《南方草木状》为例，在小说中提到明确的地理位置[②]的篇章，主要有以下48篇：

表1-1 《南方草木状》书写地点统计表

《南方草木状》〔晋〕嵇含	
篇名	所涉地区
甘蕉	交州、广州
耶悉茗	南海
山姜花	九真、交趾
鹤草	南海
甘薯	朱崖
蒟酱	番禺
菖蒲	番禺
留求子	南海、交趾
甘蔗	交趾
草曲	南海
芒茅	交州、广州
冬叶	交州、广州

① 此"广州"指的是孙权交广分治以来，包括郁林郡、合浦郡、苍梧郡、高凉郡、南海郡、朱崖郡等在内的广州地区。
② 所谓"提到明确地理位置"指的是在小说中明确指出了某物的生长处或某事的发生地，如《异物志》："朱崖有水蛇。"而以全岭作为地点的则不算在内，如"南方草木状赪桐花，岭南处处有"。

（续表 1-1）

《南方草木状》〔晋〕嵇含	
篇名	所涉地区
蒲葵	龙川
水葱	始兴
茄	交州、广州
绰菜	南海
吉利草	交州、广州
良耀草	高凉
蕙	南海
枫香	九真
榕	南海、桂林
益智子	交趾、合浦
桂	合浦
朱槿	高凉
指甲花	南海
蜜香等	交趾
桄榔	九真、交趾
诃梨勒	九真
苏枋	九真
水松	南海
刺桐	九真
槟	高凉
杉	合浦
荆	宁浦
榼藤	南海
杨梅	罗浮山
橘、柑	交趾
龙眼	九真、交趾

（续表 1-1）

《南方草木状》〔晋〕嵇含	
篇名	所涉地区
千岁子	交趾
五敛子	海南
庵摩勒	九真
石栗	日南
人面子	南海
云丘竹	交州、广州
石林竹	九真、交趾
思摩竹	交州、广州
箪竹	九真
越竹王	南海

　　从表中可以较为直观地看到，《南方草木状》中所涉植物书写南到日南，北到桂林，东到龙川，西到交趾，整个岭南地区几乎毫无遗漏，但同时，又以广州地区为主。由上表可知，涉及广州地区的书写共有32则，占了全部有具体地名书写的66%。不仅《南方草木状》有这个特点，晋代张华的《博物志》中，尽管极少涉及岭南地区的书写，但也以广州地区为主，又主要集中在南海、桂林。此外还有直接把广州地区当作小说名的作品，如晋代顾微的《广州记》、裴渊的《广州记》和刘宋王韶之的《始兴记》等。之所以出现这种情况，窃以为与两方面原因有关：一是秦汉以来的谪戍制度，把广州地区当作主要的贬谪之地；二是相较于交州，广州地区离中原稍近，也较少受到如林邑国等边境国家的骚扰，较为安定，因此自愿入岭者也比较喜欢选择广州地区居住。因此，对于外来者来说，就会更多地关注自己所处之地的风俗风貌、奇人异物。

　　当然，在众多的先唐小说中，也有例外，如汉代杨孚的《异物志》，其中涉及明确地名书写的一共有29篇，涉及广州地区的12篇，交州地区的16篇（其中含一篇两地皆明确提到的），大约各占50%。这是因为杨孚是岭南人，对整个岭南地区都有较深的了解，因此他的小说中并不存在上述情况。小说创作者身份、经历的不同，还造成了先唐时期岭南书写的另一个特色——实录与虚构结合。

二、作者身份多样，作品虚实结合

写实是汉魏六朝的小说创作者的共同追求，这种追求是基于汉代以来的史官文化。前文所提到诸多类型的岭南书写，在正史中同样存在，如《后汉书·南蛮西南夷列传》提到了岭南地区的风俗，"《礼记》称：'南方曰蛮，雕题交趾。其俗男女同川而浴，故曰交趾。'"① 而《魏书》《南史》中也存在上文提到的"火浣布"的记载。小说家们的书写有时是带着"补足正史"的观念去创作的，但是有时在描绘事物或刻画人物的过程中，为了渲染情感，或达到讽刺、批判等目的，小说家们会无意识地扭曲夸大一些事件；后又由于佛教的传入，如干宝等人便以实录的方式，在基于自身客观认识的基础上糅合了这种思想来创作。但这些无意识的夸张和有意识的融合，都使得本来求真的作品变得奇异精彩，也越来越偏离正史。实际上，实录和虚构并存，是几乎所有汉魏六朝小说的共性。

但是，汉魏六朝小说中的岭南书写所反映出来的这种特性，除了与汉魏六朝的史官文化有关外，还必须注意到小说创作者的身份问题。这类小说是基于一个固定的地理空间实现的，不论是记录见闻还是某种思想，都没有逃离岭南这个地域范围。我们要明确的是，汉魏六朝小说创作者的身份是复杂的，有的人出身于岭南，有的人客居于岭南，有的人甚至从未涉

---

① 班固. 汉书：卷六十四下 [M]. 北京：中华书局，1964：2834.

足岭南，因此这些小说中所反映出来的实录与虚构，在很大程度上是基于作者的经历。对于那些未涉足岭南的小说家来说，即使他们想追求真实，也没有办法避免距离所带来的局限性，因而大量加入自己的想象。以岭南地区"穿胸人"的记载为例，《山海经》中曾记录穿胸国的故事，认为那里的人是胸前有洞，这听起来就是虚构的想象。晋代的张华，其一生主要活动地多在北方，未曾涉及岭南地区，他继承《山海经》说，将穿胸人的故事有所发展：

穿胸国，昔禹平天下，会诸侯会稽之野，防风氏后至，杀之。夏德之盛，二龙降庭。禹使范成光御之，行域外，既周而还至南海，经防风，防风之神二臣，以涂山之戮，见禹使，怒而射之。迅风雷雨，二龙升去。二臣恐，自贯其心而死。禹哀之，乃拔其刃，疗以不死之草，是为穿胸民。[①]

张华通过动作、心理等描写，十分详细地叙述了穿胸人的来历，以及贯胸而不死的原因，将原《山海经》的记载写得生动形象，充满了浪漫主义色彩。很明显，这条书写是虚构的，没有真正了解过岭南地区穿胸人的张华，只能通过以前的记载，加之自己的见闻与想象，创造出来这样一则富于神话性的小说。但在岭南人杨孚的笔下，却十分真实地告诉了我们，何为"穿胸人"：

穿胸人，其衣则缝布二幅，合两头，开中央，以头贯穿，胸身不突穿[②]。

由此可见，"穿胸人"并不是真的胸被贯穿，更不是神话里的人物，只是一种类似裙子的怪异服饰罢了。杨孚生长在岭南，他有大量的机会和时间去了解自己的家乡，因此他笔下的岭南，是那么真实，但又少了几分文学性。此外，我们还应该注意到，为何晋代的张华在撰写这则故事时，

---

① 王根林等点校.汉魏六朝笔记小说大观[M].上海：上海古籍出版社，1999：191.
② 杨孚撰，吴永章辑佚校注.异物志辑佚校注[M].广州：广东人民出版社，2010：15.

没有采纳汉人杨孚的真实记载呢？窃以为，除了上述岭南本土作家和未涉足岭南作家的创作方式不同外，还有一个原因造成了先唐小说中的岭南书写实录与虚构并存的特点，那就是魏晋以来的文学自觉，已经影响了小说家的创作意识，尽管还没有达到唐代的"有意为小说"，但已初露端倪，是在那条路上前进了。

而对于那些由于种种原因客居岭南的小说家来说，他们的创作也尽可能地追求实录，但与岭南本土作家的创作稍有不同，毕竟他们接受了中原与岭南两种不同文化的熏陶，或带着好奇，或带着鄙夷，以一种外来者的身份将岭南书写得更为生动清晰，如陆胤在《广州先贤传》中记录的一则人物故事：

罗威，字仁德，南海番禺人。邻家牛数入，食其禾，既不可逐，乃为断刍，多着牛家门中，不令人知，数数如此，牛主惊怪，不知为谁，阴广求，乃觉是威，自后更相约率，检狭不敢复侵威田。①

此则人事书写真实平淡，但又具有故事性，反映了罗威善良与仁德，很好地解决了邻里矛盾，也成为后人传颂的佳话。

三、文章短小精悍，注重艺术

唐前涉及岭南书写的小说主要属地理博物志一类，这类小说大多粗陈梗概，篇幅不长，只重片段式描写，不重详细叙述，且此期小说的创作仍处在上升阶段，小说中岭南书写的语言都十分简洁，只以叙述清楚为目的，极少运用修辞手法及叙述技巧。但我们也应该注意到，部分小说家在书写岭南的过程中，也十分重视语言艺术，如杨孚《异物志》中的"榕树"，甚至运用了四言韵语来书写，这在先唐小说中极具特色：

---

① 李昉.太平御览：卷四百零三 [M].北京：中华书局，1960：1866.

榕树栖栖，长与少殊。高出林表，广荫原丘。孰知初生，葛蔂之俦。①

这则简短的四言韵语，寥寥数语，将榕树的习性、外貌写得十分清楚。难怪屈大均认为，"然则广东之诗，其始于孚乎？"②杨孚这种以韵语来书写岭南的方式，恐怕是开了岭南地区诗歌创作的先河。再如万震的《南州异物志》：

兽曰玄犀，处自林麓。食唯荆棘，体兼五肉。或有神异，表露以角。含精吐烈，望如华烛。置之荒野，禽兽莫触。③

同样以韵语的形式，详细地说明了犀牛的生长地域、饮食习惯及外貌之异，毫不逊色于其他小说的书写。这种四言韵语的运用，还能起到朗朗上口的效果。

此外，在书写物产时，虽为纪实而少虚构，但也有十分生动的描写，如《南方草木状》中的"槟榔"条：

槟榔，树高十余丈。皮似青桐，节如桂竹，下本不大，上枝不小，调直亭亭，千万若一，森秀无柯。端顶有叶，叶似甘蕉，条脉开破，仰望眇眇，如插丛蕉于竹杪；风至独动，似举羽扇之扫天。叶下系数房，房缀数十实，实大如桃李，天生棘重累其下，所以御卫其实也。④

嵇含运用了细腻的语言去描绘槟榔树的样子，又运用比喻和对偶的修辞手法，说其"仰望眇眇，如插丛蕉于竹杪；风至独动，似举羽扇之扫天"，让人不需要亲睹即可想象出槟榔树之貌，十分生动具体。

综本节所述，唐前小说的岭南书写与同时期其他书写有着相同的特点，它们都短小精悍，与后世相比缺乏一定的艺术特色。但除此之外，由于岭

---

① 杨孚撰，吴永章辑佚校注．异物志辑佚校注 [M]．广州：广东人民出版社，2010：161.
② 屈大均．广东新语 [M]．北京：中华书局，1985：345.
③ 李昉．太平御览：卷七百八十六 [M]．北京：中华书局，1960：3954.
④ 鲁迅、杨伟群点校．历代岭南笔记八种 [M]．广州：广东人民出版社，2011：19.

南地区人口的复杂性，也造成了唐前小说岭南书写的独特性。岭南本土成长起来的作家的书写，包罗万象，逼真写实；而那些从中原徙入岭南者，则以主要迁徙地——广州地区为主要关注对象，虚实结合。此外，与同时期小说相比，一些作家在书写岭南时，十分注重语言艺术，创造出来了一些极具特色的小说，也为唐代小说中的岭南书写提供了艺术上的指导。

本章小结

本章主要追溯了唐前岭南地区的特点及唐前小说中的岭南书写。

第一节回顾了中国古代小说中的岭南书写产生的时代背景，认为这是与中原地区和岭南地区的文化融合分不开的，而这种融合是通过唐前各朝的移民政策、冲突战争及思想传播实现的。在这个过程中，一方面要感谢中原人对岭南地区的不断开发，因为正是他们的努力，才使得岭南得到了全方面的发展；另一方面也要注意到，岭南地区始终不被中原人重视，既是贬谪官吏的首选地，又是可以随意放弃的偏远区。这样的态度一直延续到了唐代，除非中原战乱，生长在繁荣时代的中原人，都十分排斥岭南地区。

第二节总结了在这样的大背景下，唐前小说中的岭南书写主要内容：民风民俗与物产资源。汉代以来的求异风气，使得小说家们不断关注岭南地区奇异的风俗和奇特的物产，产生了大量的风俗物产书写；而由于中原政府的不平衡统治，中原人无法避免地带着鄙夷的目光来审视这片土地。因此在书写岭南的过程中，常常反映出一种恐怖恶心的印象，这种印象在唐代小说中的岭南书写也常常可以发现。此外，唐前小说中岭南书写的这些内容，也为后来唐代小说中的岭南书写提供了丰富的素材，唐代很多岭南书写都是在此期岭南书写的基础上，或加入想象，或完善情节写成的。

第三节分析了唐前小说中岭南书写的主要特点，除了有与同时期其他小说一样的粗陈梗概等特点外，由于作者身份的不同和作者对语言艺术的追求，唐前小说在书写岭南时有着自己的独特性：以广州地区为主要书写对象、虚实结合及注重语言艺术。这些都为后来唐代小说家书写岭南提供了借鉴。

第二章

唐代小说中的
岭南地理环境书写

————

　　中国古代小说发展到唐代，进入了一个全新的时期。较之于汉魏时期的小说，唐代小说篇幅增长，内容扩大。而小说中的岭南书写较前期也有了很大的进步。这首先表现为书写岭南的作家群体的扩大。汉魏以来，已存在诸多书写岭南的笔记小说，除上述几部外，还有裴渊的《广州记》、朱应的《抚南异物志》、袁宏的《罗浮山记》等，但总的来说，书写岭南的作家人数是比较少的，而依据《太平广记》《全唐五代笔记》等资料，粗略统计，唐代涉及岭南地区书写的小说集主要有《酉阳杂俎》《朝野佥载》《桂林风土记》等28种，此外还有如房千里的《杨娼传》、李象先的《卢逍遥传》、孟弘微的《柳及传》等单篇小说，亦有如《补江总白猿传》这样以岭南为背景的小说，可见越来越多的人由于各种原因开始关注岭南。其次，唐代小说岭南书写题材更为丰富。与魏晋时期相同的是，文人们常着眼于岭南地区物产书写，但在这28种小说集中，涉及物产书写的约230则，占了总篇数的约61%，所记载物产也较魏晋时期多得多。此外，唐代小说还突破了魏晋时期物产人事的书写，开始更多地关注岭南地区的气候、风俗等方面，且描写更为真实详尽。最后，唐代小说岭南书写内容更加曲折。唐代传奇的产生，也为小说中的岭南书写提供了一条新路子，唐代文人们在进行小说创作时，不再局限于平铺直叙，产生了像《杨娼传》那样极富故事性的传奇小说，还有如裴铏《传奇》中创作的《崔炜》《陈鸾凤》等五篇以岭南人为对象的传奇，故事情节丰满曲折，这是在汉魏小说中难以见到的。总之，唐代小说中的岭南书写对前朝既有继承亦有发展，对这些小说进行深入研究，不仅可以补足唐史唐诗中岭南书写内容，帮助我们更为全面地了解岭南地区，还可以丰富唐代小说的内涵。

本章与第三章为一个整体，分别从自然书写与社会书写两方面讨论唐代小说中岭南书写的具体内容、由内容所反映出的唐人岭南印象及其文化意义。唐王朝对于岭南地区的管理措施，相比前朝既有延续又有发展。岭南地区是全国范围内位置偏远环境恶劣的地区之一，这样的自然条件没有变，因此，岭南仍为流贬官首选之地，这样的政治思想就不会变：依据《新唐书》中所载，有唐一代，由于各种原因被流放的官员约178例，若加上平民流放者和连坐流放者，流人的数量则数不胜数。在这178例流放官员中，被流岭南者就有126例，占了流官的70%。此外，又据尚永亮先生的统计，唐五代贬官岭南的人数约536人。[①] 尤其是在武则天时期，张柬之诛杀二张逼武则天退位后，一大批生活在二张身边的文人被贬岭南，著名的如杜审言、沈佺期和宋之问等。这种情况一直延续到晚唐时期。但是，对待岭南地区，李唐王室不再采取消极统治政策：自武德始，唐王朝通过设立都督府、岭南道，派遣节度使、经略使等方式加强对岭南地区的统治；安

---

① 尚永亮.唐五代贬官之时空分布的定量分析 [J].上海大学学报（社会科学版），2007，14（6）：81-94.

史之乱后，更在"岭南诸管均置经略、防御、招讨、处置、观察等使"①，从不因地处偏远而放松对岭南地区的统辖。在选官制度上，中原朝廷深知北方士子不愿入岭的想法，随着中央政策在岭南的实施，岭南社会更加稳定，人口数量较隋时也有了很大的增长②，中央开始采取科举和南选制度，一方面促使中央加强了对岭南地区的控制，另一方面也促进了岭南地区思想文化的发展。在经济上，张九龄成功开凿大庾岭，使得中原与岭南地区的交流更方便且频繁；广州的近海之便又使得它成为东西方经济文化往来的中心地带，岭南地区也得到了来自中原与东南亚各国的大力支持，就这样，与前朝相比，岭南各地都得到了一定的发展。而在文化上，唐代教育以官学为主，而许多在岭文人，如岭南本土士人张九龄，外来官吏柳宗元、韩愈等，他们也都热心于岭南地区的教育工作，在朝廷的推动和官员们的努力下，岭南地区官学也开始兴起，这使得儒家思想和中原先进思想文化得以在岭南传播。再加上汉代以来的佛道思想，在唐代的影响也更深，三股思潮与岭南本身的原始文化结合，使得岭南形成了既独特又包容的思想风貌。就是在这样的背景下，唐代小说对岭南地区的书写更为丰富和完善。下面讨论其对岭南自然环境的书写。

---

① 方志钦，蒋祖缘.广东通史 [M].广州：广东高等教育出版社，1996：437.
② 葛建雄主编，冻国栋著.中国人口史：第二卷 [M].上海：复旦大学出版社，2002：275–277.

第一节

"处处山川同瘴疠"：
唐代小说中的岭南自然气候书写

春秋代序，阴阳惨舒，物色之动，心亦摇焉。盖阳气萌而玄驹步，阴律凝而丹鸟羞，微虫犹或入感，四时之动物深矣。[①]

自然和气候的变化，都能挑动文人的心弦，所谓"伤春悲秋"，即是此理。一地的四季交替已能激起文人敏感的思绪，更何况两地之间气候的差异呢。岭南地区处于我国之南极，这里与北方的气候完全不同。或许生于斯、长于斯的岭南人还能对岭南发出"里树桃榔出，时禽翡翠来。观风犹未尽，早晚使车回"[②]的赞美，但对外地人来说可能就只剩下对气候无尽的哀叹了，特别是那些在政治斗争中失败而被贬岭南的文人，他们是很难认同岭南的。初唐诗人杜审言在被贬岭南时，深切地感受到了岭南地区与中原地区气候的差异："交趾殊风候，寒迟暖复催。仲冬山果熟，正月野花开。积雨生昏雾，轻霜下震雷。故乡逾万里，客思倍从来。"[③]与唐代诸多书写岭南气候的诗篇相比，此诗较为详细地叙说了岭南地区的气候特色。从诗歌中可以看出，岭南的气候至少有三个特点：一是冬短夏长，四季不明，仲冬时节仍可结果，寒冬正月野花盛开；二是空气潮湿，多雨多雾；三是秋冬之际仍有雷声。不过，杜审言创作此诗的主要目的还是借助岭南独特的气候来抒发他入岭后的去国怀乡之情、坎坷沉沦之感，我们只能从短小的诗句中大致了解岭南气候，要想对其有更全面的把握，小说中其实提供了更丰富的材料。

---

① 周振甫 . 文心雕龙今译 [M].北京：中华书局，1986：409.
② 彭定求 . 全唐诗：卷四十八 [M].北京：中华书局，1960：587.
③ 彭定求 . 全唐诗：卷六十二 [M].北京：中华书局，1960：734.

一、一日内阴雨多变，一岁间蒸热为多

岭南纬度低，山地多，又临海，因此湿热多雨是此处的常态。许多北来的入岭者都不太能习惯岭南的湿热气候，如宋之问在被贬往岭南途中写道："身经大火热，颜入瘴江消。"① 还未入岭，就已然感受到了岭南之热。可到底热到什么程度，这样的热又会延续多久，房千里在《投荒杂录》中记载更为完整：

南方春时，晴霁即如夏，阴雨即如冬，不复有韶光丽景。若通四时言之，夏多而微有冬，春与秋不复辨矣。②

岭南方盛夏，率一日十余阴，十余霁。虽大雨倾注，顷即赫日，已复骤雨。大凡岭表，夏之炎热，甚于北土，且以时热，多又蒸郁，此为甚恶。自三月至九月皆蒸热③。

从房千里的书写可以看出，岭南四季不明，似乎只有夏冬，而无春秋。又岭南夏季的气候多变，炎热难耐，一日之内可雨可晴，加上长期的湿热，人似乎生活在一个蒸笼之中，十分难受；而且这样长期的阴雨天气，常常使得"凡物皆易蠹败，葫膠氍氀，无逾年者"④，确实让远赴岭南的中原人无法习惯。因此烟雨、雾气、炎热等气候现象常出现在唐代入岭诗人的笔下，有的是对岭南气候的抱怨，有的则将其仕途失意、人生苦短之情融入其中，使之成为诗歌中的主要意象。如前文提到的初唐因二张事被贬岭南的诗人宋之问就常喜用岭南气候意象入诗："地湿烟尝起，山晴雨半来。

---

① 彭定求.全唐诗：卷五十三 [M].北京：中华书局，1960：654.
② 莫休符撰，陶敏主编.全唐五代笔记：第二册 [M].西安：三秦出版社，2012：1101-1102.
③ 莫休符撰，陶敏主编.全唐五代笔记：第二册 [M].西安：三秦出版社，2012：1102.
④ 莫休符撰，陶敏主编.全唐五代笔记：第二册 [M].西安：三秦出版社，2012：1131.

冬花采卢橘，夏果摘杨梅"①是将其归心似箭却又无法回乡的思念与无奈之情融入对岭南湿热、四季不明的气候书写中去，"潭蒸水沫起，山热火云生"②则是将其政治上失意之慨叹融入对岭南炎热气候的书写中。

此外，岭南地区这种潮湿炎热的天气，还酝酿出了挥之不去的"瘴气"，更是把岭南变成了一个无人愿意涉足的"鬼门关"。在《晋书·陶璜传》中，交州刺史陶璜上书陈述了岭南地区的情况："又臣所统之卒本七千余人，南土温湿，多有气毒，加累年征讨，死亡减耗，其见在者二千四百二十人。"③在战争之外，岭南气候居然也能夺人性命，而陶璜所谓的"气毒"实际上就是岭南有名的"瘴气"。纵观唐代文学，提及岭南自然气候的，都逃不过"瘴"字。"瘴"更成了岭南气候的代名词，也是岭南诗歌中的常见意象，而每当这个意象出现，总是蕴含着诗人对死亡的恐惧和对人生经历的悲苦之情。唐代诗人韩愈在第三次入岭时，深感回京艰难，生命已衰，便带着无奈与悲愤交代了后事。"知汝远来应有意，好收吾骨瘴江边"④，韩愈用"瘴江边"来代所贬之处——潮州，确也可以看出他对岭南地区气候的恐惧印象。宋之问与杜审言、沈佺期共同被贬赴岭南时也有"处处山川同瘴疠，自怜能得几人归"⑤的悲叹，一想到岭南的瘴气，诗人便自愁恐死于岭南，无法归乡了。这么多文人提到的瘴气，到底是什么呢？篇幅短小的诗歌似乎无法解决这个问题，而小说却可以解释清楚，且看晚唐刘恂的《岭表录异》中两则记录：

岭表或见物自空而下，始如弹丸，渐如车轮，遂四散。人中之即病，

① 彭定求.全唐诗：卷五十三 [M]．北京：中华书局，1960：651.
② 彭定求.全唐诗：卷五十三 [M]．北京：中华书局，1960：651.
③ 房玄龄等.晋书：卷五十七 [M]．北京：中华书局，1974：1560.
④ 彭定求.全唐诗：卷三百四十四 [M]．北京：中华书局，1960：3860.
⑤ 彭定求.全唐诗：卷五十一 [M]．北京：中华书局，1960：626.

谓之瘴母。①

　　岭表山川，盘郁结聚，不易疏泄，故多岚雾作瘴，人感之多病，腹胀成蛊。②

　　《岭表录异》中的这两条记载，一虚一实地介绍了岭南瘴气形成的主要原因：虚则是岭南地区会天降弹丸大小的"瘴母"，人被砸中就会生病，但此则记载虚构成分很大，在刘恂之前，几乎无人提出"瘴母"一词，今人也从未在岭南地区见过这种从天而降，会不断膨胀并能致人生病的东西；实则是岭南山多林密，动植物腐烂后散发出的气体无法消散，从而堆积起来成为瘴气。但不论是虚是实，从刘恂的记载中我们至少可以得到两则信息，一是瘴气的产生，二是瘴气能致病。而且，瘴的种类也很多，自宋以来的笔记中至少记载了青草、黄梅、桂花、黄茅、新禾、菊花等六种瘴气，而唐代小说中只见一种瘴，即房千里在《投荒杂录》中所写的"黄茅瘴"：

　　南方六七月芒茅黄枯时，瘴大发，土人呼为黄茅瘴。③

　　此则记载基本延续了嵇含《南方草木状》中的"芒茅"一则，房千里在书写时为其增添了时间而已。"黄茅瘴"会如何影响人类，小说中没有具体说明，不过徐彦若的《戏答成汭》倒是稍微提到了："南海黄茅瘴，不死成和尚。"④ 或许只是一则戏语，但若黄茅瘴真的能致死或导致生理上的病变，那也足见黄茅瘴的恐怖了。

　　有关瘴气的书写，在唐前的小说中较少见到。到了唐代，人们对"瘴"的了解逐渐加深，诗歌里的大量书写或许对小说起到了一定的推动作用，因而唐代小说中的瘴气书写要较前朝多了许多，这也为后世小说中的瘴气书写奠定了一定基础。到了宋代以后，这类小说的数量更多，书写内容也

---

① 鲁迅、杨伟群点校. 历代岭南笔记八种 [M]. 广州：广东人民出版社，2011：47.
② 鲁迅、杨伟群点校. 历代岭南笔记八种 [M]. 广州：广东人民出版社，2011：47.
③ 莫休符撰，陶敏主编. 全唐五代笔记：第二册 [M]. 西安：三秦出版社，2012：1102.
④ 彭定求. 全唐诗：卷八百七十 [M]. 北京：中华书局，1960：9865.

更完整，涉及瘴气的成因、瘴气的分类、染瘴后的症状及解瘴毒之法等各个方面，十分完备了。

二、飓风狂作，雷电常鸣

除了湿热与瘴气之外，岭南地区还存在着其他奇特的自然现象，常见的如飓风、雷和海市蜃楼。韩愈元和十四年（公元819年）被贬赴潮州时作了一首《泷吏》："恶溪瘴毒聚，雷电常汹汹。鳄鱼大于船，牙眼怖杀侬。州南数十里，有海无天地。飓风有时作，掀簸真差事。"[1] 这里提到了岭南地区诸多恐怖的因素，其中就包括雷电和飓风现象。

先谈飓风。岭南南临大海，又地处亚热带季风气候区，因此在春夏之际常会形成飓风，也就是我们今天所说的台风。在唐代诗歌中，较少提及岭南的飓风现象，这或许是因为大部分入岭的文人没有亲眼看过或亲身经历过飓风，毕竟岭南大部地区也只有广州沿海一带和海南等地能够产生飓风。但亦有少量诗歌中出现，如元稹在《送崔侍御之岭南二十韵》中写道岭南地区"飓风狂浩浩，韶石峻崭崭"[2]。柳宗元在《岭南江行》写道："射工巧伺游人影，飓母偏惊旅客船。"[3] 但元诗只是简单提到岭南飓风来告诉友人岭南之行的凶险，柳诗也只是借飓风来抒其无法归乡之苦痛，事实上，飓风的凶险要比他们笔下的更甚之。这在小说家们的书写中更能体现，如《唐国史补》中：

南海人言，海风四面而至，名曰飓风。飓风将至，则多虹霓，名曰飓母。然三五十年始一见。[4]

① 彭定求.全唐诗：卷三百四十一 [M].北京：中华书局，1960：3815.
② 彭定求.全唐诗：卷四百零六 [M].北京：中华书局，1960：4525.
③ 彭定求.全唐诗：卷三百五十二 [M].北京：中华书局，1960：3936.
④ 恒鹤点校.唐五代笔记小说大观：上册 [M].上海：上海古籍出版社，2000：199.

《唐国史补》的作者李肇，两《唐书》中记载其曾因李景俭酒后侮相事被贬澧州，但均无记载其到过岭南地区，因此此则对南海飓风的记载当仅是传闻。从这则笔记小说中可以知道，在科学不发达的古代，南海人认为飓风即是四面海风汇聚后形成的，这种观念在魏晋南北朝时期就已经形成了，在宋怀远的《南越志》中有载：“熙安间多飓风，飓者，具四方之风也。一曰，言怖惧也。常以六七月兴。未至时三日鸡犬为之不鸣。大者或至七日，小者一二日。外国以为黑风。”① 飓风之名，当取四面之风皆具及恐惧二意。这种观念也是深入人心的，在房千里的《投荒杂录》中我们也可以看到同样的记载：“南方诸郡皆有飓风，以其四面风俱至也。”② 此外，飓风来前会有虹霓为信号，且飓风30年到50年才会出现一次。我们以今天的知识去看这则记载，三五十年才有一次台风恐为误传，不过，台风来临前，空中确实常出现红霞、虹霓等景象。而在那些曾长期居于岭南的作者笔下，对于飓风的书写更为完善，如晚唐人刘恂在《岭表录异》的两则记载：

南海秋霞夏天间，或云物惨然，则见其晕如虹，长六七尺，比候则飓风必发，故呼为飓母。忽见有震雷，则飓风不作矣。舟人常以为候，预为备之。③

南中夏秋多恶风，彼人谓之飓。坏屋折树，不足喻也。甚则吹屋瓦如飞蝶。或二三年不一风，或一年两三风，亦系连帅政德之否臧者。然发则自午及酉，夜半必止。此乃飘风不终朝之义也。④

从第一则书写中我们可以发现，岭南地区的台风主要集中在夏秋之际，

① 李坊 . 太平御览 [M]. 北京：中华书局，1960：45.
② 莫休符撰，陶敏主编 . 全唐五代笔记：第二册 [M]. 西安：三秦出版社，2012：1102.
③ 鲁迅、杨伟群点校 . 历代岭南笔记八种 [M]. 广州：广东人民出版社，2011：47.
④ 鲁迅、杨伟群点校 . 历代岭南笔记八种 [M]. 广州：广东人民出版社，2011：47.

飓风来临前确实会出现晕和虹，这和李肇的记载是一致的。此外，此则书写中提到的"忽见有震雷，则飓风不作矣"，恰恰印证了民间流传的"一雷压九台"的说法。台风来临时打雷的概率是非常小的，古人虽无法用科学解释其中的缘由，但通过对生活的观察他们确实也已经得出了正确的经验，《岭表录异》中的这则记载也表现出了唐人的生活智慧。第两则记载主要描述了飓风的破坏力之大与其发作的时间间隔，对其破坏力的书写虽然简短，但很详尽，"坏屋折树"四字足见飓风的威力了。如今面对台风我们尚且要做足应对措施，何况在唐代呢？《旧唐书·宪宗李纯》中曾记载："戊申，容州奏飓风海水毁州城。"[1] 飓风导致海浪滔天，几乎毁灭了一座城池。这种飓风导致的威力极大的海浪在《岭表录异》"沓潮"则亦有记载："当潮水未尽退之间，飓风作而潮又至，遂至波涛溢岸，淹没人庐舍，荡失苗稼，沉溺舟船。"[2] 面对如此大的威力，唐人对岭南飓风及飓风过后导致的后果的恐惧之感就可想而知了，绝不是诗人笔下的"惊客船"那么简单。此外，《岭表录异》告诉我们，飓风有时两三年不作，有时一年有好几次，这几乎可以证明李肇说的"三五十年始一见"是不真实的。

其次是雷暴。雷，这种自然现象并不是岭南地区独有的，全国各地都可以见到，但由于岭南地区夏长雨多，因此雷暴现象要比其他地区更常见。而且我们从前面提到的杜审言的《旅寓安南》中"轻霜下震雷"一句也可以看出，尽管到了深秋初冬，依然有雷，这在其他地区就比较罕见了。唐代小说中对于岭南"雷"的书写主要集中于雷州地区，房千里在《投荒杂录》中的书写是较早也较完整的一篇：

> 唐罗州之南二百里，至雷州，为海康郡。雷之南濒大海，郡盖因多雷

---

① 刘昫. 旧唐书 [M]. 北京：中华书局，1975：457.
② 鲁迅、杨伟群点校. 历代岭南笔记八种 [M]. 广州：广东人民出版社，2011：48.

而名焉，其声恒如在檐宇上。雷之北高，亦多雷，声如在寻常之外。其事雷，畏敬甚谨，每具酒肴奠焉。有以彘肉杂鱼食者，霹雳辄至。南中有木名曰棹，以煮汁渍梅李，俗呼为棹汁。杂彘肉食者，霹雳亦至。犯必响应。[①]

　　这则书写分前后两个部分，前一部分简明扼要地说明了雷州的地理位置和名字由来，后一部分则较为生动地叙述了雷州地区的一些奇人异事，在这里，只引用了前半部分。我们可以想象，在没有高楼大厦和避雷针的古代，雷暴的肆虐给岭南人带来了不少灾难，他们也欲解释雷暴临头的原因：一是同食猪肉与黄鱼者，二是同食猪肉与棹汁者。这两个解释都充满奇异色彩，在房千里之后的书写岭南雷暴的小说中也多继承了他的说法，如李肇的《唐国史补》中有：

　　或曰雷州春夏多雷，无日无之。雷公秋冬则伏地中，人取而食之，其状类彘。又云，与黄鱼同食者，人皆震死。亦有收得雷斧、雷墨者，以为禁药。[②]

　　这则书写要比房文简单了许多，也没有生动的情节，但我们可以看到李肇对雷州之雷的书写，是在继承房文的基础上加以修改润色而成的，从中还可以了解到雷公的冬眠习性。之所以小说中存在"以彘肉杂鱼食者，霹雳辄至"的观点，或许是因为人们相信雷公猪首鳞身，这点房千里在《投荒杂录》也已提到"尝有雷民，因大雷电，空中有物，豕首鳞身，状甚异……雷民图雷以祀者，皆豕首鳞身也"[③]，因此，同食二者是对雷公的不敬，会遭雷劈也就可以理解了。

　　中国古代先民在面对他们无法解释的自然现象时，宗教崇拜和神话就

---

① 莫休符撰，陶敏主编. 全唐五代笔记：第二册 [M]. 西安：三秦出版社，2012：1099.
② 莫休符撰，陶敏主编. 全唐五代笔记：第一册 [M]. 西安：三秦出版社，2012：852.
③ 莫休符撰，陶敏主编. 全唐五代笔记：第二册 [M]. 西安：三秦出版社，2012：1100.

随之产生了。雷暴的到来，常伴随着狂风骤雨，甚至是火灾洪灾等自然灾害，在中原文化圈中，很早就产生了与雷神有关的神话。而随着这些中原文化的传入，加上岭南人自己的原始观念，在岭南地区也逐渐产生了雷神崇拜，这一点将在第三章中进一步叙述。

除了上述自然气候的书写外，临海地区常见的海市蜃楼现象，小说中也有记载，如孟琯的《岭南异物志》："朱崖人，每晴朗，见海中远山罗列，皆如翠屏，而东西不定。悉蜃蜃也。"[①]时人无法解释他们所看到的景象，便认为若隐若现的海蜃现象是蜃蜃。

综本节所述，在唐代，诗人和小说家们都时常书写岭南地区的自然气候，这是因为对于这些北来的文人来说，入岭后他们都深刻地体会到了令人难以忍受的气候和陌生的岭南风物，这特别能引起他们的创作欲望：诗人们融情于景，或抒悲苦，或发愤懑，因而留下了一大批书写岭南地理环境的诗篇，感性地书写着岭南气候；而小说作者则采用更细致而理性的方式书写岭南气候，尽可能记录和解释这些气候现象的表现和成因。若将二者结合，一方面可以帮助我们更好地把握岭南地区气候特点，另一方面可以让我们更好地去体会入岭者的哀与赞，或许能获得更好的阅读体验。

---

① 莫休符撰，陶敏主编．全唐五代笔记：第二册 [M]．西安：三秦出版社，2012：
1133．

第二节
"越岭向南风景异"：
唐代小说中的岭南地理景观书写

户崎哲彦在《唐代诗人所发现的山水之美与岭南地区——中国岭南地区文学研究的倡言》中说道："岭南山水之美的发现与古代作家之间存在着某种共同之处。那就是：山水之美是作为被遗弃在穷乡僻壤的存在而发现的，这表明了一个心理过程。"[①] 刚入岭的文人，确实会因为岭南地区恶劣的气候环境和迥异的风俗人情而尽感悲哀，才发出"老亲依北海，贱子弃南荒。有泪皆成血，无声不断肠"[②] 的哀叹。但当他们逐渐习惯这里的生活后，他们反而开始自觉地去发现岭南地区的独特性，这种自觉也许是缓慢的：从最开始的无奈——"剡中若问连州事，唯有千山画不如"[③]，到带有优越性的观赏——"桂林风景异，秋似洛阳春"[④]，再到彻底的接受——"江作青罗带，山如碧玉簪"[⑤]。这种自觉的进程，或许正是户崎先生所说的"心理过程"吧。正因为岭南独特的地理景观给入岭文人的黑暗生活带去了一丝丝曙光，才引得大量文人开始对其进行书写。唐代诗歌中对岭南地理景观的书写有两个特点：一是涉及的地理景观极为广泛，多达60余处；二是外籍诗人的创作要比本土诗人创作数量多得多。[⑥] 不过这些诗歌多是借景抒情之作，对岭南地区的地理景观无法做到细致的刻画，且总是融入诗人

---

① 户崎哲彦、赵克、张民.唐代诗人所发现的山水之美与岭南地区——中国岭南地区文学研究的倡言 [A]. 见：东方丛刊 [C]，桂林：广西师范大学出版社，1999（4）：208.
② 彭定求.全唐诗：卷八十七 [M].北京：中华书局，1960：951.
③ 彭定求.全唐诗：卷三百六十一 [M].北京：中华书局，1960：4084.
④ 彭定求.全唐诗：卷五十三 [M].北京：中华书局，1960：658.
⑤ 彭定求.全唐诗：卷三百四十四 [M].北京：中华书局，1960：3864.
⑥ 陈凤谊.唐五代岭南诗歌研究 [D].广西：广西大学，2014：51-52，60-61.

自身情感，使得在一定程度上对这些景物的描写不够真实。

　　小说家们也注意到了岭南地区地理景观的独特性。但与外籍诗人喜欢书写岭南地理景观稍微不同的是，对于唐代外地小说家来说，当他们面对部分岭南地理景观时，既没有物产、风俗奇异，也没有气候、人事诡异，也不需要像诗人一样通过这些景观来抒写情致，他们便不太喜欢把岭南地区的地理景观作为主要的书写对象，因此，相较于物产、风俗等方面的书写，有关岭南地理景观书写的数量则少了许多。而岭南本土小说家笔下的岭南地理景观书写所涉及的范围反而要多一些，刻画也更细致一些，这主要是因为对于岭南本土文人来说，与他们长期共生共存的环境虽无法触动他们的心弦，以平常心对待这些景物终究是难以写出诗歌来的，但若只是真实记录和描绘赞美的话，就容易多了。但可惜，岭南本土小说家如凤毛麟角，这主要与唐代的选官制度有关，根据《唐摭言·卷一》中记载，"金汝、盐丰、福建、黔府、桂府、岭南、安南、邕、容等道，所送进士不得过七人，明经不得过十人"①。与其他地区相比，岭南地区可送举人最少。又根据戴伟华先生的统计，有唐一代籍贯在岭南地区的文士仅19人，且南海地区未出一人②，岭南本土文化发展受限，也就不难理解了。尽管如此，莫休符的一部《桂林风土记》，不论是在书写内容的广度上，还是在刻画景物的深度上，都超越了其他外籍人的书写。总的来说，唐代小说中的岭南地理景观书写主要有以下几个方面的内容：

一、岭南的自然风景

　　在唐人心中，以崇山峻岭和水系发达为主要特征的岭南地区，荒蛮奇特，是没有城市只有山水的地方，居住在这里基本上就意味着个人在仕途

---

① 恒鹤点校.唐五代笔记小说大观 唐摭言卷 [M].上海：上海古籍出版社，2000：1577.
② 戴伟华.地域文化与唐代诗歌 [M].北京：中华书局，2006：33-35.

上被否定，甚至成为很多人政治道路的终点站。因此对于大部分唐代士人来说，岭南地区绝不是一个理想的居住地，在他们细致地描绘岭南自然环境时，或突出岭南地区与他们格格不入的那一面，给人以疏离感；或在他们习惯这种生活后，便放下政治理想，开始游览某些山水景观并写出这些景物的独特性，给人以神秘感。前者主要集中在对岭南整体自然环境的书写上，后者则主要体现在对岭南某些地标性景观的书写中。

　　首先是对岭南整体自然环境的书写。唐传奇中的名篇《补江总白猿传》是以岭南地区为故事背景而写成的，从文中描写白猿居所环境的段落，可以大致看到岭南地区的自然环境：

　　因辞疾，筑其军，日往四遐，即深陵险以索之。既逾月，忽于百里之外丛筱上，得其妻绣履一双。虽浸雨濡，犹可辨识。纥尤凄悼，求之益坚。选壮士三十人，持兵负粮，岩栖野食。又旬余，远所舍约二百里，南望一山，葱秀迥出，至其下，有深溪环之，乃编木以度。绝岩翠竹之间，时见红彩，闻笑语音。扣萝引絙，而涉其上，则嘉树列植，间以名花，其下绿芜，丰软如毯。清遇岑寂，杳然殊境。①

　　众所周知，唐传奇要比笔记的虚构成分更多。很明显，《补江总白猿传》这篇传奇中所述情节是虚构的，只不过借用了一些真实存在的历史人物来增加其可信度罢了。但尽管如此，今人也早已提出，就连传中的一些历史人物和事件都有待考究②，那么对岭南整体自然景观的书写又是否真实呢？窃以为当是真实的。一是因为兰钦南征时，确实经过了岭南地区，《梁

① 李剑国.唐五代传奇集：第一册[M].北京：中华书局，2015：47-48.
② 卞孝萱.《补江总白猿传》新探[J].西北师大学报，1991(3)及陈珏.《补江总白猿传》"年表错乱"考[C].中国唐代文学学会第十一届年会暨国际学术讨论会，2002(5).（其中对该篇传奇中出现的蔺钦南征事件、随征人员等做了较为详细的考察，认为蔺钦实为兰钦之误，且兰钦南征时欧阳纥年方8岁，不仅无法随征，更不可能发生传中情节，这些都是作者为诬欧阳询所刻意虚构的）

书》中载"经广州，因破俚帅陈文徹兄弟，并擒之"①。二是如果说作者虚构人物是为了污蔑欧阳询，那么确实没有虚构环境的必要。从这段传奇中我们至少可以看到，岭南地区整体环境以山林为主，又间有溪流，山林的面积极为广阔，以至欧阳纥花了一个多月的时间才从中寻到妻子踪迹。此外，岭南地区花红柳绿，十分幽美。但在欧阳纥的整个搜寻过程中，我们丝毫看不到岭南地区的人迹，作者也明确地告诉我们，这是白猿的居住地，是不属于人类的，所以尽管风景优美，但始终给人以排异感和疏离感。

其次是地标性的山水书写。岭南地区有许多著名的山水景观是令人向往的，如罗浮山、独秀峰、仙人山，它们是岭南地区的独特存在，不仅本身具有观赏性，而且承载了很多岭南地区的人文文化。例如仙人山，刘恂的《岭表录异》用十分简洁的笔墨书写了仙人山的神异特色：

象州武仙县仙人山，有神人聚集众高山，羽驾时见。如建州武夷山，皆有仙人换骨函存。②

仙人山同武夷山一样，是岭南地区一个承载了神仙道教文化的自然景观，笔墨虽简，但已经给人以神秘感。再如莫休符笔下的独秀山：

在郭中，居子城正北百余步。高耸直上，周回一里余。迥出郭中，下有岩洞。旧有宋朝名儒颜延之宅读书亭，后为从事所居。往往见灵精，居者少宁，前政张侍郎废毁焉。③

此则书写写出了独秀山的特色，高且广，有岩洞，虽曾有人居住，但作者也提到了"往往见精灵"，同样也给人以神秘之感。

不论是对整体环境的书写，还是对具体的地标性景观的书写，都体现

---

① 姚思廉.梁书[M].北京：中华书局，1973：467.
② 鲁迅、杨伟群点校.历代岭南笔记八种[M].广州：广东人民出版社，2011：79.
③ 莫休符撰，陶敏主编.全唐五代笔记：第三册[M].西安：三秦出版社，2012：2564.

了在唐人心中，尤其是外地人心中，岭南是与人间迥异的，是与中原大地的环境相背离的，只有飞禽走兽或神仙道人才能居住，唯独不适合人类。这种对岭南自然环境的印象一方面导致了更多中原人不愿意入岭，使得岭南地区发展迟缓；另一方面岭南山水酝酿出了宗教的气息，在一定程度上促进了岭南道教、佛教等宗教思想的发展。

二、岭南的人文景观

尽管岭南地区荒芜落后，但经过长时间的发展，也建立并保存了许多人文景观。它们既是自然界的产物，更是人类活动的产物，可以说这些人文景观是岭南历史和文化的见证者，因而记录这些景观的小说则是在向人们诉说岭南的历史与文化。与岭南的自然景观相比，人文景观的书写贴近生活，因此不再给人以排异、疏离之感，反而是充满人情味的亲切感、美好感。

唐代小说中对岭南人文景观书写数量较多也较为完善的，当推晚唐岭南人莫休符的《桂林风土记》。小说中书写了桂林地区的庙、观、亭等各类人文景观共17则，在书写过程中，作者常加入与其相关的事件叙述，使得人文景观的书写要比自然景观的书写生动具体许多，如文中记载桂林东观一景时写道：

观在府郭三里，隔长河，其东南皆崇山巨壑，绿竹青松，崆峒幽奇，登临险隘，不可名状。有石门似公府之状，而隘汇。烛行五十步有洞穴，坦平，如球场，可容千百人。如此者八九所，约略相似，皆有清泉绿水，乳液葩浆，怪石嵌空，龙盘虎踞，引烛缘涉，竟日而还，终莫能际。相传云：昔有人好泉石，多束花果裹粮，深涉而行。还计其所行，已及东河之下，如闻榫楫濡濡之声在其上。又有山外高峰，旧有亭台，近已摧坏。前政张侍郎名固，大中年重阳节宴于此，从事卢顺之赠固诗曰："渡江旌旆动鱼龙，令节开筵上碧峰。翡翠巢低岩桂小，茱萸房湿露香浓。白云郊外无尘事，黄菊筵中尽醉容。好是谢公高兴处，夕阳归骑出疏松。"张侍郎和诗曰："乱山青翠郡城东，爽节凭高一望通。交友会时丝管合，羽觞飞处笑言同。金英耀彩晴云外，玉树凝霜暮雨中。高咏已劳潘岳思，醉欢惭道自车公。"咸通年，前政张大夫《重游东观》诗曰："岩岫碧潺湲，灵踪若可攀。楼台烟霭外，松竹翠微闲。玉液寒深洞，秋光秀远山。凭君指归路，何处是人寰。"①

作者用细致的描写展现了东观既美又奇的风景，不禁让人想到了陶潜笔下的桃花源世界。这里和《补江总白猿传》中的描写有相似的地方，都是群山环抱，树木成林，但与猿怪的居住地不同，东观是充满了人文气息的，是让人想去亲近和感受的。莫休符接着引用大中年间桂管观察使张固与从事卢顺之的宴游作诗之事，不仅渲染出了东观之美景，也写出了筵席之欢愉。这样的描写，让人完全忘记了岭南的荒蛮与恐怖，尽是一片闲适与自在。除了东观外，莫休符还书写了秀丽如画的隐仙亭、诡异奇幻的欧阳都护家、灵验神秘的尧山庙等，在书写过程中，莫休符将虚构的传说与真实的美景结合在一起叙述，既描绘了岭南地区秀美的人文遗迹，又记录了岭南地区珍贵的历史真实，他的这些书写也一直影响到后代人对岭南地区自然地理的书写，甚至是不加修饰地直接引录。

此外，岭南以外的小说家也偶对岭南地区人文景观进行书写，如刘恂在《岭表录异》中就记录了仙人山、越井岗、越台井、朝汉台和雷公庙等景观，比起其他内容的书写少了很多，且仅是简单的记录罢了，但"绿珠井"一则写得却颇具特色：

绿珠井，在白州双角山下。昔梁氏之女有容貌，石季伦为交趾采访使，以珍珠三斛买之。梁氏之居，旧井存焉。耆老传云："汲饮此水者，生女

① 莫休符撰，陶敏主编.全唐五代笔记：第三册 [M].西安：三秦出版社，2012：2561.

必多美丽。里间有识者以美色无益于时，遂以巨石镇之。尔后虽时有产女端丽，则七窍四肢多不完全，异哉！"①

作者没有着笔于绿珠井周边的环境描写，而将井与历史故事和迷信传说结合起来叙述，使得与老百姓的生活息息相关的一口井，充满了奇异的色彩，或许会促使更多的人来一探究竟。除此之外，岭南地区还有一个较为著名的人文景观，即贪泉。有关贪泉的故事在《晋书》中就有记载，不过唐代小说《独异志》则在史书的基础上渲染了一丝神异：

吴隐之为广州，旧有贪泉，人饮之则贪黩，隐之酌而饮之。兼赋诗曰："古人云此水，一歃怀千金。试使夷齐饮，终当不易心。"又居母丧过礼，家贫无以候。宵分常有双鹤至，夜半惊唳，隐之起哭，不失其时。②

在书写的过程中，虽也没有过多地描绘贪泉之景，但吴隐之的诗作已经赋予了这个景观浓厚的人文气息，且隐之喝贪泉水仍保持清廉，以及母丧鹤至的奇事，给这则书写增添了传奇性。

戴伟华先生在《地域文化与唐代诗歌》一书中提到，"本土作家在表现本土文化时有局限性，他会视自身生活的环境所呈现出的景观为平常现象而不去表现，但外来作家颇有优势，他们是以外来者的眼光去审视环境的"③。综本节所述我们可以发现，戴先生的观点运用在诗歌创作中是完全正确的，正是岭南独特的地理景观激发了唐代入岭诗人的创作欲望，在诗歌中大量书写岭南景观。但窃以为无法说明小说创作的问题，从上面的叙述中我们可以发现，外地小说家反而不太喜欢关注岭南的地理景观，这主要是因为入岭者始终是带着偏见俯视着岭南这块区域的，岭南普通的山山

① 鲁迅、杨伟群点校.历代岭南笔记八种[M].广州：广东人民出版社，2011：48.
② 莫休符撰，陶敏主编.全唐五代笔记：第三册[M].西安：三秦出版社，2012：1787.
③ 戴伟华.地域文化与唐代诗歌[M].北京：中华书局，2006：162.

水水无法满足他们的"猎奇"心理，如果不是有与奇异事件相关的景观，他们几乎不屑书写；而本土小说家则多能带着欣赏的目光去细致地描绘岭南，并将笔墨着重放在对风景的记录上，还原一个真实美丽的家乡。因而，尽管诗歌的创作已经趋于完整，但比起诗歌，小说中对岭南地理景观的书写更客观真实，更能让我们看清岭南这个地理空间的样貌。

第三节
"丹蛇玄虺潜蝼蛇"：
唐代小说中的岭南物产书写

自汉魏开始小说家们对岭南的奇特物产产生了浓厚的兴趣，唐代以来，小说家们的这个兴趣有增无减，对岭南物产的书写主要集中在笔记或杂俎类小说中，所涉物产种类丰富，动物、植物、珍宝等皆有。细究之，唐代小说对岭南物产的书写，基本延续了汉魏以来的书写内容，但在其基础上范围有所扩大，描写也更为细致。岭南地区之所以有那么多奇特丰富的物产资源，与两个因素密切相关。一是岭南自身的气候环境。岭南地区属于热带、亚热带气候，山林众多，且中原人对岭南的开发毕竟有限，因此岭南广大地区还如同原始森林一样，是许多动植物的温床。二是中原人对海洋的开发。"高宗以后，朝廷在广州设置全国唯一的市舶使，主管海路邦交外贸，广东对外贸易空前繁荣，广州成为东西方贸易的东方中心"①，广州因此成为连接内陆和海上的主要关口，除了广州之外，合浦也是一个重要的关口，这都使得内陆居民能够更多地了解海洋，海洋的物产也源源不

---

① 方志钦，蒋祖缘．广东通史：上册 [M]．广州：广东高等教育出版社，1996：432.

断地输入内陆，而这些物产，正是促使小说家们争相书写的最大动因。

在这种自然、社会环境中产生的岭南物产，影响了唐人对岭南地区物产的书写趋向：他们尤其喜欢书写中原地区没有的物产，因此他们习惯于将目光放置于临海地区，形成了书写内容的"趋洋性"。此外，很多岭南地区独有的物产对于大部分外地人来说是很奇特的，而就算是在中原地区也可以见到的物产，如猿猴、蛇等，他们也努力去同寻异，书写相同种类物产中的不同之处，使得书写内容具有"趋怪性"。当然面对那些虽不常见，但毫无怪异可谈的物产，如桂花、鹧鸪等，他们也真实记录，或发掘这些物产的某些价值，因而书写内容具有"趋实性"。

一、趋"洋"性

在论述汉魏小说中的岭南书写时，我们已经提到，临海的地域特色给岭南带去了十分丰富的海洋资源，也正因如此，长期以来中原人都觊觎着这片土地上特有的物资。又如上所述，唐代政府更为重视海陆交往，广州成为海上丝绸之路起点，对外贸易频繁，合浦也仍然发挥着它的临海优势，这些都使得岭南地区成为联系海上与内陆的重镇，因此大量的海洋物产得以在岭南地区见到，促使小说家们产生了海洋意识，更多地书写临海物产。

这种海洋意识不是一蹴而就的，在汉魏小说中对海洋物产书写不论是数量上还是内容上，都不太丰富，只书写一些常见物产罢了，如珍珠、贝类、鲸鱼等，而且也只是如杨孚那样的岭南本地小说家在书写而已。这种情况在初唐也没有很大的改变，除了一些在岭南地区待了一段时间的如房千里、孟琯等人偶尔书写临海物产外，很少有小说家有海洋意识。一方面初唐小说还不具规模，另一方面初唐时期广州还没有真正发挥出它的港口作用，这种情况一直到中唐才得以改善。以《酉阳杂俎》为例，其中的"珊瑚"条记载了汉代的事：

珊瑚，汉积草池中珊瑚，高一丈二尺，一本三柯，上有四百六十二条，是南越王赵佗所献，号为烽火树，夜有光影，常似欲燃。①

这则书写十分简洁明了，用极少的文字说明了汉代积草池中这个珊瑚的外貌和来源。这个珊瑚是南越王赵佗所献，因此可知这是来自岭南地区的物产，对于外地人来说，海中的珊瑚绝对是难得一见的珍宝，而段成式将汉代的珊瑚拿出来书写，更说明了时人对珊瑚这种物产的喜爱。除了珊瑚外，《酉阳杂俎》中还记录了南海一种名曰"海术"的水族、南海中的玳瑁等海中物产，可以发现，中唐时期，小说家们已经越发地趋向于选择海洋物产来进行书写了。中唐以后这种书写就更多了，如《北户录》中记载了红蟹、水母等海中物产，以"水母"为例：

水母，一名蚱，一名石镜，南人治而食之。云性热，偏疗河鱼疾也。其法：先以草木灰退去外肉，中有一物，或紫或白，合油水再三洗之，杂以山姜、荳蔻煮过，其莹彻不可名状。至于真珠、紫玉，无以比方。此物须以虾醋食之，盖相宜也。按《博物志》云："东海有物，状如凝血，纵横数尺，无正员，名曰蚱。亦无头目肠藏，众虾随之，越人食之。"《稽圣赋》云："水母，东海谓之正白，蒙蒙如沫生物，皆别无眼耳，故不知避人。常有虾依随之，虾见人惊，此物亦随之而惊，以虾为目自卫也。亦如视肉有眼，以物摘之，则其眼移处。"②

段公路的记载可谓全面，说明了水母之名、水母之样和水母之用，并引用了其他书中的记载来具体说明水母的习性，可以说这是段公路在全面了解后才写下的，虽然语言缺乏生动，但很真实，说明随着人们对海洋意

① 莫休符撰，陶敏主编.全唐五代笔记：第二册 [M].西安：三秦出版社，2012：1597.
② 莫休符撰，陶敏主编.全唐五代笔记：第三册 [M].西安：三秦出版社，2012：2141.

识的加深，他们不仅停留在对海洋物产表面的了解，更多地开始了解它们在海中的生活方式和它们的用途。而《岭表录异》中对海洋物产的记载更丰富，虾蟹鱼贝、玳瑁海镜，应有尽有，其中提到了"海鳅鱼"这种物产，是第一次在小说中出现，并且写得十分精彩：

> 海鳅，即海上最伟者也。其小者亦千余尺，吞舟之说，固非谬也。每岁，广州常发铜船，过安南货易，路经调黎深阔处，或见十余山，或出或没，篙工曰："非山岛，鳅鱼背也。"双目闪烁，鬐鬣若簸朱旗。危沮之际，日中忽雨霡霂，舟子曰："此鳅鱼喷气，水散于空，风势吹来若雨耳。"及近鱼，即鼓船而噪。倏尔而没去。交趾回人，多舍舟，取雷州缘岸而归，不惮苦辛，盖避海鳅之难也。乃静思曰，设使老鳅瞑目张喙，我舟若一叶之坠眢井耳，为人宁得不皓首乎？①

尽管我们看到这个名字，并不知道这个物产是什么，似乎是一种作者虚构的大型生物，但从作者的书写来看，海鳅大如山岛，长须如旗，可喷水汽，其实就是今天我们所熟知的鲸鱼。刘恂的这则书写用较为华美的辞藻和船工的具体言论描绘出了海鳅的特点，反映了海鳅之奇和人们对它的惊恐印象。鲸鱼常生活在远海区域，在我国东海和南海地区皆有，自汉代杨孚的《异物志》就有相关记载，但十分简单，仅是告知了鲸的大小和其目可化珠，看得出此时人们对鲸鱼的了解还不是很多。唐代以来，在戴孚的《广异记》中也记载了有关鲸鱼的传说，一则是记载岭南节度使何履光在岭南地区所目睹的三件异事，其中一则为海中有山，山中有鱼，叫声如雷；还有一则为海中有山，山中有物，可尽吞此山。恐怕这两种大型物产也是鲸鱼。此外，《广异记》还记载了雷公与鲸鱼打斗之事。戴孚的生平在史书中几乎不见，我们只能从《广异记》和《唐才子传》中窥见，并没有记载说明他到过岭南，再

---

① 鲁迅、杨伟群点校.历代岭南笔记八种[M].广州：广东人民出版社，2011：71-72.

从他的夸张生动的书写来看，他并没见过鲸鱼，也不了解鲸鱼，因此他的书写充满了传奇性。而刘恂则不一样，从他的书写可以看出，尽管更多的是引用船工之言，但足以说明时人对鲸鱼的了解，且自刘恂之后，有越来越多的人了解海鳅这种生物，不仅在文学作品中多次出现，甚至"海鳅"还成为古代战船的名字。可见海洋意识的提升，确实经历了一个较长的过程，唐代政府对广州和岭南海域的开发，在其中起到了极为重要的作用。

二、趋"怪"性

胡应麟在《少室山房笔丛》中提出："变异之谈，盛于六朝，然多是传录舛讹，未必尽幻设语，至唐人乃作意好奇，假小说以寄笔端。"① 所谓"作意好奇"当有两个层面，在小说创作之前，小说家们带着"好奇"心去发现可书写的内容；而在进行创作时，更注意运用必要的夸张、想象，使得故事更为曲折离奇，更具可读性。而岭南地区地处边缘，自身的神秘性很好地满足了"作意好奇"的第一个层面，吸引了大批文人把目光投向岭南。他们记录下了岭南地区很多十分奇怪的物产，这些物产有时令人害怕，有时令人喜爱，"怪"得各有特色。

首先是令人惊恐之"怪"。岭南恶劣的自然环境也滋生了很多令人害怕的奇怪物产，如《酉阳杂俎》中书写了一系列岭南地区专有的恐怖物产：

> 毒蜂，岭南有毒菌，夜明，经雨而腐，化为巨蜂，黑色，喙若锯，长三分余，夜入人耳鼻中，断人心系。②

> 蓝蛇，首有大毒，尾能解毒，出梧州陈家洞。南人以首合毒药，谓之蓝药，药人立死。取尾为腊，反解毒药。③

---

① 鲁迅. 中国小说史略 [M]. 北京：中华书局，2014：55.
② 恒鹤点校. 唐五代笔记小说大观·酉阳杂俎 [M]. 上海：上海古籍出版社，2000：688.
③ 恒鹤点校. 唐五代笔记小说大观·酉阳杂俎 [M]. 上海：上海古籍出版社，2000：689.

胡蔓草，生邕、容间，丛生，花偏如栀子稍大，不成朵，色黄白，叶稍黑。误食之，数月卒，饮白鹅、白鸭血则解。或以一物投之，祝曰："我买你。"食之立死。①

三则书写的物产都是在岭南特有的湿热、瘴气环境中产生的，都是带有毒性的东西，毒蜂、毒蛇和毒草，皆能要人性命，似乎行走在岭南地区，一不小心就会丧命。这样的书写确实会给人留下十分恐怖的印象。或许是为了缓解人们的担心，也或许是真实记录，段成式还特意说明了解毒之法，倒是令人安心了一些。

除了有毒物产令人感到害怕外，还有一些物产尽管不会害人性命，但小说家们将它们写得极其神秘，也给人留下了惊奇印象，如《广异记》中一则有趣的记载：

天宝末，刘荐者为岭南判官。山行，忽遇山魈，呼为妖鬼。山魈怒曰："刘判官，我自游戏，何累于君？乃尔骂我！"遂于下树枝上立，呼班子。有顷虎至，令取刘判官。荐大惧，策马而走，须史为虎所攫。坐脚下。魈乃笑曰："刘判官，更骂我否？"左右再拜乞命。徐曰："可去。"虎方舍荐，荐怖惧几绝。扶归，病数日方愈。荐每向人说其事。②

除了此则书写外，在《广异记》中还记载了另一则与山魈有关的小说，述山魈喜欢脂粉，若与之脂粉，它可为人类驱赶老虎事，看起来山魈有时还有些可爱。但此则书写中的山魈却只因为刘判官的一句话，则唤来老虎惩罚他，这不禁让人毛骨悚然，十分惊奇。再如《岭表录异》中记载的名为"鬼车"的鸟类：

鬼车，春夏之间稍遇阴晦，则飞鸣而过。岭外尤多。爱入人家，烁人

---

① 恒鹤点校.唐五代笔记小说大观·酉阳杂俎[M].上海：上海古籍出版社，2000：704.
② 莫休符撰，陶敏主编.全唐五代笔记：第一册[M].西安：三秦出版社，2012：535.

魂气。或云九首，曾为犬啮其一首，常滴血，血滴之家，则有凶咎。故闻其声则击犬，使鸣吠，以厌之也。[①]

关于"鬼车"的记载，早在《楚辞》和《山海经》中就能见到，是中原地区神话传说中的一种鸟类。从刘恂的记载中可以看出，鬼车鸟不仅会收人魂气，还会给人带来厄运，确实令人惊奇。不过同样，作者在小说中也给出了解决办法，告知读者鬼车怕狗，可以以犬吠驱之。这些书写都反映了岭南给唐人留下的恐怖怪异的印象，这些物产的存在也成了中原人不愿踏入岭南的一个因素。

其次是令人喜爱之"怪"。在唐代小说家追寻岭南奇异物产的过程中，除了发现了那些令人恐惧的奇异物产外，当然也有个别物产令他们欢喜。最主要的一类就是那些与人相通的动物，如《朝野佥载》中的"猩猩"条：

安南武平县封溪中有猩猩焉，如美人，解人语，知往事。以嗜酒故，以屐得之，槛百数同牢。欲食之，众自推肥者相送，流涕而别。时饷封溪令，以帕盖之。令问何物，猩猩乃笼中语曰："唯有仆并酒一壶耳。"令笑而爱之，养畜，能传送言语，人不如也。[②]

猩猩或许是与人类最接近的一种动物，今年的考古研究中，在广西崇左地区发现了可以归入猩猩类的类人猿牙齿化石[③]，不过唐代岭南地区的猩猩，是生于本土还是外来的，我们已经无从知晓。纵观唐代小说，出现能言的类人猿的书写有很多，如上文提到的传奇《补江总白猿传》，其中的白猿与这则书写中的猩猩有许多相似之处：都嗜酒，都能言。但仔细考察《补江总白猿传》中的书写："日晡，有物如匹练，自他山下，透至若飞，

① 鲁迅、杨伟群点校．历代岭南笔记八种 [M]．广州：广东人民出版社，2011：64-65.
② 恒鹤点校．唐五代笔记小说大观·朝野佥载 [M]．上海：上海古籍出版社，2000：75.
③ 赵凌霞，王翠斌等．广西崇左木榄山洞古人类遗址中发现的猩猩类牙齿化石及其分类演化意义 [J]．科学通报，2009，54（19）：2920-2926.

径入洞中，少选，有美髯丈夫长六尺余，白衣曳杖，拥诸妇人而出。见犬惊视，腾身执之，披裂吮咀，食之致饱。"① 能飞多毛，磨牙吮血，兽性多而人性少，令人恐惧。但反观此则书写中的猩猩，它和人类十分相似，不仅长得好看，还能言语，而且和人类一样嗜酒，确实令人深感亲密。加上它能说会道，会开玩笑，一句戏语"唯有仆并酒一壶耳"，就把县令逗得哈哈大笑，哪里还有白猿身上的兽性？再看同样充满人性的裴铏《传奇》中《蒋武》篇中的猩猩，为了拯救大象，而去恳求蒋武射杀老虎，虽其主旨在于歌颂蒋武的英勇善良，但猩猩的举动同样是英雄之举，令人喜爱。仅以唐代小说中猿类的书写来看，由初唐到晚唐，对类人猿的书写从野兽，到普通人类，再到带有英雄性格的人类，我们似乎可以从中发现唐人对岭南印象的转变。除了写猿猴外，小说还书写了其他一些充满魅力的动物，如《岭表录异》中记载了一头刚烈的大象：

明皇所教之象：天宝之乱，禄山大宴诸酋，出象，之曰："此自南海奔至，以吾有天命，虽异类见必拜舞。"左右教之，象皆努目不动，终不肯拜。禄山怒，尽杀之②。

这头大象在安禄山面前表现得镇定自若，坚贞不屈，如同英雄一般，宁死不屈，令人敬佩。此外还有其他一些令人喜爱的能言动物，如《明皇杂录》中记载的养在杨贵妃身边聪慧能言的鹦鹉"雪衣女"③，《岭表录异》中记载的能效仿人言的秦吉了④。唐代小说家在书写这些能言动物时，都有许多夸张成分，但正是因为他们的虚构，使得这些本身很普通的动物充满人性，十分令人喜爱，也在一定程度上反映了当时人们对岭南地区印象的转变。

① 李剑国.唐五代传奇集：第一册 [M].北京：中华书局，2015：47-48.
② 鲁迅、杨伟群点校.历代岭南笔记八种 [M].广州：广东人民出版社，2011：55.
③ 恒鹤点校.唐五代笔记小说大观·明皇杂录 [M].上海：上海古籍出版社，2000：979.
④ 鲁迅、杨伟群点校.历代岭南笔记八种 [M].广州：广东人民出版社，2011：64.

三、趋"实"性

所谓"实"实则有两层含义，一是实用，二是务实。前文提到，岭南地区尽管有珍贵的海洋资源，也有令人喜爱的物产，但同时还存在着很多可怕诡异的物产，每天面对这些怪异的物产迫使人们不得不找到各种保平安的办法，这也使得唐代小说家在书写岭南物产时开始趋于物产的实用性。因此"实用"指的是小说家们在书写岭南物产时，会更突出这些物产的实用价值，尤其是一些本身并不具备奇特珍贵性质的物产，这要比汉魏时期对这种物产的书写更为进步。以"鹧鸪"为例，这种普通的鸟类既不具备观赏性，也没有任何神异之处，在汉代杨孚的《异物志》中记载得非常简单：

鹧鸪，其形似鸡。其志怀南不死思北，其名呼飞，但南不北。其肉肥美宜炙，可以饮酒为诸膳也。[①]

杨孚仅简单记录了鹧鸪的外貌、习性和口感而已。而在刘恂笔下，则要丰富许多：

鹧鸪，吴楚之野悉有，岭南偏多。此鸟肉白而脆，远胜鸡雉，能解冶葛井菌毒。臆前有白圆点，背上间紫赤毛，其大如野鸡，多对啼。《南越志》云：鹧鸪虽东西回翔，然开翅之始，必先南翥，其鸣自呼杜薄州。又《草本》云：自呼钩辀格磔。故李群玉《山行闻鹧鸪》诗云："方穿诘曲崎岖路，又听钩辀格磔声。"其好诞如此。[②]

实际上，刘恂所书主要内容也不外乎外貌、习性而已，但我们会发现，作者还强调了鹧鸪的实用价值，除了味美以外，它还可以解毒。前文提到岭南地区由于气候的原因产生了瘴毒，除此之外，岭南还有很多的毒药，对这些外地人来说，这些毒药都是很恐怖的，若能找到解毒方式当是一件

---

① 杨孚撰，吴永章辑佚校注．异物志辑佚校注 [M]．广州：广东人民出版社，2010：62．
② 鲁迅、杨伟群点校．历代岭南笔记八种 [M]．广州：广东人民出版社，2011：66．

很有意义的事情。我们也可以想象，刘恂之所以在此之后着重书写了鸓鸠的外貌和叫声，也是为了帮助人们更容易辨别和找寻此鸟，以防中毒无解。

再以"孔雀"为例，杨孚《异物志》和段公路《北户录》中皆有记载：

孔雀，其大如雁而足高，毛皆有斑文采，捕得畜之，拍手则舞。①

雷、罗数州收孔雀雏养之，使极驯扰，致于山野间，以物绊足，傍施罗网，伺野孔雀至，则倒网掩之无遗。或生折翠羽，以珠毛编为簾子、拂子之属，粲然可观。真神禽也。一说孔雀不匹偶，但音影相接，便有孕，如白鹇，雌雄相视则孕。或曰："雄鸣上风，雌鸣下风，亦孕。"见《博物志》。《宋纪》曰："孝武大明五年，有献白孔雀为瑞者。"愚按，《说文》曰："率鸟者，系生鸟以来之，名曰圂，《字林》音由。"今猎师有圂也。《淮南万毕术》曰："鹪鹩致鸟。"注云："取鹪鹩，折其大羽，绊其两足，以为媒，张罗其旁，众鸟聚矣。"②

比起段公路，杨孚的书写逊色得太多了，仅仅是告知了孔雀的外表而已。段公路则围绕着孔雀的实用性展开书写，很清楚地告诉读者孔雀羽毛之精美，可以用来制作不同的物品，既然有用，接下来便告知人们如何抓捕、饲养和繁殖孔雀，这样完整科学的书写更有助于帮助人们了解这种动物，以便观赏或饲养。除了动物之外，其他物产也有实用性，如《投荒杂录》中记录新州郡的一种叫"吉财"的草药，强调了可以治疗蛊毒；《岭表录异》中记载了可以解酒毒的"橄榄"；《酉阳杂俎》中记载了可以使琉璃玛瑙软化的"自然灰"；等等。

"务实"指的是人们在选择所要书写的物产时，会不自觉地偏向于那些可以给人们带来实际效益的物产，如珍宝和稀有动物。房千里在《投

---

① 杨孚撰，吴永章辑佚校注.异物志辑佚校注[M].广州：广东人民出版社，2010：68.
② 莫休符撰，陶敏主编.全唐五代笔记：第三册[M].西安：三秦出版社，2012：2130.

荒杂录》中提到过岭南地区的一个富豪："唐振州民陈武振者，家累万金，为海中大豪，犀象玳瑁仓库数百。"① 这个富豪家中所藏，正是岭南地区最为珍贵的物产，也是千百年来中原人一直觊觎的东西。唐代小说家们也多会选取这类物产来进行书写，并写出它们的珍贵之处。除了上文提到的海滨物产以外，还有岭南的"象"，也极为珍贵，唐代诸多小说中都涉及象的书写，而且都能突出象的珍贵和奇特。如《朝野金载》中记录了一头能辨善恶的大象，遇到负心者会"以鼻卷之，掷空中数丈，以牙接之，应时碎矣"。《岭表录异》中分别书写了象鼻味美、象能舞蹈、豪族养象等内容，将大象的特点及其对岭南人的重要性写得十分清楚，从这些记载中我们也可以看出大象之奇。除了大象之外，犀牛也是可以给人们带来很大财富的物产，《岭表录异》中说：

　　岭表所产犀牛，大约似牛，而猪头，脚似象蹄，有三甲。首有二角，一在额上为兕犀，一在鼻上较小为胡帽犀；鼻上者，皆窘束而花点少，多有奇文。牯犀亦有二角，皆为毛犀，俱有粟文，堪为腰带。千百犀中或遇有通者，花点大小奇异，固无常定。有遍花路通，有顶花，大而根。花小者，谓之倒插通。此二种亦五色无常矣。若通白黑分明，花点差奇，则价计巨万，乃希世之宝也。又有堕罗犀，犀中最大，一株有重七八斤者，云是牯犀。额上有心，花多是撒豆斑，色深者，堪为胯具，斑散而浅，即治为盘碟器皿之类。又有骇鸡犀、辟尘犀、辟水犀、光明犀，此数犀但闻其说，不可得而见也。②

　　此则书写十分之细致，将犀牛的外貌、种类和价值说得很清楚，在《岭表录异》乃至所有唐代小说的物产书写中，篇幅算是较长的了。从这则详

---

① 莫休符撰，陶敏主编. 全唐五代笔记：第二册 [M]. 西安：三秦出版社，2012：1099.

② 鲁迅、杨伟群点校. 历代岭南笔记八种 [M]. 广州：广东人民出版社，2011：66-67.

细的书写中我们可以看出，岭南地区犀牛种类丰富，而且不同种类的犀牛外貌和用途都不一样，可做腰带，可做酒杯，用犀牛做出来的东西价格都十分高昂，因此犀牛就成了岭南人的财富。可以看出，唐代小说家十分关注这些可以给人们带来效益的物产。

综本节所述，我们可以发现，岭南物产是唐代小说家最偏爱的一类书写内容，他们的这些书写集中地反映了唐代小说家们的三种不同心理。首先是随着岭南地区不断地向海洋开发而产生的海洋意识，使得越来越多的人关注海洋、了解海洋、书写海洋。其次是产生于汉代，愈加浓重的"猎奇"心理。尤其是中唐以来，随着唐王朝逐渐衰落，许多文人士子的心态也发生了变化，如同蒋寅在《大历诗人研究》中提到的那样："长达八年的安史之乱不仅瓦解了大唐帝国辉煌的物质实体，也摧垮了整整一代人的精神结构。开天诗人走向成熟的高亢歌喉顿时暗哑，而刚成长起来的后辈，稚嫩的嗓音尚未欢唱青春的歌谣，便已经经受了战乱的洗礼，在令人失望的现实下不得不吐露出苦难的哀吟。"[1] 在这样一个转折时期，以韩愈、孟郊、李贺为代表的诗人，在诗坛上走向了奇诡怪异的风格，他们以诡谲恐怖的意象来吟咏诗歌，这也引发了文人的猎奇心理；而以韩柳为主的古文运动，又对唐代小说高潮的到来起了推动作用[2]，古文运动所倡导尚实尚奇的文风，也为传奇小说所借鉴，"尚奇"激起了时人的探险之风，"尚实"则促生了时人的实验精神，这就使得越来越多的中原人开始走向岭南。文坛上这两种主流风格的推动，加之小说本身具有的曲折离奇的特点，就使得越来越

---

[1] 蒋寅.大历诗人研究 [M].北京：北京大学出版社，2007：239.
[2] 有关唐传奇与古文运动的关系长期以来为学者所议，最早陈寅恪先生在《元白诗笺证稿》中就提出作为新文体的小说与古文运动兴起有密切联系的观点，后郑振铎先生更提出"传奇文是古文运动的附庸"的观点。但之后王运熙等先生反对此说，认为二者并无关系。而笔者较赞成蒋凡先生之说，应将二说结合，古文运动与唐代小说的高潮处在同一时期，虽不能说谁是谁的旁枝附庸，但定有着千丝万缕的联系，然这不是本文所要论述的问题，仅引用此观点，不赘述。

多的人开始有意识地创作既荒诞不经又强调真实的小说，而岭南这片本就神秘的地区，也被越来越多的人关注。最后是唐人面对岭南物产所产生的务实精神。他们十分重视物产的实用价值和经济效益，对那些可以帮助他们克服岭南恶劣环境或可以为人们带来财富的物产给予了较多的关注。

本章小结

本章主要论述了唐代小说中的岭南地理环境书写。

第一节分析了唐代小说对岭南地区自然气候的关注。从唐代小说的书写中我们可以看出，岭南地区的气候炎热潮湿，瘴毒滋生，狂风不止，雷暴极多，这与中原地区是完全不同的，而气候的变化又总能拨动文人的心弦，因此不论是诗人还是小说家都喜欢书写岭南气候。我们通过对比诗歌和小说中的气候书写可以发现，二者的侧重点是不一样的，诗歌往往借气候抒情，这就忽略了对气候特征的具体叙述，小说恰好可以弥补诗歌中的不足。

第二节主要总结了唐代小说对岭南地区地理景观的书写。岭南地区虽然发展缓慢，环境恶劣，但是也有许多令人神往的自然景观和一些颇有名气的人文景观，引得诗人和小说家争相书写。同样通过对比诗歌和小说中的书写我们发现，外籍诗人和本土小说家较为偏爱书写岭南地区的地理景观，前者是借景观书写来抒发情绪，后者是以书写景观来赞美家乡，后者的书写更能补足前者书写的内容。此外，本土小说家和外籍小说家对地理景观的书写给读者带来的感觉也不尽相同，本土小说家的书写常给人以亲切感，而外籍小说家的书写常给人以疏离感。

第三节主要论述了唐代小说对岭南地区物产的书写。由于岭南地区独特的自然地理环境，加上唐王朝对岭南地区的向海开发，使得岭南地区出现了大量中原地区罕见的物产，吸引着小说家们大量创作。而从这些创作中我们至少可以看出唐人对岭南地区的三种不同心理：一是关注海洋的海洋意识抬头，二是追求实用性的务实精神突出，三是魏晋以来的猎奇心理增强。实际上这三种心理贯穿了整个唐代小说的岭南书写，而以物产书写表现得最为明显。

第三章

唐代小说中的
岭南社会情况书写

————

　　前章具体分析了唐代岭南的自然地理环境，以及在这样的环境中与人类共存的物产资源。独特的自然地理环境，一定会影响某个地区人民的生产生活和衣食住行，从而形成他们自己独有的社会生活方式。本章即是在第二章的基础上，探讨唐代小说中的书写在此独特的环境中所形成的，岭南地区的生产生活及巫术宗教情况。

　　依前所述，汉魏以来许多文人就已经开始关注岭南与中原迥异的社会风俗，如卖子食人、穿胸鼻饮之类。到了唐代，尽管中原与岭南的交往逐渐深入，越来越多的中原人了解岭南，岭南地区也逐渐被中原文化同化，但岭南大部分地区还保留着许多奇异风俗，这吸引着不少中原人进行书写。这类书写较早反映在唐诗中。如被贬岭南的柳宗元的《柳州峒氓》中就有"鹅毛御腊缝山罽，鸡骨占年拜水神"[①]，是关于鸡骨占卜的风俗；沈佺期《从骡州

————————

① 彭定求.全唐诗：卷三百五十二 [M].北京：中华书局，2008：3937.

廨宅移住山间水亭赠苏使君》中亦有"岁贷胸穿老，朝飞鼻饮头"①，是关于
穿胸鼻饮的风俗；元稹的《酬乐天东南行诗一百韵》有"楚风轻似蜀，巴地
湿如吴……乡里家藏蛊，官曹世乏儒"②，是关于制毒藏蛊的风俗。不过诗歌
只能让我们知道，在岭南地区确实存在着某些独特风俗，我们却无法从诗歌
里看到这些风俗的具体情况，也无法看到岭南独特的社会情况。此外，相比
起汉魏时期，唐代的岭南又有了极大的发展。这些，我们都可以通过小说中
的有关书写来具体感受。

第一节
岭南地区的生产活动书写

独特的地理位置和自然环境，使得岭南地区的生产活动与中原地区有
一定的不同。而那些入岭的小说家早就发现了这些活动的奇特之处，从他
们的书写中，我们可以大致看清唐代岭南人的智慧，也能明确唐代岭南得
到极大发展的原因。

一、岭南地区的农业

农业一直是岭南地区最重要的产业，《史记·货殖列传》中曾提到，"楚
越之地，地广人稀，饭稻羹鱼，或火耕而水耨，果隋蠃蛤，不待贾而足，
地势饶食，无饥馑之患，以故呰窳偷生，无积聚而多贫"③。说明在很早之
前，岭南地区就已经以水稻种植为主要的农业生产了。唐代以来，岭南地

---

① 彭定求.全唐诗：卷九十七 [M].北京：中华书局，2008：1050.
② 彭定求.全唐诗：卷四百零七 [M].北京：中华书局，2008：4533.
③ 司马迁.史记：卷一百二十九 [M].北京：中华书局，1963：3270.

区的农业也得到了极大的发展，"耕地开发从平原、河谷、山间盆地向山地、丘陵和沿海地区拓展，农耕技术和农作制度大有改进，粮食产量提高"①。这些情况在小说中的表现很少，但是也有很少的小说家看到了这种农业生产的先进之处，而将它们写入小说之中，如《岭表录异》中记载的岭南地区的农业生产方式：

> 新泷等州山田，拣荒平处以锄锹开为町畦。伺春雨，丘中聚水，即先买鲩鱼子散于田内。一二年后，鱼儿长大，食草根并尽。既为熟田，又收鱼利，及种稻，且无稗草，乃齐民之上术也。②

这则书写的语言接近于白话，简短而很清晰，主要记录了唐代岭南地区使用稻田养鱼的方法，一箭双雕，既可以使得水稻丰收，又可以获得鱼利，充分体现了唐代岭南人的智慧，这种农业生产方法至今仍在使用。稻米的生产不仅改变了岭南人民的饮食习惯，也促使社会上出现了一些新的生产活动，如舂米的活动：

> 广南有舂堂，以浑木刳为槽。一槽两边约十杵，男女间立，以舂稻粮。敲磕槽舷，皆有遍拍；槽声若鼓，闻于数里。虽思妇之巧弄秋砧，不能比其刘亮也。③

稻米生产出来后，岭南人为更高效地将稻壳剥落，在岭南地区建立了舂堂。从刘恂的书写来看，舂堂的舂米槽比较大，两边共十个用来舂米的杵，可让好几个男女同时工作。舂米的声音如同擂鼓，数里之外都可听见，可见这项生产活动的宏大场面了，这也从侧面反映了岭南地区粮食的多产，否则也不必特意建立舂堂了。除了稻米的生产外，岭南地区的日照时间长，雨水充足，为许多农作物提供了良好的生长环境，使得许多农作物长势极

---

① 方志钦，蒋祖缘.广东通史[M].广州：广东高等教育出版社，1996：474.
② 鲁迅、杨伟群点校.历代岭南笔记八种[M].广州：广东人民出版社，2011：51.
③ 鲁迅、杨伟群点校.历代岭南笔记八种[M].广州：广东人民出版社，2011：52.

佳，如《岭表录异》中的记载："南中草菜，经冬不衰。故蔬圃之中，栽种茄子宿根，有二三年渐长枝干，乃为大树。每夏秋熟，则梯树摘之。"①农业始终是一个地区经济发展的支柱，这些农作物的高产，大大提高了岭南人民的生活水平，也在一定程度上促进了岭南其他行业生产的发展。

二、岭南地区的手工业

岭南的手工业一直都是岭南地区最重要的行业之一，在讨论汉魏时期小说中的岭南书写时，就已经提到岭南地区的割蚌纺织等生产活动，到了唐代，小说家们对岭南地区手工业的书写又有了新的内容。首先是对岭南的淘金业的书写，《岭表录异》中记载了岭南人用木箕来淘金：

五岭内，富州、宾州、澄州、江溪间，皆产金。侧近居人，以木箕淘金为业。自旦及暮，有不获一星者。②

这则书写与汉魏时期的笔记一样短小，但我们可以看到全岭产金的地区，也可以发现，这种淘金的方式似乎不太有效，辛苦工作一天也可能劳而无获。但另一种独特的淘金方式则不一样，且看《朝野佥载》中的书写：

陈怀卿，岭南人也，养鸭百余头。后于鸭栏中除粪，粪中有光熁熁然。以盆水沙汰之，得金十两。乃觇所食处，于舍后山足下，因凿有麸金，销得数十斤，时人莫知。卿遂巨富，仕至梧州刺史。③

从鸭粪中取金致富的情节，在小说中并非独有，同样在孟琯的《岭南异物志》中也记载了广州浛洭县金池黄家从鸭粪中取金之事。张鷟和孟琯二人都曾到过岭南地区，从两则的记载来看，虽有一定的夸张成分，但唐代的岭南当真有以鸭鹅淘金的方法，比起木箕淘金法，这种方法看起来成

---

① 鲁迅、杨伟群点校. 历代岭南笔记八种 [M]. 广州：广东人民出版社，2011：57.
② 鲁迅、杨伟群点校. 历代岭南笔记八种 [M]. 广州：广东人民出版社，2011：49.
③ 恒鹤点校. 唐五代笔记小说大观·朝野佥载 [M]. 上海：上海古籍出版社，2000：24.

本不高，却能获得较多的收益，应当更受欢迎。

此外，随着唐代政府对广州的开发，造船业也在岭南地区产生，《岭表录异》中书写了一种商用船只的建造方式：

> 贾人船不用铁钉，只使桄榔须系缚，以橄榄糖泥之。糖干甚坚，入水如漆也。①

不用铁钉衔接船身，只用桄榔和橄榄糖，岭南商人的这种独特的造船方式显示出了岭南人的智慧，既尽可能地发挥岭南地区物产的作用，又利用这些物产的特性保证了船身的坚固。商船的打造恰恰说明了岭南地区商贸活动的频繁，这也是岭南经济发展的一个标志。

小说中还书写了一些岭南地区新兴的日用品制造业，如文具的制作：

> 番禺地无狐兔，用鹿毛、野狸毛为笔。又昭富春勤等州，则择鸡毛为笔。其为用与兔毫不异，但恨鼠须之名，未得见也。②

> 广管罗州多栈香树，身似柳，其花白而繁，其叶如橘皮，堪作纸，名为香皮纸。灰白色有纹，如鱼子笺，其纸慢而弱，沾水即烂，远不及楮皮者，又无香气。③

《岭表录异》中的这两则文字，分别记载了岭南的鹿毛、鸡毛笔和香皮纸，这都说明了随着中原文化对岭南地区影响的深入，以及岭南经济水平的提高，文具也已经成为岭南人的生活用品，这在汉魏时期的岭南是极少见到的。

除了这些在唐代新出现的手工业之外，汉魏时期就已经存在的纺织业和采珠业，在小说中也出现了不一样的书写。以纺织业为例，汉魏小说中

---

① 鲁迅、杨伟群点校.历代岭南笔记八种 [M].广州：广东人民出版社，2011：63.
② 李剑国.唐五代传奇集：第二册 [M].北京：中华书局，2015：806.
③ 莫休符撰，陶敏主编.全唐五代笔记：第二册 [M].西安：三秦出版社，2012：1134.

对岭南纺织业的书写还只是停留在介绍某些可以用来纺织的物产而已，而唐代小说则在此基础上更突出岭南人纺织技术的先进，如传奇《卢逍遥传》中就说道卢眉娘："年十四……能于一尺绢上绣《法华经》七卷，字之大小，不逾米粒，而点画分明，细于毛发。"14岁的女孩能有如此绣功，绝不是特例。岭南地区纺织业从汉魏时期就已经是本土主要的手工业之一了，唐代以来更是得到了极大的发展。除了织布和绣功之外，岭南人甚至还会制作"鹅毛被"：

　　南道之酋豪，多选鹅之细毛，夹以布帛，絮而为被，复纵横衲之，其温柔不下于挟纩也。俗云：鹅毛柔暖而性冷，遍宜覆婴儿，辟惊痫也。

在《岭表录异》《北户录》和《南海异物志》中皆有书写到鹅毛被，从小说的书写中可以看出，这种鹅毛被被视为珍品，仅有钱人才会使用，而且特别适合婴儿。今天人们常用的羽绒服和羽绒被，也都是继承了唐人的智慧罢了。

三、岭南地区的商业

岭南地区本就因为沿海物产的丰盛而与内陆和其他国家有商贸往来，而又因为上述的农业和手工业的共同发展，大大地促进了岭南地区的商业进步。越来越多的中原人、本土人及外国人在岭南各地进行商业往来活动，在小说中也有一些记载。

这首先表现在岭南地区市场的出现：

海边时有鬼市，半夜而合，鸡鸣而散。人从之，多得异物。[1]

夷人通商于邕州石溪口，至今谓之獠市。[2]

---

[1]　鲁迅、杨伟群点校.历代岭南笔记八种[M].广州：广东人民出版社，2011：35.
[2]　鲁迅、杨伟群点校.历代岭南笔记八种[M].广州：广东人民出版社，2011：52.

大抵广州人多好酒，晚市散，男儿女人倒载者，日有二三十辈。①

从上面的书写中可以看出，随着经济的发展，岭南地区已经出现了不同种类的市场，百姓可以在这些市场上以物易物，换得珍宝钱财，也可以在市场上寻欢作乐，享受生活。市场的出现，证明岭南地区的生活已经基本摆脱了原始样态，人们的生活水平已经得到了极大的改善。

岭南地区的商业活动绝不仅限于岭南本土百姓之间，与外商之间也还能多贸易往来，如《唐国史补》中记载：

南海舶，外国船也，每岁至安南、广州。狮子国舶最大，梯而上下数丈，皆积宝货，至则本道奏报，郡邑为之喧阗。②

这则书写用极简的语言写出了狮子国船之巨大奢华，狮子国的船之所以经过广州，就是为了将与岭南地区进行商业活动，而文中所刻画的这艘巨船，积满了宝货，这也足见唐代岭南地区商业活动的发达程度了。此外，在裴铏《传奇》中的《崔炜》，也书写了一个老胡商花了十万缗以换赵佗墓中珠。与外商进行的商业活动要比本土百姓的商业活动更为奢华，这也给岭南经济带来了极大的发展潜力。

综本节所述，虽然唐代小说中对岭南地区的生产活动的书写并不丰富，而且基本只存在于篇幅短小的笔记小说中，但这些书写却让我们看到了唐代岭南地区经济发展的趋势，看到了因此而逐渐改变的岭南人民的生活方式，以及岭南地区文化的进步。

---

① 鲁迅、杨伟群点校.历代岭南笔记八种 [M].广州：广东人民出版社，2011：54.
② 恒鹤点校.唐五代笔记小说大观·唐国史补 [M].上海：上海古籍出版社，2000：851.

第二节
岭南地区的人文风情书写

岭南地区封闭落后，尽管自秦代开始就有大量的中原人源源不断地入岭，岭南地区确实也接受了较为丰富的中原文化，但是，岭南地区的土著民族仍然在各地保持着他们独有的文化，唐代政府也不可能在朝夕之间就将岭南地区变为汉文化的天下。中原人的入岭，或许可以通过武力占领大部分岭南地区，逼迫土著往更偏僻之地迁徙，但他们却无法彻底改变岭南人的生活方式，而这些与中原不同的岭南人及其生活就成为唐代小说家热心关注的书写对象。

一、岭南人的日常生活

岭南地区百姓的衣食住行都较多地保留了自己的特色，与中原地区很不一样。段成式在《酉阳杂俎》中"飞头者"一条，提到了岭南地区一种较为奇特的族群：

> 岭南溪洞中往往有飞头者，故有飞头獠子之号。头将飞一日前，颈有痕匝，项如红缕，妻子遂看守之。其人及夜状如病，头忽生翼，脱身而去，乃于岸泥寻蟹蚓之类食，将晓飞还，如梦觉，其腹实矣。[1]

我们暂且不论此则书写的真实性，从中可以看出唐代岭南仍有部分族群的生活十分原始，这主要表现在居住和饮食两方面。首先在居住方面，我们在分析汉魏时期小说中的岭南书写时提到，在《异物志》《博物志》等书中都记载了岭南地区人民"巢居"和"依树而居"的风俗。到了唐代，

---

[1] 曹中孚点校．唐五代笔记小说大观·酉阳杂俎 [M]．上海：上海古籍出版社，2000：593.

小说中较少提到岭南地区的居住风俗了，但从这段的书写来看，唐代岭南部分地区或许仍存在着洞居的传统。有关洞居，绝不是空穴来风，《酉阳杂俎》中一则名曰"叶限"的故事提到："南人相传，秦汉前有洞主吴氏，土人呼为'吴洞'。"① 这则小说中就提到，岭南地区的洞居之风秦以前就有，而《北史》中亦有记载："大业初，拜龙川太守。郡人居山洞，好相攻击。"② 可见岭南洞居风俗的真实性。然而，随着唐代地区对岭南的开发，岭南地区大部分居民绝不会依洞而居，小说中虽几乎没有书写，但两《唐书》的《南蛮传》中都提到了"干栏"这种建筑，说岭南人居于此。此外，前面提到的刘恂在《岭表录异》中书写岭南飓风时，说到飓风的威力可以"吹屋瓦如飞碟"，说明岭南地区有瓦片房屋，又怎么可能都居住在山洞之中呢？

我们对比一下中原地区小说中对居住风俗的描写，且不说对长安城的奢华描写或大户人家的金碧辉煌，就看普通人的住所也是相当不错的，如《任氏传》中任氏提到的一处住宅："从此而东，安邑坊之内曲，有小宅，宅中有小楼，楼前有大树出于栋间者，门巷幽静，可税以居。前时自宣平之南，乘白马而东者，非君妻之昆弟乎？其家多什器，可以假用。"③ 这栋普通的小宅看起来很不错，是一个复式楼房，环境幽美，家具齐全，这是在岭南地区人文风情的书写中极少见到的。当然，段成式的书写仅仅是"作意好奇"而已，岭南地区其他的一些居住风俗并没有太多的奇特之处，且与中原地区比起来也相形见绌，当然也无法吸引外来人书写了。但是，从中我们可以看出岭南文化作为边缘文化的悲哀，中原人在书写过程中常是以自我为中心，以突出岭南地区的蛮荒、落后为目的，把岭南文化恶劣、

---

① 曹中孚点校.唐五代笔记小说大观·酉阳杂俎 [M].上海：上海古籍出版社，2000：713.
② 李延寿.北史 [M].北京：中华书局，1974：2288.
③ 李剑国.唐五代传奇集：第一册 [M].北京：中华书局，2015：438.

神秘的一面展现出来，却忽略了岭南文化的真面目。这同样也体现在对其他社会情况的书写中。

在饮食方面，岭南地区的饮食常常令中原人觉之恶心。元稹在《送崔侍御之岭南二十韵》并序中提到岭南食物时，"海物多肥腥，啖之好呕泄"[①]。海洋物产难免腥臊，中原人无法接受。但事实上，岭南地区还存在着比海洋中的食物还要令人难以接受的饮食风俗，如《朝野佥载》中所书：

> 岭南獠民好为蜜唧。即鼠胎未瞬、通身赤蠕者，饲之以蜜，钉之筵上，唧唧而行。以箸夹取啖之，唧唧作声，故曰"蜜唧"。[②]

仅是看着小说中的记载，就已经令人无法接受了，想必对于文明程度较高的中原来说，定是无法理解吃活鼠的风俗的。这种风俗在唐以后文学作品中也常有出现，如苏轼在《闻正辅表兄将至以诗迎之》和《闻子由瘦》两首诗中都有提到"蜜唧"这种食物，令人作呕。除此之外，《岭表录异》中还书写了另一种也令人不太能接受的饮食风俗，岭南人在吃牛肉时，为了帮助消化，会食用另一种食物曰"圣齑"：

> 既饱，即以圣齑消之。圣齑如青菹，云是牛肠胃中已化草欲结为粪者。既至，即以盐酪姜桂调而啜之，腹遂不胀。北客到彼，多赴此筵。但能食肉，罔有啜齑者。[③]

从刘恂的书写中可以了解，这种食物其实就是牛肠胃中的消化物，这种饮食风俗，至今在贵州、岭南等南方地区仍存，今人同样也难以接受。刘恂提到，那些岭南以外的人同样喜欢食牛肉，但几乎不会有人去尝试"圣齑"，可见时人对这种饮食风俗的厌恶了。其实就连容州以外的岭南本土人也不见得能接受这种饮食，郑熊的《番禺杂记》载："容州人好食齑，

① 周相录.元稹集校注 [M].上海：上海古籍出版社，2011：335-336.
② 恒鹤点校.唐五代笔记小说大观·朝野佥载 [M].上海：上海古籍出版社，2000：27.
③ 鲁迅、杨伟群点校.历代岭南笔记八种 [M].广州：广东人民出版社，2011：53.

土人以为讳，或云以蚯蚓为之。"① 只不过他们拿来代替蘦的食物也不太能为外人接受。

但前面提到，岭南地区以农业为主，又在中原饮食文化的不断影响下，形成了自己独特且让人喜爱的饮食之风。如《北户录》中就记载了用稻米做成的广州米饼，段公路评价其"规白可爱，薄而复肕，亦食品中珍物也"②。米饼的产生也与岭南地区的水稻生产有关，看起来米饼不仅可以令中原人接受，还被视为珍品。再如房千里的《投荒杂录》中记载的岭南地区的酒：

新州多美酒。南方酒不用麹蘖。杵米为粉。以众草叶胡蔓草汁溲。大如卵。置蓬蒿中荫蔽。经月而成。用此合糯为酒。故剧饮之后，既醒，犹头热涔涔，有毒草故也。南方饮既烧。即实酒满瓮，泥其上，以火烧方熟。不然，不中饮。既烧即揭甋趋虚。泥固犹存。沽者无能知美恶。就泥上钻小穴可容箸。以细筒插穴中，沽者就吮筒上，以尝酒味。俗谓之滴淋。无赖小民空手入市。遍就酒家滴淋。皆言不中，取醉而返。③

从这则详细的书写中可以看出，岭南地区的饮酒风俗既受到中原地区的影响，又保留了自己的特色。同样是自己酿酒，岭南地区的酿酒方法和中原不同，他们不用酒曲，而是把米捣碎后加入众草叶和胡蔓草的汁水，后放在蓬蒿中阴干，一个月后即成；又同样是醉酒，岭南的酒喝多了不仅会昏昏欲睡，还会使人头昏脑热、汗水涔涔，这是因为酒中含有毒草成分。前文我们已经论及汉魏六朝小说中的岭南饮食风俗书写，与之对比我们就会发现，岭南地区的饮食文化在中原文化的影响下和自身的发展中，已经

---

① 鲁迅、杨伟群点校. 历代岭南笔记八种 [M]. 广州：广东人民出版社，2011：35.
② 莫休符撰，陶敏主编. 全唐五代笔记：第三册 [M]. 西安：三秦出版社，2012：2146.
③ 莫休符撰，陶敏主编. 全唐五代笔记：第二册 [M]. 西安：三秦出版社，2012：1098.

有了极大的改变。如汉魏小说中提到岭南的食人之风，到了唐代，这种风俗除了为书写个别暴虐之人外，不再在小说中出现了，更多的书写则是真实记录岭南地区正常而又具有特色的饮食风俗。而汉魏小说中提到岭南人生食海产品，十分腥臊，到了唐代，我们翻看《岭表录异》中书写的如食乌贼鱼、牡蛎等海产品，都是经过烹煮后才食用的，说明唐代的岭南人已经学会了对这些腥臊食材进行加工，有些饮食风俗至今仍存。这些都表明，在中原文化的推动下，岭南地区的各族人民已经从磨牙吮血的食人一族进化成一个较为先进文明的民族了。

在衣食住行有了一定的物质保障之后，岭南地区也慢慢地发展了独具特色的精神文化项目，如音乐。这类书写是比较少的，毕竟相对于深受儒家礼乐文化影响的中原来说，岭南地区没有自己的礼乐文化系统，而且文化的发展仍然落后。但唐代小说部分书写岭南地区的音乐的篇章，十分精彩，如《岭表录异》中的记载岭南著名的乐器"铜鼓"：

蛮夷之乐，有铜鼓焉，形如腰鼓，而一头有面。鼓面圆二尺许，面与身连，全用铜铸。其身遍有虫鱼花草之状，通体均厚，厚二分以外，炉铸之妙，实为奇巧。击之响亮，不下鸣鼍。贞元中，骠国进乐，有玉螺铜鼓，即知南蛮酋首之家，皆有此鼓也。咸通末，幽州张直方贬龚州刺史。到任后，修葺州城，因掘土得一铜鼓，载以归京。到襄汉，以为无用之物，遂舍于延庆禅院，用代木鱼，悬于斋室。今见存焉。僖宗朝，郑细镇番禺日，有林蔼者，为高州太守。有乡墅小儿，因牧牛闻田中有蛤鸣，牧童遂捕之。蛤跃入一穴，遂掘之深大，即蛮酋冢也。蛤乃无踪，穴中得一铜鼓，其色翠绿，土蚀数处损阙，其上隐起，多铸蛙黾之状。疑其鸣蛤即鼓精也。遂状其缘由，纳于广帅，悬于武库，今尚存焉。①

---

① 鲁迅、杨伟群点校.历代岭南笔记八种[M].广州：广东人民出版社，2011：51-52.

有关铜鼓的记载，汉魏以来的史书和小说中都可见：《后汉书》记载了马援在南征交趾时得铜鼓；《广州记》则记载了岭南地区以高大的铜鼓为贵，且记录了铸造铜鼓的仪式，但没有一则能比刘恂的记录更为生动详细的。刘恂的书写揭示了以下几个方面的内容：一是铜鼓的样貌，与中原的腰鼓形似，但更为奇巧；二是岭南少数民族酋长家中皆有此鼓，说明铜鼓在岭南心中是身份地位的象征；三是中原地区的人不懂铜鼓，对他们来说毫无用处；四是用一则有趣的故事说明铜鼓的花纹常以蛙为主的原因，那是铜鼓精。从他的书写中可以看出，铜鼓是岭南地区当之无愧的乐器之首，是岭南人精神文化发展中的重要体现。除了铜鼓之外，《投荒杂录》中还记载了具有岭南特色的琵琶：

春州土人弹小琵琶，以狗肠为弦，声甚凄楚。[1]

琵琶这种乐器在秦朝就已存在，经过魏晋南北朝与西域的乐器结合后，在唐代达到了琵琶弹奏的高峰，在许多唐代壁画中都可见到琵琶的弹奏，我们熟知的白居易的《琵琶行》就塑造了一个琵琶技艺极高的女子的形象。但是，当琵琶传入岭南后，岭南人却用狗肠做琴弦，弹出了更为凄楚的音调。而与凄楚音调不同的还有《岭表录异》中记载的声音清响的交趾葫芦笙。除了铜鼓之外，其他的乐器在汉魏六朝小说中是不可见的，这也说明了唐代以来随着社会的发展，岭南人精神生活得到了很大的改善。

二、岭南的官吏与官妇

尽管岭南地区在唐代得到了很大的发展，但边缘与野蛮的印象始终留在人们脑海中。地处偏远的特点使得中原政策的威慑力在岭南地区被大大

---

[1] 莫休符撰，陶敏主编.全唐五代笔记：第二册[M].西安：三秦出版社，2012：1102.

削弱，这就产生了一些无视法律道德的人在此地兴风作浪，这些人物恰好符合唐人对岭南的印象，便引得他们开始书写。

首先是对岭南官吏的书写。唐代小说家在书写岭南地区人事的时候，官吏是他们较为喜欢书写的一类人，在岭南官吏中，确实有一些好官，如高彦休的《唐阙史》中"辛尚书神力"一则，书写了邕州辛尚书骁勇善战，面对无人敢应战的贼人，他"独说请行。岸列霜锋，河浮战舰，裸身宵度，胜舟而济，获告邻部，果解重围，贼锋遂衄"①；又力大无比，与牛对抗，保护人民，"俄顷有牛果北而下，狞蹄踏土，凶角以奔。辛则正立中逵，俟其欲至，两执其角，牛不能前。旁观移时，如不置力，牛怒滋甚，退身数尺，养力而冲。如是三四，划然有声，流血滂沱，角折牛仆。其主乃屠肉聚食，以酬壮观，则命持研斧断角，坚不可刈，辛复拉之，应手而碎"②。若岭南地区官吏都能如辛尚书般英勇，或许岭南也不会给人留下如此恶劣的印象了吧。在小说中，更常见的是与辛尚书相反的那一类官吏，他们有的是严酷计较，如《朝野佥载》：

广州录事参军柳庆独居一室，器用食物并致卧内。奴有私取盐一撮者，庆鞭之见血。③

有的是残暴好杀，如李冗《独异志》：

苍梧王酷暴好杀，尝自持刀槊，行见人，即击刺死之。若一日不杀人，即惨而不乐。④

还有的是残酷变态，如《朝野佥载》：

周岭南首领陈元光设客，令一袍裤行酒。光怒，令拽出，遂杀之。须

①　阳羡生点校．唐五代笔记小说大观·唐阙史 [M]．上海：上海古籍出版社，2000：1355.
②　阳羡生点校．唐五代笔记小说大观·唐阙史 [M]．上海：上海古籍出版社，2000：1355.
③　恒鹤点校．唐五代笔记小说大观·朝野佥载 [M]．上海：上海古籍出版社，2000：14.
④　萧逸点校．唐五代笔记小说大观·独异志 [M]．上海：上海古籍出版社，2000：932.

臾烂煮以食客，后呈其二手，客惧，攫喉而吐。①

且不管这些官吏是岭南人还是外地人，他们在岭南的残暴统治恰恰说明，尽管到了唐代，在儒释道将中原地区装点得文明灿烂的时候，岭南地区的文明还迟迟未到，中原律法的威慑力似乎无法影响他们，他们可以随意惩罚下人，甚至随意杀人、吃人，毫无人性可言。正是这些暴官的存在，使得岭南地区一直无法摆脱南蛮的称号，也给外地人烙下了野蛮印象。

其次是对好妒的岭南官妇的书写。在唐代小说家笔下，不仅官吏野蛮，官妇的形象也很不好，《朝野佥载》中有载：

> 广州化蒙县丞胡亮从都督周仁轨讨獠，得一首领妾，幸之。至县，亮向府不在，妻贺氏乃烧钉烙其双目，妾遂自缢死。后贺氏有娠，产一蛇，两目无睛。以问禅师，师曰："夫人曾烧铁烙一女妇眼，以夫人性毒，故为蛇报，此是被烙女妇也。夫人好养此蛇，可以免难。不然祸及身矣。"贺氏养蛇一二年，渐大，不见物，惟在衣被中。亮不知也，拔被见蛇，大惊，以刀斫杀之，贺氏两目俱枯，不复见物，悔而无及焉。②

广州胡亮的妻子因为丈夫宠幸一名俘虏而因妒生怨，便用极其残忍的方式折磨她，以致她自尽。这则书写的主要目的当然是宣扬因果报应的佛教思想，但是，文中女主人公的形象，足以让外地人对岭南人产生更大的偏见了。除此之外，房千里的传奇《杨娼传》，同样刻画了一个妒妻的形象：因岭南帅宠幸杨娼，欲将其带到自己身边而被其妻子发现，妻子便"拥健婢数十，列白挺，炽膏镬于庭而伺之矣。须其至，当投之沸鬲"③。她的行为气死了自己的丈夫，也逼得杨娟殉情。

这类女性都是官吏的结发夫妻，在她们身上同样体现出了暴虐的个性。

---

① 恒鹤点校.唐五代笔记小说大观·朝野佥载[M].上海：上海古籍出版社，2000：19.
② 恒鹤点校.唐五代笔记小说大观·朝野佥载[M].上海：上海古籍出版社，2000：28.
③ 李剑国.唐五代传奇集：第三册[M].北京：中华书局，2015：1194.

宁稼雨在《中国志人小说史》中曾提到，在诸如《世说新语》这类志人小说中的妒妇主题书写的产生，是由于魏晋时期思想解放，在很大程度上唤起了妇女的觉醒①。不过汉魏小说岭南书写中几乎不见这种题材故事，而随着唐代小说题材的扩大，妒妇的书写慢慢传入了岭南地区。受到唐代社会风气的影响，中原地区的胡人妇女或贵族小姐确实有不少彪悍的女性，就是皇帝也有怕妻子的，在唐代中原地区流行的一首歌谣，可以说明这个现象，"回波尔时栲栳，怕妇也是大好。外边只有裴谈，内里无过李老"②。裴谈和中宗都是当时怕老婆的代表。《酉阳杂俎》中也有载："大历以前，士大夫妻多妒悍者，婢妾小不如意，辄印面，故有月点、钱点。"③正因为士大夫妻子好妒，中原小说中时常可以见到妒妇形象的书写，如《隋唐嘉话》中记载的房玄龄妻子好嫉妒，导致他不敢接受太宗所赐之女；《朝野金载》中记载兵部尚书妻宁死也要嫉妒之事。这些小说逐渐被中原人带到了岭南地区，加之岭南本就给人野蛮印象，因此使得小说家们也开始书写岭南地区的妒妇形象。因此，唐代小说对岭南地区的这些妒妇的书写，在极大程度上受到了中原文化的影响，而且所写都是官吏之妻，并不能代表岭南地区整体的女性形象，若要窥见岭南人民的性格与生活，还要从市井中人的书写入手。

三、岭南的普通市民及其活动

在第二章的论述中我们提到了唐代小说家是带着好奇心理来关注岭南和书写岭南的，这种心理是贯穿了全唐小说中岭南书写的全部内容的，因

---

① 宁稼雨.中国志人小说史 [M].沈阳：辽宁人民出版社，1991：74-75.
② 彭定求.全唐诗：卷八百六十九 [M].北京：中华书局，2008：9848.
③ 莫休符撰，陶敏主编.全唐五代笔记：第二册 [M].西安：三秦出版社，2012：1587.

此在书写岭南的普通百姓生活时，或加入神异之事，以宣扬佛道思想；或用夸张笔法，以突出个人的传奇色彩，而那些普通的人物和生活他们不太屑于书写，因此数量较少。我们从小说中窥探岭南市井小民的生活时，既要看到普通的一面，也要看到传奇的一面，因为不论是何类人物，他们都是岭南生活中的重要组成部分。

在唐代小说的书写中写到了一些具有侠义精神的岭南男性。关于侠士的书写在《史记》中就早已出现，唐代以来，随着唐代社会重游侠风气的兴起，中原小说中大量书写侠士，如《虬髯客传》《昆仑奴》《聂隐娘》《红线》等，他们身怀绝技，保护人民，也是一个个值得称赞的英雄人物。这种书写也逐渐传到了岭南地区，在晚唐裴铏的《传奇》中，书写到岭南人事的一共七则，除"元柳二公"是以求道为主旨的，"孙恪"仅以岭南为背景，其余五则都刻画了一个侠士。《崔炜》刻画了一位"不事家产，多尚豪侠"[1]的侠义。《陈鸾凤》更是"负气义，不畏鬼神"[2]，甚至为了救民于旱灾而与雷公打斗。《蒋武》则"魁梧伟壮，胆气豪勇"[3]，为了大象而杀蛇除虎。《金刚仙》和《张无颇》两则虽没有直接说明他们的侠义之处，但前者为民除蜘蛛精，后者救广利王女，在一定程度上也体现了他们的侠义精神。裴铏的书写十分精彩，以传奇的形式将岭南地区这五位男性写得极具特色，他们都是普通百姓，却都表现出了超人的勇气。在书写过程中，裴铏善于加入岭南本土神话传说，如《崔炜》受到汉代赵佗之墓的传说的影响，《张无颇》受到南海海神广利王传说的影响，《陈鸾凤》受到岭南地区雷神崇拜的影响，就连《蒋武》估计也是在岭南独特的自然环境和独有的物产的影响下写成的。可以看到，这类书写的出现，不仅为我们展现了

① 穆公点校.唐五代笔记小说大观·传奇[M].上海：上海古籍出版社，2000：1092.
② 穆公点校.唐五代笔记小说大观·传奇[M].上海：上海古籍出版社，2000：1133.
③ 穆公点校.唐五代笔记小说大观·传奇[M].上海：上海古籍出版社，2000：1142.

一个与其他的人事书写不同的充满正义的岭南，而且最主要的是，我们可以清晰地看到中原主流文化与岭南非主流文化的完美融合。自裴铏后，岭南以外小说家书写岭南时也开始注意尊重岭南本土文化，不再是以中原人高高在上的姿态俯视岭南了，可以说裴铏对后来岭南小说的发展起到了十分重要的作用。

此外，还写到了一些具有岭南特色的岭南女性的生活。唐代小说极少去描绘岭南女性的外貌或情爱之事，似乎她们的外貌丑陋，不值得一提，又似乎她们性情强悍，不稀罕婚姻。但事实上，从《岭表录异》中的两则记载我们也可以看到女人的真实一面：

白土坑在富州城北隅，其土白腻，郡人取以为货，终古不竭。今五岭妇女率皆用之为粉，又名铅粉。[①]

鹤子草，蔓生也。……南人云是媚草。……越女收于妆奁中，养之如蚕，摘其饲之。虫老不食而蜕为蝶，赤黄色。妇女收而带之，谓之媚蝶。[②]

从这两则书写可以看出，岭南女性与全国各地女性都一样，她们爱美，会化妆，同时她们也希望能够得到爱情。她们携带媚蝶，也是为了"虽蓬头伛偻，能令男子酷爱"[③]。在唐代书写岭南的小说中，提到了许多种类的媚药，如庞降、红飞鼠等，《投荒杂录》中更有番禺端午节时，在街上卖相思药者。可这些书写不仅数量少，而且书写重点本不在女性身上，而是对这些物产的描述，真正以女性为主人公的书写就不太一样了。在唐代小说中对岭南地区的女性书写主要分为两种，一类是对普通市井女性的书写。如《投荒杂录》中记载的岭南女性不学女红而学烹饪，而且是醢醢鲊菹之

---

① 鲁迅、杨伟群点校．历代岭南笔记八种 [M]．广州：广东人民出版社，2011：50.
② 鲁迅、杨伟群点校．历代岭南笔记八种 [M]．广州：广东人民出版社，2011：57-58.
③ 莫休符撰，陶敏主编．全唐五代笔记：第二册 [M]．西安：三秦出版社，2012：1099.

技；还如《南海异事》中书写的岭南贫苦妇女卖孩子的风俗，以及南海地区杀牛解牛多为妇女的风俗。这些妇女形象虽不凶暴，但她们的形象似乎都是手拿屠刀，或随意卖子，相比中原温婉女子是要差远了。第二类是对神异女性的书写。在唐代小说中有三位女性是值得一提的，一是《酉阳杂俎》中的叶限，二是《岭表录异》和《岭南异物志》中的龙母，三是《杜阳杂编》和《卢逍遥传》中的卢眉娘。这三则故事中的女性都带有传奇的色彩，而且从她们的故事中我们也可以窥见岭南的宗教思想，这将在下一节具体论述。但在这里要指出的是，三位女性都是岭南本土人士，虽然神异色彩浓厚，但从她们的经历也可以看出，三人都十分温柔善良，与上述的普通女性有很大的不同，她们身上似乎没有了岭南地区女性的特色，而变成了被人传诵的美好传说。此外，裴铏的《孙恪》一文中书写猿氏："光容鉴物，艳丽惊人，珠初涤其月华，柳乍寒其烟媚，兰芬灵濯，玉莹尘清。"[1]可谓美得不可方物，可惜，她也只是一只清远峡山寺的猴子精而已。与唐代小说对中原女性的书写对比一下我们可以看出，唐代小说对中原女性的书写，更多是温柔可人、窈窕美丽的。这或许与中原地区文人的爱情观念有一定关系：唐代文人对婚姻的美好期许并不仅是两情相悦，更多的是门当户对。重门第的文人们常常会在考取功名后抛弃原配夫人，因而造成了很多爱情悲剧。在这样的风气下，唐代文人们就时常追求艳遇、喜欢狎妓，那么对象肯定不会是悍妇，而定是那些集美貌与才华于一身的女性，所以中原小说中的那些女性形象更多的是像崔莺莺、霍小玉那样温柔可人的。但是我们纵观唐代小说中的岭南书写，谈到女性的小说本就不多，而书写男女之情的小说则更少，在这些罕见的书写中，很少见到中原小说里的美好的女性形象，反而多是悍妇、妒妇、无法令人接受之妇，是令人唾弃的。

---

[1] 穆公点校.唐五代笔记小说大观·传奇[M].上海：上海古籍出版社，2000：1143.

而如卢眉娘那样美好的女性，也都学佛学道，成了高不可攀的人物类型，这恰恰说明了，外地人对岭南地区的女性是带有一定偏见的。

当然，小说中也写到了一些恶劣低俗的行为，如《投荒杂录》中书写的岭南地区"抢婚"的风俗：

南荒之人娶妇，或有喜他室之女者，率少年，持刀挺，往趋虚路以侦之。候其过，即擒缚，拥妇为妻。间一二月，复与妻偕，首罪于妻之父兄，常俗谓"缚妇女婿"。非有父母丧，不复归其家。①

这样野蛮的抢婚行为实在是令人发指，也在一定程度上体现了岭南部分地区还未开化，女性地位极低的社会现象。此外，还有岭南地区的卖子和卖奴的行为，如前文提到的《南海异事》中记载：

南海贫民妇方孕，则诣富室，指腹以卖，俗谓"指腹卖"。或己子未胜衣，邻之子稍可卖，往贷取以鬻，折杖以识其长短。俟己子长与杖等，即偿贷者。鬻男女如粪壤，父子两不戚戚。②

这则书写记录了岭南地区两种不同的卖子活动，一是孩子还未出生就提前约定好富人家，卖给有钱人；二是自己孩子太小而贷别家子卖出。这种卖子行为导致岭南地区子不识父，父不认子，造成了一桩桩人伦惨剧。许多外地人都无法接受这样的行为，柳宗元就写过《童区寄传》来批判这种活动。此外，卖奴行为也是大盛，导致唐代政府不得不下令禁止这种不符合道德的活动。生活在这样一个不讲人伦道德的环境中，也难怪中原人长久以来都对岭南有不好的印象了。

综本节所述，从唐代小说对岭南人文风情的书写中可以看出，随着岭

---

① 莫休符撰，陶敏主编.全唐五代笔记：第二册[M].西安：三秦出版社，2012：1097.
② 莫休符撰，陶敏主编.全唐五代笔记：第二册[M].西安：三秦出版社，2012：1136.

南经济文化的不断发展，与汉魏时期的食人洞居相比，唐代岭南人的生活确实越来越好了，不仅日常生活得到了保障，而且精神生活也有所提高。此外，唐代小说对岭南人文风情的书写主要是以岭南地区的恶俗暴民为主要书写对象，这样的书写内容，一方面确实较为真实地反映了岭南人文相对于中原的野蛮性与落后性，另一方面也在一定程度上反映了中原小说家对岭南地区的蔑视态度。他们为了满足自己的猎奇心理，主要关注于那些与中原迥异的生活方式，而忽略了真实性，这种趋势在晚唐，尤其是在裴铏的创作中得到了相当程度的扭转，促进了岭南小说的发展。

第三节
岭南地区的巫术宗教书写

　　岭南地区自古就流传着诸如占卜、图腾崇拜和鬼神观念等巫术宗教活动，这些诡异的巫术活动吸引着唐代小说家去关注和书写。而随着佛道思想对岭南地区影响的不断加深，开始与岭南本土宗教信仰相结合，从而也带动了小说家们在书写岭南佛道故事时融入了岭南本土宗教，既符合主流文化要求，又极具岭南特色。

一、岭南地区的巫术

　　岭南书写发展到唐代，小说中开始较多地出现对岭南地区宗教迷信风俗的关注，这包括岭南的巫蛊风俗和占卜风俗。

　　首先是岭南地区关于岭南巫蛊之风的书写。巫蛊之术是一种利用有毒的动植物而诱发恶疾的卑劣手段。汉魏时期，巫蛊之术常可见于史书、笔记和志人志怪小说，既有介绍制蛊之法及中蛊反应，亦有体现巫蛊之术与朝廷中的政治斗争，但这些记载都很少提及岭南地区的情况，偶有提及，也只是借以介绍岭南物产罢了，如前章所提，嵇含的《南方草木状》"吉利草"条，写到"交、广俚俗多蓄蛊毒"①，吉利草可解蛊毒，而至于制毒方式等没有再花过多的笔墨去描述。但到了唐代，小说中对岭南巫蛊之术的书写开始增多并完善，文人们似乎更多地去了解这种可怕的风俗了。这种变化的产生，主要是由于蛊术的使用在地域上发生了变迁，一方面从中原走向了南方，另一方面也从朝廷走向了民间。②巫蛊之术从中原地区流传到岭南地区，原本作为政治斗争工具的蛊毒，也慢慢变成了留存于民间的恐怖害人风俗，唐代政府甚至不得不出台法律来严格控制它，将制蛊者处以绞刑，知情不报者也处以流刑③。对于外地之人来说，这种风俗恐怕是令人惊悚的，前文提到元稹的《送崔侍御之岭南二十韵》，他在诗中还提醒即将任职岭南的友人，"瘴江乘早度，毒草莫亲芟。试蛊看银黑，排腥贵食咸。菌须虫已蠹，果重鸟先鹐"④。他告诉友人，在岭南地区生活，必须小心翼翼，毒草莫采，食前试毒，可以读出元稹为友人的担忧之情。而对在岭南生活多年的刘恂来说，这种现象并不陌生，也大致知道处理方式，因此他用较为冷静的笔触记录下来。蛊毒的制作与自然环境有很大的关系，而岭南地区湿热的气候恰恰给制作蛊毒提供了便利的条件：

　　俗传有萃百虫为蛊以毒人。盖湿热之地，毒虫生之，非第岭表之家，性惨害也。⑤

　　刘恂曾任广州司马，对岭南地区的风俗较为了解。从他的书写中可以

---

① 鲁迅、杨伟群点校.历代岭南笔记八种[M].广州：广东人民出版社，2011：14.
② 杜玉香.古代文献中"蛊"的历史意象与变迁：历史时期"蛊"的迁移流转[J].昆明学院学报，2016，38（4）：88-97.
③ 长孙无忌.唐律疏议：卷三十[M].北京：中华书局，1983：9.
④ 周相录.元稹集校注[M].上海：上海古籍出版社，2011：335-336.
⑤ 鲁迅、杨伟群点校.历代岭南笔记八种[M].广州：广东人民出版社，2011：47.

看出，制作蛊毒的人利用岭南的气候及毒虫多等自然条件来制蛊。既有制蛊之法，那必生解蛊之术：

> 广之属郡及乡里之间多蓄蛊毒，彼之人悉能验之。以草药治之，十得其七八。药则金钗股，形如石斛、古漏之、人肝藤。陈家白药子，本梧州陈氏有此药，善解蛊毒。有中者即求之，前后救人多矣，遂以为名。今封康州有得其种者，广府每岁常为土贡焉。诸解毒药，功力皆不及陈家白药。[①]

除了《南方草木状》中记载的吉利草外，状如石斛的金钗草及"陈家白药"等药材皆可解蛊毒。此则书写还结合简单的人事书写重点介绍了"陈家白药"这种极有效的解毒草药。刘恂的两则书写帮助我们更好地了解岭南地区的巫蛊风俗，但偏于纪实，缺少文学性。不过自唐之后，越来越多的文人在进行岭南书写时都开始关注此地的巫蛊风俗，在记录物产时，也会特别关注那些能解蛊毒的动植物。

其次是岭南地区占卜风俗的书写。先秦时期，南方大片地区占卜之风就已经流行开来，楚国的屈原在《离骚》中就有"索藑茅以筳篿兮，命灵氛为余占之"[②]。巫者以藑茅、筳篿为屈原占卜。今查《太平御览》"卜"条，中国各地流传的占卜方式非常之多，虎卜、蠡卜、鸟卜、牛蹄卜等，除了利用动物外，许多活动在中原地区的方术之士亦可占风雨，看星辰，以知晓未来之事。而在岭南地区广泛流传的占卜风俗则是鸡卜，这是在中原甚至全国各地都极为罕见的。有关鸡卜的书写，在汉魏六朝小说中也极为少见，但在汉代的史书中却可见端倪。《史记·孝武本纪》记载了南越归于中原后，汉武帝开始在岭南地区设立祠堂庙宇、运用鸡骨占卜之事：

> 越人俗信鬼，而其祠皆见鬼，数有效。昔东瓯王敬鬼，寿至百六十岁。

---

① 鲁迅、杨伟群点校.历代岭南笔记八种 [M].广州：广东人民出版社，2011：81.
② 汤炳正.楚辞今注 [M].上海：上海古籍出版社，1995：25.

后世谩怠，故衰耗。乃令越巫立越祝祠，安台无坛，亦祠天神上帝百鬼，而以鸡卜。上信之，越祠鸡卜始用焉。①

汉武帝是一个十分迷信的皇帝，他信神仙道教，信占卜之术，这也使得当时神仙方术之事得以在中原地区流行，在岭南地区便出现了"鸡卜"之法。"鸡卜"在汉魏六朝小说中几乎无迹可寻，而到了唐代，尽管中原地区仍存在如相面、占梦、占星等诸多占卜方式，但开始有人注意"鸡卜"这种与中原地区迥异又有着古老传统的占卜方式了。从唐代小说的书写中我们可以看到，"鸡卜"又可以分为"鸡卵卜"和"鸡骨卜"两种形式，这在段公路的《北户录》中可见：

邕州之南有善行术者，取鸡卵墨画，祝而煮之，剖为二片，以验其黄，然后决嫌疑，定祸福，言如响答。②

南方除夜，及将发船，皆杀鸡，择骨为卜，传古法也。卜占即以肉祠船神，呼为"孟公孟姥"，其来尚矣。③

段公路的记载较为简短，但已经为我们展现了鸡卵卜的全过程：要在生鸡蛋上涂画，煮熟后看蛋黄即可知福祸。此外，从第两则记载还可以看出，岭南的鸡骨卜活动主要是用以占卜航船是否安全及祭祀船神。

除了制蛊和占卜之外，岭南地区还有一些特有的巫术活动，如用活人制作毒药："岭南风俗，多为毒药。令老奴食治葛死，埋之土中。蕈生正当腹上，食之立死……"④还有对待病人要三祈祷而后弃之的巫风："家人有病，先杀鸡鹅等以祀之，将为修福。若不差，即次杀猪狗以祈之。不差，即次

① 司马迁.史记：卷十二 [M].北京：中华书局，1963：478.
② 莫休符撰，陶敏主编.全唐五代笔记：第三册 [M].西安：三秦出版社，2012：2143.
③ 莫休符撰，陶敏主编.全唐五代笔记：第三册 [M].西安：三秦出版社，2012：2144.
④ 恒鹤点校.唐五代笔记小说大观·朝野佥载 [M].上海：上海古籍出版社，2000：8.

杀太牢以祷之。更不差，即是命，不复更祈……"①这些巫术活动一方面满足了唐代小说家的猎奇心理，另一方面也反映了岭南地区的神秘与诡异。

二、岭南地区的宗教

在前文中提到，佛道思想的传入在很大程度上促进了汉魏以来岭南书写的发展，而这种情况到唐代更甚了。佛道思想得以在岭南地区进一步传播的原因主要有三个：一是唐代开放的社会环境和李唐王朝的扶持，使得佛道思想在全国各地盛行；二是岭南地区如罗浮山等有名的山川景观，给佛道思想在岭南的进一步传播和发展提供了一个良好的温床；三是广州口岸的开发，促进了中外文化的交流，佛教思想的传入就会首先影响岭南地区。在浓厚的佛道思想的影响下，在唐代小说中的中原佛道故事书写的流传中，汉魏以来小说对岭南佛道故事的书写内容变得更丰富，篇幅也更长，故事性更强。

首先看小说中对岭南地区佛教故事的书写。佛教当是首先进入岭南地区的外来宗教了，在李唐皇室的支持下，在牟子、康僧会、惠能等在岭南地区活动的佛僧的努力下，佛教思想在全国各地广为流传。据当今学者统计，仅唐一代，在今广东地区的寺庙有105所，在今广西地区的寺庙有40余所②，确实是一个不小的数字，也可想而知佛教在岭南地区的流行程度了。唐代小说中对岭南佛教故事的书写从初唐开始就已经有所发展了，如《补江总白猿传》中，白猿在临死前大呼："此天杀我，岂尔之能。"③白猿认为他的死是天定的，这反映了佛教中的宿命论。又如上文提到的《朝野佥载》

---

① 恒鹤点校.唐五代笔记小说大观·朝野佥载 [M].上海：上海古籍出版社，2000：65.
② 方志钦，蒋祖缘.广东通史 [M].广州：广东高等教育出版社，1996：601.袁行霈、陈进玉主编.中国地域文化通览 [M].北京：中华书局，2013：107.
③ 李剑国.唐五代传奇集：第一册 [M].北京：中华书局，2015：49.

中的"广州化蒙县丞胡亮妻"一则，她逼死胡亮妾之后遭到了报应，因果报应也是佛教思想中的重要内容。中晚唐时期这类书写更具故事性，如薛渔思的《崔绍》则书写了清贫正直的官吏崔绍，因杀死三只猫后游历地狱后被放还之事。此则传奇情节曲折，其中地狱观念、杀生恶报、人死神存等思想都来自佛教，而此则传奇提到崔绍杀猫的原因是："南土风俗，恶他舍之猫产子其家，以为大不祥。"① 这一方面是将岭南地区风俗与中原文化很好地融合在了一起，另一方面也反映出，岭南作为边缘文化，此地的风俗是不足以对抗作为中心文化的佛教思想的，因此尽管岭南有恶猫产子的风俗，杀猫的行为总是无法被接受的。

纵观全唐小说中的佛教书写，岭南地区的佛教书写除了数量比较少以外，在书写内容和所宣扬的佛教思想上与中原佛教书写并无太大差异，而且正是在佛教的影响下，岭南书写的篇幅越来越长，书写的故事也极具传奇色彩，这在一定程度上为后世岭南小说的发展奠定了一定的基础。

这样的情况同样存于道教书写中。李唐王室认为他们是道教始祖老子的后代，因此在全国范围内大肆推行道教。而岭南地区自晋代葛洪起，道教思想就一直根深蒂固地影响着岭南，如果说岭南的佛教更多的是受到中原地区的影响，那么或许可以说岭南道教的兴盛甚至会反过来影响中原。我们在小说中就可以发现，就连中原地区的人也向往岭南地区的道教，如《唐国史补》中记载：

罗浮王先生，人或问为政难易。先生曰："简则易。"又问："儒释同道否？"先生曰："直则同。"②

这则书写特意点名王先生出自罗浮，也是为了说明他是一个精通道教

---

① 李剑国.唐五代传奇集：第三册[M].北京：中华书局，2015：1321.
② 曹中孚点校.唐五代笔记小说大观·唐国史补[M].上海：上海古籍出版社，2000：180.

者。他不仅可以解决道教的问题，还能谈论政治之事。而《杜阳杂编》中
记载的罗浮先生轩辕集，更是因为精通道教得以长生不老，被皇上召入宫
中，尊敬有加，以获长生之法，这说明岭南地区的道教是被中原人所羡慕
的。如果说真要有一个什么理由能够让中原人向往岭南的，道教就是其一。

在道教思想的影响下，许多小说中也频繁出现岭南道教的书写，而且
以传奇文居多，较为有名的如前面提到的《卢逍遥传》中的"南海卢眉娘"，
讲述了自小流落南海的卢眉娘自幼聪慧，后得道升仙，常游于海上之事；
《崔炜》则讲述了南海崔炜因帮助老妇而获得可治疗肉瘤的艾草，后围绕这
个艾草书写了他治僧人、逃任家、遇龙王、游仙境，最终修道成仙不知所
终之事；《广异记》则记载了广州何二娘欲上罗浮修仙之事。这几则书写都
十分精彩，这些极具道教色彩的故事基本都围绕如何得道成仙这个主题来
进行书写，很明显的是，汉代以来葛洪、鲍靓提出的服用丹药和养气成仙
的方式在唐代岭南地区已经不受欢迎，他们更愿意接受治病救人或做善事
而最终得道的方式。此外，与中原地区的道教书写不同的是，岭南地区的
道教书写没有出现如《枕中记》《南柯太守传》这类旨在告诫人们人生如梦、
名利皆虚、应当修道等思想的小说，这恐怕也与唐代政府不重视岭南地区
人才的政策有一定关系。尽管科举制全面流行，但中原对岭南的偏见使得
岭南地区极少出文士，也使得岭南地区人民本身不重视入朝当官这种途径。

在佛道思想的共同影响下，岭南本土小说家也开始进行佛道思想的书
写，莫休符的《桂林风土记》中就有"徐氏还魂""石氏射樟木灯檠祟""林
和尚"等佛教书写，其中主要宣扬了佛教的性灭神在、变形等主题；还有
"会仙里""仙人山""漓山"等道教景观书写，主要介绍了这些景观与仙
人之事。但不论是篇幅还是情节，都不如岭南以外小说家的书写，不过我
们应该看到，佛道思想对岭南人的影响还是很深的。

从唐代小说对岭南宗教的书写，我们可以看出，佛道思想极大地促进

了小说岭南书写的发展。此外，佛道思想还融合了岭南本土民间信仰，更是大大促进了民间信仰的发展，从而岭南民间信仰也成了小说家们喜欢书写的对象。

三、岭南地区的民间信仰

岭南地区存在着许多原始信仰，而佛道的体系中，常常与这些信仰有着相同之处，如在鬼神观念、轮回果报方面等，因此，佛道思想的传入在很大程度上促进了岭南本土民间信仰的发展，同时也给了小说家一个新的写作题材。

在岭南地区的信仰中，鬼神观念是较早的一类信仰。在前面论述占卜风俗时，曾经谈到司马迁在《史记》中提到"越人俗信鬼"，鬼神观念确实在岭南地区流传已久，从而使得岭南地区占卜和巫术之风大盛。而佛道思想中都有鬼神观念，道教主要是帮助人们驱鬼辟邪、捉妖招魂等，佛教主要借助鬼神来宣扬因果报应、彼岸世界、人死神存等内容，都与鬼神分不开，那么佛道思想遇到了岭南本土鬼神信仰，就产生了新的书写对象，如柳宗元的《龙城录》中书写了一种名曰"五通"的鬼：

> 柳州旧有鬼，名五通，余始到不之信。一日，因发箧易衣，尽为灰烬。余乃为文醮诉于帝。帝恩我心，遂尔龙城绝妖邪之怪，而庶士亦得以宁也。①

这则书写十分简洁，但充满神异色彩。这是对五通鬼较早的记载了，文中提到五通鬼虽不害人命，但会烧人衣服也十分惹人厌，后"我"便"醮"信于天帝，"醮"是一种道教活动，即摆道场向天祈福，天帝便把包括五通鬼在内的鬼怪驱赶出了柳州地区。很明显，这则书写是在柳州本土民间传说中融入了道教思想。在柳宗元之后，五通鬼也常出现在小说中，并且慢

---

① 曹中孚点校.唐五代笔记小说大观·龙城录[M].上海：上海古籍出版社，2000：145.

慢地发展成为一种可以帮助人们招财进宝的五通神。人们还在岭南地区建立五通庙，至今仍存信奉五通神的风俗，这种从鬼到神的变化也是十分有趣的现象。李复言《续玄怪录》中的"卢仆射从史"一则，记载了李湘在端溪县请女巫招鬼测未来的故事，所招来的鬼神通广大，帮助李湘算准了他的未来，但同时此鬼又看破人间，认为"人世劳苦，万愁缠心，尽如灯蛾。争扑名利，愁胜而发白，神败而体羸"①，因而"吾已得炼形之术也。其术自无形而炼成三尺之形，则上天入地，乘云驾鹤，千变万化，无不可也"②。可以看到，连鬼都想修道成仙，可见道教思想对岭南地区民间信仰确实产生了较深的影响。此外，《唐国史补》中的"乌鬼"一则也写得十分生动，讲述了谭弘受、王积二人在前往岭南途中，在桂林地区王积因杀一只乌鸦而导致同行谭弘受头痛不已，后发现是乌鸦化鬼而报仇。关于乌鬼，杜甫在夔州期间写下《戏作俳谐体遣闷二首》，其中有诗句云："家家养乌鬼，顿顿食黄鱼。"③而在小说中的岭南书写仅出现过这一次，在唐前和全唐小说中也几乎不可见。今人关于乌鬼的说法也不同，有的认为是乌面之神，有的则认为是乌鸦所化之神，从李肇的书写来看，岭南地区的乌鬼当属第二种。不过史料中难以发现岭南地区信奉乌鬼的说法，但"早在秦汉时期，岭南就盛行以鸟装扮的祭祀巫舞"④，既然如此，岭南人信奉乌鬼也不是不可能，这则书写就是在岭南地区的乌鬼信仰中融入了佛教中的因果报应观念。

　　此外还有岭南地区的雷神崇拜。雷神崇拜是岭南地区极其重要的一种民间信仰，在《岭表录异》中书写了雷州地区的"雷公庙"，在雷公庙里，百姓要放置"连鼓雷车"，且不可同食鱼肉和猪肉，而"每大雷雨后，多

---

① 李剑国.唐五代传奇集：第四册 [M].北京：中华书局，2015：1731.
② 李剑国.唐五代传奇集：第四册 [M].北京：中华书局，2015：1731-1732.
③ 彭定求.全唐诗：卷二百三十一 [M].北京：中华书局，1960：2539.
④ 王丽英.岭南道教论稿 [M].北京：社会科学文献出版社，2017：214.

于野中得礜石头，谓之雷公墨"①。前面在谈到岭南气候时，提到了房千里在《投荒杂录》中对雷的书写，这则书写除了告诉我们岭南地区多雷，且雷公猪头鱼身的外貌及不能同食黄鱼和猪肉的规定，还记录了一则"陈义传"，说陈义是雷公的子孙；此外还书写了当地人们如何供奉雷公及有人击打雷公招致灾难之事：

> 人或有疾，即扫虚室，设酒食，鼓吹幡盖，迎雷于数十里外。既归。屠牛豕以祭，因置其门。邻里不敢辄入，有误犯者为唐突，大不敬，出猪牛以谢之。三日又送，如初礼。又云。尝有雷民，因大雷电，空中有物，豕首鳞身，状甚异。民挥刀以斩，其物踣地，血流道中，而震雷益厉。其夕凌空而去。自后挥刀民居室，频为天火所灾。②

从房文详细的书写看来，岭南地区对雷神可谓毕恭毕敬，雷神不仅可以控制天气，还能为人民治病，因此岭南百姓要摆酒设食祭奉，吹吹打打迎接，且若惹怒了雷公，则会招致天火的焚烧，很是可怕。长此以往，岭南百姓的雷神信仰也越来越浓厚，至今为止，在岭南上思县还有送雷公节，可见雷神信仰对岭南地区影响之深了。但神话和信仰始终只是先民生产力低下，无法科学解释自然现象后产生的一种心理慰藉罢了，人们慢慢发现，不论多么崇敬雷公，也总难以避免自然灾害，如裴铏在《传奇》中的《陈鸾凤》一则就说道：

> 海康者，有雷公庙，邑人虔洁祭祀，祷祝既淫，邑人每岁闻新雷日，记某甲子。一旬复值斯日，百工不敢动作。犯者不信宿必震死，其应如响。时海康大旱，邑人祷而无应。③

---

① 鲁迅、杨伟群点校.历代岭南笔记八种[M].广州：广东人民出版社，2011：79-80.
② 莫休符撰，陶敏主编.全唐五代笔记：第二册[M].西安：三秦出版社，2012：1100.
③ 穆公点校.唐五代笔记小说大观·传奇[M].上海：上海古籍出版社，2000：1133.

海康人民可谓虔诚信奉雷公，可依然没有效果。这就直接导致我们前面提到的陈鸾凤这位岭南英雄去与雷公大战，并击败雷公，自己则成为百姓眼中的求雨大师和避雷英雄。这则传奇的出现，也表明了先民意识的觉醒，他们在求而不得的情况下，开始渴望有英雄来征服自然，这倒和中原地区的神话传说的产生是一脉相承的。

最后还要一提的是岭南地区的水神崇拜。岭南地区自古依山傍水，水对他们来说既是生存的必需品，又可能成为要他们性命的猛兽，因此在岭南地区产生了水神崇拜。这些水神多是江河湖海中的生物，在小说中也时常书写，如前文提到的"中国的灰姑娘"叶限。讲述了岭南洞主女儿叶限，自幼丧母，聪明能干，父亲死后被后母虐待，但最终得到神人帮助，被邻近海岛上的国主发现，并成为上妇。叶限之所以会得到神人的帮助是因为她曾精心饲养一条鱼，后来后母将鱼杀害，叶限则按仙人指点，将鱼骨供奉起来，有求必应。可以看出，这则故事中的鱼，绝不是普通的存在，而是岭南地区水神信仰的产物，供奉它的人可以得到福报，反之，叶限的后母则招来了横祸。从这则故事的情节中我们还可以看到佛教思想：动物报恩的故事情节是受到佛经中的故事影响，而后母杀生致死的结局，则反映了佛教思想中的果报观念。

而在水神信仰的影响下，又融合了中原地区汉族人民的龙崇拜，再加上佛教思想的推动，在岭南地区还产生了十分重要的龙母信仰。龙母的故事流传甚久，汉魏以来的《搜神记》《广州记》《南越志》等小说中皆有。《岭表录异》也基本按照之前的书写，讲述了康州一老妇于江边获得五卵，后将卵中孵出的五条小蛇送于江上，最后得到福报，被称为龙母。《岭南异物志》中的书写与《岭表录异》稍有不同，加入了老妇误断龙尾的情节，这更接近后来龙母的故事。龙母的故事自唐以后在岭南地区有更广泛的传播，各类有关龙母传说的俗文学在岭南地区发展，至今广西壮族自治区的人们每年都会举行纪念龙母的活动。

　　综本节所述，唐代小说中的岭南地区巫术宗教书写，可以使我们比从其他内容书写中更清晰地看出中原文化与岭南文化融合的过程。中原地区盛行的佛道思想与岭南本土巫术宗教观念有着许多相似的地方，这就为它们的更好融合铺平了道路，这样的文化融合在很大程度上推动了唐代书写岭南小说的发展，也大大促进了岭南文化的发展。

本章小结

　　本章主要分析了唐代小说对岭南地区社会情况的书写，是对第二章的延续。

　　第一节主要分析了小说中对岭南生产活动的书写，这类内容书写的数量虽然不多，但就从这少量的书写中我们可以看到岭南农业、手工业及商业的发展与技术的先进，而岭南地区的经济文化发展都要依赖于生产方式的进步，因此不得不提。

　　第二节主要论述了小说中对岭南地区风俗民情的书写，从小说对这类内容的书写中我们可以清晰地看到，随着经济的发展，岭南地区人民的生活的确有了较大的改变，在物质生活得到保障的同时，精神生活也丰富了起来。同时，本节主要通过对比小说对中原地区民俗风情的书写，得以看出中原的先进文化与岭南的边缘文化逐渐同化的过程：从初唐的高傲审视，到晚唐的自觉融合。

　　第三节主要论述了小说中对岭南地区巫术与宗教的关注。巫术是岭南地区的古老文化，外地小说家对巫术的书写，一方面体现了他们的猎奇心理，另一方面在书写中也反映出了他们对岭南地区这种可怕神秘的风俗的畏惧和厌恶，尤其是岭南地区的蛊毒。而对岭南地区宗教的书写则显示了中原文化与岭南文化的交融，小说家们会不自觉地将岭南本土民间信仰融入佛道故事的书写中去，产生了既有中原特色又具岭南特点的书写内容。

第四章

唐代小说中
岭南书写的方式与空间特征

———

　　在第二章和第三章的论述中,我们已经基本窥见了唐代小说中岭南书写的具体内容,并且从这些内容中大致了解了岭南地区独有的自然环境与人文风情。这些书写的产生,是小说家们的主观见闻与岭南地区的客观存在相互作用的结果。与书写岭南的诗人数量相比,书写岭南的唐代小说家数量较少,仅约25人。细细考察这些小说家的籍贯经历,史料中有明确记载的,除了莫休符以外,均非岭南人,可以说外岭化是唐代书写岭南的作家群体的基本特征,岭南地区文学的产生与发展主要是靠中原文士的不断进入完成的。这些外地小说家有的终生未到过岭南,如《广异记》的作者戴孚、《酉阳杂俎》的作者段成式、《唐国史补》的作者李肇、《刘宾客嘉话录》的作者韦绚、《三水小牍》的作者皇甫枚、《杜阳杂编》的作者苏鹗、《唐阙史》的作者高彦休、《续玄怪录》的作者李复言等人,都是如此,其生活空间与岭南空间是完全分隔开的;有的曾寓居于岭南,包括《投荒杂录》的作者房千里、《朝野金载》的作者张鹭、《岭表录异》的作者刘恂、《北户录》的作者段公路、《逸史》的作者卢肇、《传奇》的作者裴铏等。

必须承认，外岭化的作家群体创作，使得唐代小说中的岭南书写在艺术上的独特性被消解了，因为不论书写什么，创作者大部分都来自中原文化圈，基本上还是会用固有的思考方式去创作，传奇类故事都写得曲折精彩，充满神异色彩，笔记类小说都写得简约完整，追求写实，因此从整体上看，他们笔下的岭南书写和其他地区书写在结构上和艺术表现上几乎没有区别，想要从这方面找出唐代小说中岭南书写的独特性是很难的。不过，与汉魏时期小说中的岭南书写比起来，有唐一代小说中的岭南书写在方式和空间范围上的确有了新的变化；而与其他地区书写比起来，唐代小说家们的岭南书写方式虽无变化，但促使他们使用某种创作方式的原因却值得思考，这些书写方式在一定程度上反映了外地作家在面对岭南地区时的情感特征的变化，也反映了岭南地区的独特社会情况。本章将在前几章论述的基础上，具体分析这些问题。第一节主要与汉魏小说中所使用的虚实结合手法做对比，分析唐代小说家对虚实结合手法的发展，以及他们运用这种手法的用意。第二节主要将岭南书写与中原其他地区书写相比较，从二者都喜欢使用的多重叙事模式出发，试图阐明边缘文化与中心文化的交融过程，以及在这种过程中表现出的文人心态的变化。第三节主要对唐代小说中岭南书写的主要地域范围做了统计，以说明区域经济和交通对岭南小说创作的影响。

第一节
飘逸与真实：虚实结合手法的发展

虚实结合恐怕是所有小说都具备的共同特质。但在此再次提及这种书写艺术，是想强调，在唐代小说的岭南书写中，小说家身份的外岭化及唐传奇的产生是促使他们大量运用这种艺术手法的主要原因，虚构手法的运用也比汉魏时期的书写有了更深的发展。

在正式讨论唐代小说中岭南书写的虚实结合手法之前，必须说一下唐人小说创作观念的变化。在谈到汉魏小说的岭南书写特点时，提到汉魏小说家是带着"补足正史"的态度去书写岭南的，唐代小说家继承了这种"补史"观念，并发展得更甚了。刘知几在《史通·杂述》中提到："国史之任，记事记言，视听不该，必有遗逸。于是好奇之士，补其所亡，若和峤《汲冢纪年》、葛洪《西京杂记》、顾协《琐语》、谢绰《拾遗》。此之谓逸事者也。"① 即是说史书的内容毕竟是有限的，这就给轶事之类的小说留下了极大的发展空间，再加上汉魏以来产生的猎奇心理，就使得越来越多的"好事者"去创作小说，但其创作目的就是"补史"而已，因此"史才"又是对小说家的具体要求。许多唐代小说集的题目都透露出了唐代小说家的"补史"观，如《唐国史补》《唐阙史》《大唐传载》等，似乎是在宣告自己创作的目的。既然小说创作是以"补史"为目的，那么追求写实自然是小说家创作小说时的题中之义。

然而，有这样几个因素导致小说家们在书写岭南时又必须虚构。一是前面提到的小说家身份外岭化。这些小说家要么从未涉足岭南，要么寓居

---

① 刘知几撰，浦起龙释．史通通释 [M].上海：上海古籍出版社，1978：274.

于岭南，对岭南地区的了解仅仅停留在传闻，那么在书写的过程中就会不自觉地加入自己的想象。二是书写内容生活化。刘勰在《文心雕龙》中谈到史书创作时说："原夫载籍之作也，必贯乎百氏，被之千载，表征盛衰，殷鉴兴废，使一代之制，共日月而长存；王霸之迹，并天地而久大。"[①] 指明了史书的编撰本就是以朝代盛衰、国家兴亡为主要对象的，是以记录光辉灿烂的历史为主要目的的。可是小说不同，如果说小说的中原书写还可以去关注整个唐王朝的政治，关注东西二都的发展，岭南书写则是远离了王朝兴衰的庄严内容，完完全全地生活化了。那么既然没有了内容的束缚，再加上岭南在唐人心中本就是一个神秘荒蛮之地，虚构手法就自然而然地产生了。三是唐代"有意为小说"观念的形成。尽管欲以"补史"，但许多小说家在创作时都难免去虚构，这便是胡应麟所说"唐人乃作意好奇，假小说以寄笔端"[②]。陆希声在《北户录》的序言中就提到了唐代小说的虚构特性："近日著小说者多矣，大率鬼神变怪荒唐诞妄之事。不然，则滑稽诙谐，以为笑乐之资。离此二者，或强言故事，则皆诋訾前贤，使悠悠者以为口实，此近世之通病也。如君所言，皆无右是。其著于录者，悉可考验。"[③] 从陆希声的序言中可以看出，他就是一个支持小说应以"补足正史"观点的人，他认为唐代小说家的虚构创作是整个唐代小说的通病，而因为段公路的书写都是真实可靠的，因此大加赞扬。可在今天看来，就连他赞不绝口的《北户录》又何尝没有虚构之处呢？既有补史之观念，又有作奇之态度，虚实结合之笔法自然存于小说创作中。与汉魏时期小说中的岭南书写相比，唐代小说中岭南书写虚实结合手法的运用具有自己的特点。

---

① 刘勰著，范文澜注.文心雕龙注[M].北京：人民文学出版社，1962：286.
② 胡应麟.少室山房笔丛[M].上海：上海书店出版社，2001：371.
③ 莫休符撰，陶敏主编.全唐五代笔记：第三册[M].西安：三秦出版社，2012：2131.

一、广泛录实，以虚增奇：虚实结合与地理博物书写

在第二、三章提到的很多书写中，大部分书写都是以岭南自然物产、山川地理为主要书写对象，这类书写基本是延续了汉魏以来的地理博物类笔记小说，这类小说的创作目的是"旨在满足读者对无垠空间世界的神往之情"①，所以它必须依赖于虚构；但这种小说的写法又是"重在说明远方珍异的形状、性质、特征、成因、关系、功用等，意在使读者清楚明白地把握对象"②，所以又必须依赖于写实。事实上，我们考察汉魏以来的地理博物类小说，如《山海经》《博物志》等，会发现其中对一些远国异民、奇特物产的书写确实是以虚构为主的，但汉魏时期小说中的岭南书写不一样，或许是因为岭南本身对于中原人来说已经足够诡异了，无须再用虚构笔法来强调它的神奇，只要真实记录就已经可以满足人们的好奇心和求知欲了。不过，汉魏小说家与岭南之间的距离，使得一部分人还不太了解岭南，因此难免在记录中会有一定程度的虚构。可到了唐代，这种书写模式得到了很大的改变，一方面由于唐代经济文化的发展，越来越多的人了解岭南，汉魏时期的书写内容已经慢慢无法满足人们日益扩大的求知欲了；另一方面，"作意好奇"的小说创作观念根深蒂固，许多小说家将这种观念也带入了笔记小说的创作中去。因此，虽然汉唐小说中的岭南地理博物书写其目的都是猎奇，都是以录实为旨，但是，汉魏时期小说家在猎奇之后，是尽可能真实地记录所见所闻，将岭南之奇真实地展现出来，而唐代小说家则在真实记录的同时，运用虚构的手法故意增加岭南之奇，展现出来的则是扭曲了的岭南。如果说地理博物类笔记小说是以知识和文学为双重标准的，那么汉魏时期小说中岭南书写与唐时的岭南书写最本质的不同就是：前者以实为主，知识性大于文学性；后者以虚为法，文学性大于知

---

① 陈文新.文言小说审美发展史[M].武汉：武汉大学出版社，2002：96.
② 陈文新.文言小说审美发展史[M].武汉：武汉大学出版社，2002：97.

识性。以猩猩的书写为例，在《异物志》和《南方草木状》中的记录分别为：

　　出交趾。封溪有猩猩，夜闻其声，如小儿啼。①

　　猩猩之兽，生在野中，状如㹠子，民人捕取，交趾武平、兴古有之。②

　　猩猩对于中原人来说是一种十分奇特的动物，因为它不仅长得像人，而且据许多笔记小说、地理博物类散文等记载，都说其声音也如人，在其他地区是难得一见的。从上面两则记载中看出，对于这种神奇动物，小说家们只是真实地记录，说明其产地、奇特之处罢了，不会有进一步的渲染。但是反观唐代小说中的猩猩，笔记小说如《朝野佥载》中的封溪那只好美酒、知历史、解人语的美人猩猩，传奇小说如《补江总白猿传》中能言语、会武功、知未来的怪物猩猩，全部对猩猩这种真实存在的物产进行了拟人性的虚构，将其书写得越来越接近人类。他们这样的书写，是为了凸显本来就神奇的物产的奇特之处，这甚至给人留下一种印象，猩猩与人，除了人兽之分外，并无不同。《传奇·蒋武》篇中对那只英勇的猩猩有这样一段描写：

　　见一猩猩，跨白象。武知猩猩能言，而诘曰："与象叩吾门，何也？"猩猩曰："象有难，知我能言，故负吾而相投耳。"武耳："汝有何苦，请话其由。"猩猩曰："此山南二百余里，有嵌空之大岩穴，中有巴蛇，长数百尺，电光而闪其目，剑刃而利其牙，象之经过，咸被吞噬，遭者数百，无计避匿；今知山客善射，愿持毒矢而射之，除得此患，众各思报恩矣。"其象乃跪地，洒涕如雨。猩猩曰："山客若许行，便请挟矢而登。"③

　　蒋武见到猩猩，就知道它能言，白象之所以找猩猩帮助，也是因为知道它能言，猩猩能言这个特点在晚唐小说中似乎已经是众所周知、无须言

①　杨孚撰，吴永章辑佚校注．异物志辑佚校注 [M]．广州：广东人民出版社，2010：39．
②　李昉．太平御览：卷七百八十六 [M]．北京：中华书局，1960：4026．
③　穆公点校．唐五代笔记小说大观·传奇 [M]．上海：上海古籍出版社，2000：1143．

明的。因整段描写，便围绕猩猩和蒋武的对话展开，用生动的语言艺术将猩猩的乐于助人之精神、能说会道之神异、慧眼识人之聪敏全都表现了出来，在整篇传奇中，猩猩成为人与动物沟通之桥梁，与人无异。

除了猩猩以外，能说话的鹦鹉也成了唐代小说家喜欢虚构的对象。有关鹦鹉的记载，在《山海经》《淮南子》甚至《说文解字》中都有出现，主要说明了鹦鹉是一种能说话的鸟类。汉魏时期的小说如《南方异物志》，记载了不同种类的鹦鹉及其产地，都是纪实的。而唐代小说家也运用虚构手段，大大增加了鹦鹉之奇。如前面提到，《明皇杂录》中记载的"雪衣女"，是一只懂诗篇、知人情、晓未来的鹦鹉，已不是能言那么简单了，而是极富传奇色彩。但不管如何虚构，这些物产又确实是真实存在的，而且鹦鹉能言，猩猩类人，也是不夸张的。

可以看出，同样是猎奇，同样是基于"补史"观，汉魏时期的岭南书写是真真实实的记录，即使有虚构现象的存在，也大多是因为小说家不了解造成的，而唐代的岭南书写，则是以虚增奇，不仅为满足自身的猎奇心理，也为满足大众口味，有意使用虚构手法，把本就神奇的物产写得更加神异。

二、大胆虚构，以虚增艳：虚实结合与奇人异事书写

汉魏时期小说的岭南书写中，已经出现了岭南地区的奇人异事书写，但由于小说创作还未进入自觉阶段，因此这些书写仍然单薄。而到了唐代，小说家们有意使用虚构手法创作小说，使得岭南地区的奇人异事书写情节更曲折，语言更华美，文学性更为浓厚了。我们对比两则同类人物的书写：

赵妪者，九真军安县女子也。乳长数尺，不嫁，入山聚群盗，遂攻郡。着擒碇屐，战退辄张帷幕，与少男通，数十侍侧，刺史吴郡陆胤平之。①

① 李昉. 太平御览：卷三百七十一 [M]. 北京：中华书局，1960：1708.

麦铁杖，韶州翁源人也。有勇力，日行五百里。初仕陈朝，常执伞随驾。夜后，多潜往丹阳郡行盗。及明，却趁仗下执役。往回三百余里，人无觉者。后丹阳频奏盗贼踪由，后主疑之，而惜其材力，舍而不问。陈亡入隋，委质于杨素。素将平江南诸郡，使铁杖夜泅水过扬子江，为巡逻者所捕。差人防守，送于姑苏，到废亭，过夜。伺守者寐熟，窃其兵刃，尽杀守者走回，乃口衔二首级，携剑复浮渡大江。深为杨素奖用。后官至本郡太守。今南海多麦氏，皆其后也。①

这两则书写，都记录了一位骁勇的人物，且都是基于历史真实人物而创作的。此外，两则书写都运用了相似的书写方式，一是都运用了夸张的手法以突出人物之奇，如前者的"乳长数尺"，后者的"日行五百里"；二是书写结构几乎一致，都是史传式的书写，将人物的姓名、籍贯及特点书写得十分清楚，以求真实。但是，唐代的书写确实要比汉魏时期的书写精彩多了，刘欣期在书写赵姬时，对其所做之事，只是简单概括，没有更深地叙述。反观刘恂笔下的麦铁杖，作者用了很多具体的事件来突出人物特点，作为随驾的他，可以一夜往返三百里行盗，且不被发现，说明了他的灵敏；夜间过江被擒，手刃数人，口衔首级，再度过江，表现了他的骁勇。两个故事情节虽然简单，但叙事完整，虚构成分增加，动作描写到位，且都能围绕人物之奇来展开，也使得以实录为主的笔记小说更具艺术性。

如果说笔记小说中的奇人异事还基于事实的话，那么唐代传奇中对岭南地区奇人异事的书写就更是大胆虚构了，这些虚构手法的大肆运用，使得岭南书写更加华美艳丽。他们或有意虚构环境，如薛渔思的《崔绍》，讲述了岭南崔绍杀猫后游离地狱的情节，作者刻意虚构了地狱的环境，且书写得十分细腻：

---

① 鲁迅、杨伟群点校.历代岭南笔记八种[M].广州：广东人民出版社，2011：81.

八街之中，有一街最大，街西而行，又有一城门，门两边各有数十间楼，并垂帘。街衢人物颇众，车舆合杂，朱紫缤纷，亦有乘马者，亦有乘驴者，一似人间模样。此门无神看守。更一门，尽是高楼，不记间数。珠帘翠幕，眩惑人目，楼上悉是妇人，更无丈夫。衣服鲜明，装饰新异，穷极奢丽，非人寰所睹。其门有朱旗，银泥面旗，旗数甚多，亦有著紫人数百。[①]

这段描写语言精美，辞藻华艳，接近于汉赋的描写方式，兼以四言和杂言，不仅写出了地狱城楼的无尽奢华，也写出了城里妇人的华丽衣着。这样华美的语言和整饬的结构，使得岭南书写的文学性大增。此外，有的小说家则故意虚构情节，裴铏《传奇》中的《崔炜》一篇，以一株艾为中心，围绕这个物件安排了一系列曲折离奇的情节。这些情节全部都是虚构的，但又是环环相扣、逻辑合理的，作者大胆使用虚构的手法，不仅给岭南地区披上了一层神秘的面纱，而且促进了整个岭南文学朝着飘逸、浪漫的健康方向发展。这在汉魏小说的岭南书写中是无法见到的。

综本节所述，就唐代小说来说，上述虚实结合的手法并不是岭南书写所独有的，但与汉魏时期的岭南书写比起来，确实是唐代岭南书写进步之处。从唐代小说的岭南书写中虚实结合的运用情况来看，可以很清晰地看出中原文化及文学的发展对岭南文学的影响，从汉至唐，小说中对岭南地区的描绘方式已经有了极大的进步，而且这种方式一直影响到宋代以后小说对岭南地区的书写，也影响到明清时期，在岭南地区产生的诸多岭南人自己创作的岭南小说，在后世的这些作品里，都可以看见唐代小说中岭南书写的影子，可以说从唐代的岭南书写开始，岭南地区小说创作才真正走上了亦真亦幻的审美道路。

---

① 李剑国.唐五代传奇集：第三册[M].北京：中华书局，2015：1322.

第二节

记录与体验：多重叙事模式的使用

今人在讨论叙事性文学，尤其是史传和小说时都会提到它们的叙事模式，"叙事模式是叙事者与故事之间关系的类型。叙事者要向读者展开情节，描叙人物，并对小说世界的种种做出情感的、道德的、思想的、政治的等价值判断，总是要采用某一种叙述方式"①。也就是说，只要有故事，就一定会有叙事模式的存在。根据石昌渝先生的观点，小说的叙事模式主要有三类：一是第一人称与第三人称，二是主观与客观叙述，三是全知与限知视角②，唐代小说的岭南书写的叙事模式当然也不外乎这三类。高小康曾说过："从最根本的意义上说，任何叙事所要表达的首先就是贯穿在叙事内容中的世界观。作为历史著作的历史叙事的世界观，是由作者对历史的基本认识所决定的。"③也就是说，我们可以从小说家所采用的叙事模式看出作者的观念。下面着重分析唐代小说岭南书写叙事模式的使用中所反映的唐人岭南意识的变化。

一、中原人的轻视：第三人称叙事模式的运用

正统主流的中原文化总是轻视落后边缘的岭南文化的。从岭南被纳入中原版图的那一刻起，蛮荒、可怕、奇异等印象就深深地烙在处在中原文化圈的文人心上。唐代小说家运用的第三人称叙事模式中很好地体现了这种主流文化对边缘文化的轻视态度。第三人称的叙事模式是中国古代小说

① 石昌渝.中国小说源流论 [M].北京：三联书店，2015：44.
② 石昌渝.中国小说源流论 [M].北京：三联书店，2015：45.
③ 高小康.中国古代叙事观念与意识形态 [M].北京：北京大学出版社，2005：17.

中最常见的一种，这种模式的好处是由于叙事者不充当故事中的任何一个角色，所以他们可以通过客观的叙述将自己对事物的褒贬之情隐含在故事中。这种叙事模式的使用，在汉魏六朝小说中就可大量见到，在初唐到中唐的岭南书写中，大部分小说家也都采取这种叙事模式，这样的叙事模式可以帮助他们更全面客观地书写岭南。然而若仔细研读运用第三人称叙事模式的岭南书写小说，其实可以从书写内容的选择上感受到小说家们隐含于其中的微妙感情。而与汉魏六朝为数不多的轶事类岭南书写稍做对比就会发现，唐代小说家们对岭南的轻视态度更甚了。在第一章中已经大致窥见汉魏六朝岭南书写的样貌，汉魏六朝的岭南书写主要以物产和风俗为主，就其内容的选择上来说，还是较为客观真实的，很难从中发现小说家的情感。偶有出现的一些轶事小说，也只是表现了岭南的怪，而非作者的厌，如刘宋王韶之《始兴记》中"始兴银饼"一则：

秋水源山磐石上罗列十甏，皆盖以青盆，其中悉是银饼。人有遇之者，但得开观之，不可取，取辄迷闷。晋太元初，林驱家仆窃三饼，有大蛇伤而死。其夜，林驱梦神语曰："君奴不良盗银三饼，已受显戮，愿以银相备。"驱觉，奴死，银在其旁。有徐道者，自谓能致，乃集祭酒盛，奏章书，击鼓吹入山，须臾雷阵雨石，倒树折木，道遂惧走。[1]

此则叙事运用了第三人称叙事模式，通过林驱家仆盗窃银饼而致死，以及徐道自以为可胜过银饼而最终败走之事，突出了始兴银饼的神奇。在这则书写中，银饼是一种可以致人死亡的神奇物产，但通篇读下来，给人更多的感受是银饼的奇特，而不是厌恶。但唐代小说家则不然，我们以《朝野佥载》为例：

---

[1]　李昉. 太平御览：卷八百一十二 [M]. 北京：中华书局，1960：3609.

表 4-1 《朝野佥载》的岭南书写

篇名	涉及地点	叙事内容
制毒风俗	岭南	岭南以人制毒的全过程
广州录事参军	广州	广州柳庆吝啬事
安南都护	安南都护府	安南都护邓祐吝啬事
恩州刺史	广东恩州	恩州刺史陈承亲残暴事
岭南首领	岭南	岭南首领陈元光残暴
成王千里	岭南	成王千里以岭南恶物戏人
陈怀卿	岭南	陈怀卿养鸭得金
蜜唧	岭南	岭南吃活鼠风俗
胡亮恶妻	广州化蒙	胡亮妻杀妾遭报应
崔玄信	安南都护府	崔玄信女婿贪暴事
广州"三樵"	韶州	朱随侯与女婿及客人并称"三樵"
秦吉了	岭南	刘景阳献秦吉了事
峰州怪鱼	峰州	峰州鱼长一二寸,千万家取之不尽
丧葬风俗	岭南	家中病人,三祀而后葬
冤报蛇	岭南	人触之跟随,杀之招百蛇
安南象	安南	象可判人,有理者则过,负心者则死
安南猩猩	武平县	有美人猩猩,知人语

上表所列《朝野佥载》的17篇岭南书写中,全部都是以第三人称的叙事模式写成的,且大部分内容都是在书写岭南的可怕风俗、残暴官吏以及诡异物产,读后会让人对岭南产生负面印象,但张鹭是一个曾被贬岭南者,按理来说他在岭南的所见所闻绝不仅限于他所书之事,可他偏偏选取了这样一些负面之事来进行书写,可见张鹭在书写岭南时,是带着自己对岭南的厌恶去选取书写内容的,且他也耻于真正参与到这些事情之中。在唐代小说岭南书写中,第三人称叙事模式的大量运用,恰恰说明了唐人在面对岭南的态度:在书写岭南之时,总会带着中原文化的影子,骄傲地审视着

这块看似与他们格格不入的土地，当感受到这里与中原地区差距巨大之时，他们总会想办法把自己撇得干干净净。除了《朝野金载》外，在《大唐传载》中有这样一条书写：

> 韦崖州执谊自幼不喜闻岭南州县。拜相日，出外舍，见一州郡图，迟回不敢看。良久，临起，误视，乃崖州图也，竟以贬终。[①]

整篇书写采用第三人称叙事模式，并将故事主人公对岭南的态度直接表现出来，最后一个"竟"字，不仅写出了韦执谊对岭南的厌恶与对自身命运的无奈，也深刻地蕴含了作者对岭南的态度。

岭南本土小说家莫休符在书写岭南时也使用了第三人称叙事模式，从他的身份和书写内容来看，他当然算不上是一个反感岭南的人。窃以为他使用这种书写模式的原因有二：一是这种叙事模式可以帮助作者更为客观地去观照书写对象，全方位地写出岭南的特点；二是在中原文化的影响下，岭南本土作家也已经接受了中原文化，以中原文化的角度来观察岭南，面对自己的家乡，他是比较自卑的，因而促使他也想将自己抽离出来。

总之，将书写内容和第三人叙事模式结合起来看，就可以发现，比起汉魏时期的岭南书写，唐代小说家们对岭南的轻视态度更深了，不过这种趋势在第一人称叙事模式的运用中得到了一定的扭转。

二、中原人的尝试：第一人称叙事模式的运用

第一人称叙事模式是叙事者与故事的完美结合，其优点就在于可以使所述之事更易令人信服，以满足唐人的"补史"观念，因此很多唐代小说家喜欢使用这种方式来说故事。汉魏六朝的岭南书写中，是几乎见不到第

---

① 恒鹤点校.唐五代笔记小说大观·大唐传载卷[M].上海：上海古籍出版社，2000：891.

一人称叙事模式的，这与文学自身发展规律有关，第一人称叙事模式常被用在诗赋之中，而小说中的运用要到唐代才开始凸显。而在唐代小说的岭南书写中，第一人称叙事模式也不多见，不是小说家们不愿意让自己的故事更具真实性，而是他们宁愿牺牲真实性，也要将自己与岭南这片不毛之地隔绝开来。为了使小说更让人信服，汉魏小说家们在书写岭南时更注重客观真实，而唐代书写岭南的小说家们则有时会在小说的开头或结尾运用第一人称叙事模式，如段成式在《酉阳杂俎》中书写叶限的故事时，他提到："成式家人李士元所说。士元本邕州洞中人，多记得南中怪事。"① 就是为了使自己的书写更能令人信服，有意强调自己的故事来源，虽然有第一人称的出现，可叙述者仍然是从故事中抽离出来的。

不过，盛唐以后，包括房千里、刘恂、段公路等在内的一部分小说家的岭南书写，在运用第一人称叙事模式时，是将自己彻底融入岭南的，书写出了外地人对岭南的另一种态度。

如房千里在《投荒杂录》中的记载：

春州南门外有仙署馆，馆中有卢公亭。房千里贬官，寻医于斯州，太守馆之于是。东厢有内室，仆夫假寐，忽有朱衣人，甚魁伟，直来其前。仆辈惊走，告千里。既一二夕，又然。千里不信，然不复置于室内。后累月，徙居溪亭。复有假掾吏寄与东室，昼日，见一男子披纱裳，屣履而来，曰："若无久驻此。"掾惊出户，俱以状白于僚吏。有老牙门将陆建宗曰："元和中，诛李师道，其从事陆行俭流于是州，赐死于是。掾所白之状，果省不谬。"②

整篇小说叙述的是房千里于春州求医期间，在此遇到陆行俭的鬼魂来吓人之事，叙事简洁，但在短短的篇幅中，将人物的语言、外貌、动作都

① 恒鹤点校.唐五代笔记小说大观·酉阳杂俎 [M].上海：上海古籍出版社，2000：713.
② 莫休符撰，陶敏主编.全唐五代笔记：第二册 [M].西安：三秦出版社，2012：1099.

描写得较为具体。此篇小说的难得之处，就是房千里将自己作为故事的主人公，一方面确实是为了增加故事的可信度，另一方面房千里对岭南的厌恶之感不太能体现出来，反而是一种闲适之态，即使有鬼怪前来，也能镇定自若。不过房千里笔下的岭南书写以第一人称叙事的，仅此一篇。而段公路或许是整个唐代小说家中，最喜欢使用第一人称叙事模式来书写岭南的人了。《北户录》中"鹦鹉瘴"一则：

广之南新勤春十州，呼为南道，多鹦鹉。凡养之俗：忌以手频触其背，犯者即多病颤而卒，土人谓为"鹦鹉瘴"。愚亲验之。①

在段公路之前，没有人书写过这种疾病，提到鹦鹉，小说家们常常喜欢书写鹦鹉能言的特点，突出这种物产的奇特性。而段公路则出其不意地写了一种由鹦鹉引起的疾病。最主要的是，前人书写岭南地区的瘴气或者疾病，表露出的都是避而远之的恐惧之感，而段公路面对这种疾病，竟忍不住要去一试，可见其在面对岭南时是没有畏惧之心的。此外，在"绯猨"一则中也用到了第一人称叙事：

公路咸通十年往高凉，程次青山镇，其山多猨，有黄绯者，绯者绝大，毛彩殷鲜，真谓奇兽。……愚因召猎者捕而养之。极驯，不贪食，于树杪间，呼之则至。②

整篇小说也是以第一人称叙事模式书写了绯猨这种物产的样貌和习性，但在书写的过程中也表现了作者对它的喜爱之情，甚至自己养了一只。同样，在"蚺蛇牙"一则中，段公路又对这种被本土人珍视的牙齿产生了兴趣，从而"愚按古方，刮虎牙治犬咬疮，神效无比，未闻蛇牙有利于人

---

① 莫休符撰，陶敏主编.全唐五代笔记：第三册[M].西安：三秦出版社，2012：2131.
② 莫休符撰，陶敏主编.全唐五代笔记：第三册[M].西安：三秦出版社，2012：2133.

者"①。翻看《北户录》，运用第一人称叙事模式将自己彻底融入岭南地区的书写有十余篇，这在其他小说家笔下是很少见的。究其原因，当然在很大程度上如陆希声在序言中所说的，是为了证其书写之实。但是，证实不一定要将作者自己的经验写入小说中，更没有必要事事亲历，甚至连令人恐惧的疾病和物产，他都要一一经历，这说明了中晚唐以后，中原人对岭南地区的态度逐渐改变了，从原来的厌恶远离，变成了敬畏接近。

这应当主要与北方社会动乱、南方相对安定的社会情况有关。中晚唐时期，中原地区不仅有天灾——"自懿宗以来，奢侈日甚，用兵不息，赋敛愈急。关东连年水旱，州县不以史实闻，上下相蒙，百姓流殍，无所控诉"②，还有人祸，晚唐沉重的赋税导致官逼民反的现象尤多，如著名的黄巢之乱，更是给中原地区的政治经济一个重大的打击。而此时的南方地区，通过初唐至中唐的开发，社会稳定，经济发达，《新唐书》中有这样两段描述：

（唐德宗）增江淮之运，浙江东、西岁运米七十五万石，复以两税易米百万石，江西、湖南、鄂岳、福建、岭南米亦百二十万石。③

（唐穆宗）盐铁使王播图宠以自幸，乃增天下茶税，……江淮、浙东西、岭南、福建、荆襄茶，播自领之。两川以户部领之。④

可以看到，包括岭南在内的广大南方地区成为全国范围内极其重要的粮食与税收的主要来源，经济的发展也使得南方的人口数不断攀升。这样的社会情况也使得入岭者的心态有了改变，初唐至中唐时期许多入岭的文人，多是因政治斗争失败而被贬岭南的，如张鷟、柳宗元等。但中晚唐以后，

---

① 莫休符撰，陶敏主编. 全唐五代笔记：第三册 [M]. 西安：三秦出版社，2012：2133.
② 司马光，胡三省音注. 资治通鉴：卷二五二 [M]. 北京：古籍出版社，1956：8174.
③ 欧阳修. 新唐书·食货志 [M]. 北京：中华书局，1975：1369.
④ 欧阳修. 新唐书·食货志 [M]. 北京：中华书局，1975：1382.

开始出现自愿入岭者了，如房千里，《云溪友议·南海非》中说"房千里博士初上第，游岭徽诗云……"① 房千里去岭南，是自发地游玩，也正因为他的这个行为，才产生了后来在岭南地区与南海妾的唯美爱情故事，既然前期有游历岭南的经历，后期虽被贬谪，但已经对岭南地区的自然环境不再陌生了。段公路入岭也是出于自愿，陆希声的序中说："间者，以事南游五岭间，常采其民风土俗，饮食衣制、歌谣哀乐，有异于中夏者，录而志之。"② 因此，正是南方社会的发展，促使入岭者心态产生变化，使得他们开始带着敬畏之心去探索岭南，去接触岭南，从而开始运用第一人称叙事模式。

综本节所述，小说与诗歌不同，是一种无法直接抒情的文体，但联系内容以考察其叙事模式，却可以窥见小说家在创作时的情感态度。虽都以第三人称叙事模式为主，但比起汉魏六朝，唐代小说家在书写岭南时，更多地蕴含着作者对岭南的厌恶。虽然并不是说只要运用了这种模式就说明这个小说家厌烦岭南，但结合其书写的内容来看确实多能感受到作者的这种思想感情。唐代小说中的岭南书写有为数不多运用第一人称叙事模式的篇章，其中一部分作品体现了唐代小说家对岭南态度的转变，已经从彻底隔绝，变为逐渐融入。

---

① 阳羡生点校.唐五代笔记小说大观·云溪友议 [M].上海：上海古籍出版社，2000：1268.
② 莫休符撰，陶敏主编.全唐五代笔记：第三册 [M].西安：三秦出版社，2012：2128.

第三节

集中与扩大：唐代小说岭南书写的空间范围

　　"文学的生成、发展和衰落，有一定的空间依托，或者说有一定的地理位置，而这种空间正是人和自然发生关系的切入点，规定了人和自然、社会之间活动关系的性质和品性。"①确实如此，任何文学现象的产生，都是以一定的空间为依托的，而这个空间又是与人类社会息息相关的，它承载着自然地理等物质存在，也承载着政治文化等精神世界，在唐代这个约300年的时间范围，正是小说家们通过与岭南地区的互动，才创作出了许多与这个客观地理空间相关的小说。此节所讨论的空间范围，主要指的是唐代小说家在书写岭南时所涉及的地域范围。小说家们在选择书写空间时，是既集中又广泛的，一方面会集中于经济发展社会稳定的城市，或集中于他们所熟悉的范围来进行细致的书写；另一方面交通的发展和外地人的不稳定性又使得他们的书写空间泛而疏。在讨论汉魏时期小说的岭南书写时，特别提到其书写的空间特征是所涉范围广，又以广州为主。其中以广州为主的原因是贬谪首选，又较为安定。唐代岭南书写的空间范围基本延续了汉魏以来的空间特征，但又有着新的发展和内涵：书写空间范围的集中与扩散，基本可以反映出唐代岭南各地的交通与经济情况。

　　笔者统计了全唐小说中岭南书写的主要范围及次数，如下表所示②：

---

① 戴伟华.地域文化与唐代诗歌[M].北京：中华书局，2006：15.
② 本表参考谭其骧先生主编《中国历史地图集》中所列岭南州县，以州为最小单位，不再细分县，羁縻州也归入所属之府州内。本表统计原则：仅记录明确提及某州县地名的书写，以全岭为书写对象的篇目均不计入；一篇之中若出现两个以上明确地名者，每个地名各记其一；所涉地名与全文无关者，不计入；相同故事不同书写，只计一次，如《南海非》和《杨娟传》，《南海卢眉娘》和《卢逍遥传》。

表 4-2 唐代小说岭南书写地点统计表（单位：次）

岭南经略使									
广州	南海	循州	雷州	新州	恩州	儋州	崖州	振州	勤州
34	20	5	10	8	6	4	12	3	2
潮州	韶州	端州	康州	冈州	高州	春州	封州	辩州	罗州
5	4	3	5		4	2	1	2	5
潘州	万安州	泷州	总计						
2		3	140						

桂管经略使									
桂州	昭州	富州	梧州	贺州	龚州	象州	柳州	宜州	融州
11		2	8	1	1	2	2	1	1
环州	蒙州	古州	严州	芝州	总计				
			1		30				

容管经略使									
容州	藤州	义州	窦州	禹州	白州	廉州	绣州	党州	牢州
5			1		2	4			
岩州	郁林州	平琴州	山州	总计					
1				13					

邕管经略使									
邕州	宾州	贵州	横州	钦州	浔州	瀼州	笼州	田州	澄州
7	2						1		2
淳州	总计								
	12								

安南经略使									
交州	骦州	爱州	陆州	峰州	汤州	长州	福禄州	庞州	武峨州
13		2		1					
武安州	总计								
	16								

整体看来，唐代岭南书写的空间范围大致集中于各管治所，而对其他地的关注度则较低。此外，书写范围要比汉魏时期有了较大的扩散。

一、书写范围的集中化

从表中可以看出，唐代小说岭南书写范围的集中化主要有三点：一是集中于广管地区，二是集中于广州、桂州、容州、邕州和交州等各管治所地，三是集中于岭南中部及沿海地区。

戴伟华先生在《地域文化与唐代诗歌》一书中提到过文学创作区域重点的形成情况有三：一是区域首府创作会成为该区域的中心，二是区域重点会随时间的变化而变化，三是人可以制造重点区域[①]。这三个情况基本适用于小说中岭南书写空间范围的特点，但也有些许不同：岭南书写空间范围集中于广州、桂州等地，正是因为这些城市是该区域的中心，特别是广州，它是广管治所所在地，而广管又是其他四管的中心，自然会成为最主要的书写对象。不过，自汉至唐，小说中岭南书写的区域重点并没有随时间变化而显示出较大的变化，究其原因主要是中原人对岭南的开发毕竟有限，交通的不便及大片山区洞穴无法令人涉足，自然只能关注一些经济稍微发达的城市了。至于人可以制造重点区域，即文人长期生活的区域会变成一个创作重点，在唐代小说的岭南书写中也确实如此，比如莫休符晚年居住在桂林，因此他的书写就集中于桂管地区；房千里游岭时居于广州，后被贬之地也在广管区域，所以他的《投荒杂录》无一例外全是对广管地区的书写。只不过，大部分外地小说家所居区域恰恰与广管或者各管治所重合了，因此第三点在小说的岭南书写中体现得不是太明显。

具体来看，影响岭南书写的重点空间范围的形成原因主要有二，一是

---

① 戴伟华.地域文化与唐代诗歌 [M].北京：中华书局，2006：81-82.

城市的地理环境。外地人入岭后，其基本活动范围就是在岭南的一些中心城市，不太可能去偏远山区洞穴，如无必要也不太会有长距离的东西迁徙，那么在选择寓居的城市时，经济文化和自然环境会是他们的选择标准，因而，经济文化发达、自然环境优美的城市，就比较容易成为书写的集中地。广州就是一例。在第三章的论述中已然提到，唐代岭南地区的农业、手工业及商业都得到了长足的发展，这给岭南的经济带去了曙光，这在广管地区体现得尤为明显，又以广州为中心地带。根据《元和郡县志》记载，唐开元时期广州有户64250，元和时期有74099，这个数字还是很庞大的；中原地区的并州，开元户126840，元和户124000，并不比广州多很多，且广州还是在偏远的岭南地区。再与河南道的陕州相比，开元户47300，元和户8700①，整体都要比广州地区少。户数的多少在很大程度上也是衡量一个地区经济文化水平的指标。此外，桂林也是一例。在第二章的论述中，提到了岭南恶劣的自然环境，使得许多外地人避而远之，可桂林却不一样，长期以来，桂林山水的独特吸引着大量的文人创作，不仅是入岭者，就连从未涉足岭南的杜甫，也写过赞美桂林的诗篇"五岭皆炎热，宜人独桂林"②。在小说中的岭南书写中，虽然桂林的书写没有诗文中的那样多，但是从内容上来看，以书写桂林物产和风景为多，这也说明了桂林还是给岭南以外的人留下了比较好的印象的。二是交通枢纽的中心地带。交通是影响创作重心的一个十分重要的因素。广州自然不用说，唐代的广州作为海上丝绸之路的起点，不仅连接内陆，还沟通外海，《读史方舆纪要》中记载："广东在南服最为完固，地皆沃衍，耕耨以时，鱼盐之饶，市舶之利，资用易足也。诚于无事时修完险阻，积谷训兵，有事则越横浦以狗豫章，出

---

①　以上数字参：李吉甫.元和郡县志[M].台北：台湾商务印书馆，文渊阁四库全书.
②　仇兆鳌.杜诗详注[M].北京：中华书局，1979：778.

湟溪以问南郡，东略七闽通扬、越之舟车，西极两江咏僮、猺之弓矢，且也放乎南海，风帆顷刻击楫江津……"① 此外，前面提到，岭南书写空间范围主要集中在中东部地区，但最西部的交州，却是五个治所中除广州外书写最多的地方。这一是因为交州临海，占据着大量的海洋物产资源，其商业发展程度甚至可以与广州媲美，"南海、交趾，各一都会也，并所处近海，多犀、象、玳瑁、珠玑，奇异珍玮，故商贾至者，多取富焉"②。二是因为交州也是西南各国进入中国的关卡，《旧唐书》中载："交州都户制诸蛮夷。其南海诸国，大抵在交州南及西南，居大海中州上，相去或三五百里，三五千里，远者二三万里。乘舶举帆，道里不可详知。自汉武已来朝贡，必由交趾之道。"③ 西南各国要入中原朝贡时，交州就是必经之路。三是因为交州不仅是往返广州与安南的起止点，也是沟通安南与中原的起止点。因此，虽然交州地理位置较偏，周边又有林邑等国威胁，但仍然是小说家们喜欢关注的一个区域。此外，交州与中原的交往常以桂林为出入口，这也是小说家们喜欢书写桂林的第二个原因。一般来说，交通枢纽的中心地带也是书写范围的集中之地，而交通线路上的其他地区，也会因为交通的便利而成为书写对象，从而使得书写范围扩大化。

二、书写范围的扩大化

除了书写范围的集中之外，与汉魏时期相比，唐代小说中岭南书写的地域范围扩大了很多。从表格中可以看出，基本上各管各地都有所涉及，而将表格内容呈现在地图上是以广州为中心，向西北、西南两个方向辐射

---

① 顾祖禹. 读史方舆纪要 [M]. 北京：中华书局，2005：4575.
② 莫休符撰，陶敏主编. 全唐五代笔记：第二册 [M]. 西安：三秦出版社，2012：1102.
③ 刘昫. 旧唐书 [M]. 北京：中华书局，1975：1750.

的态势，如下图所示：

图 4-1 唐代小说岭南书写地图 ①

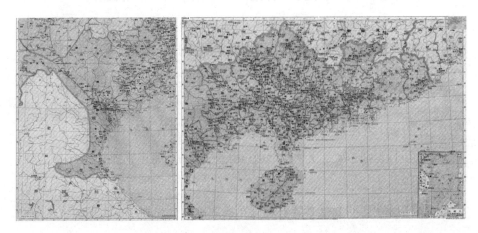

之所以书写范围会扩大，这也是与唐代岭南地区交通的发展分不开的，这在唐代小说家书写岭南时也有所体现。

唐代中原与岭南地区的来往主要有中部、东部两条线路。一是从张九龄开发的大庾岭入韶州，再经广州，去到东部沿海地区。二是从灵渠入桂林，再从桂林或走水路往东，或陆路往南延伸，因此，从桂州、韶州这两个岭南极北之地延伸出来的交通要道上的城市，都是唐代小说家喜欢书写的范围，整个桂管地区书写范围也是比较广泛的。

而岭南内部的交通主要也有两条线路，一是从广州出发，经新州、康州、恩州等地，陆路向西，这在房千里的《投荒杂录》中有清晰的书写：

恩州为恩平郡，涉海最为蒸湿。当海南五郡泛海路，凡自广至勤、春、高、潘等七州，旧置传舍。此路自广州泛海，行数日，方登陆，前所谓行人惮海波，不由传舍，故多由新州陆去。今此路唯健步出使与递符牒者经

① 此地图选自谭其骧先生主编《中国历史地图集》。

过耳。既当中五州之要路，由是颇有广陵、会稽贾人船循海东南而至。[①]

当时若要从广州前往中西部地区，可以选择海路或陆路两种方式，而前面提到，岭南地区气候多变，夏秋之际常有飓风，涉海总是比较危险，也有不少人经新、康等州往西，因此这条线路上的州郡都为小说家所关注。

二是从广州出发，走海路至合浦，再走陆路向西，这在裴铏《传奇》的"元柳二公"一则中有明确的书写：

> 元和初，有元彻、柳实者，居于衡山，二公俱有从父，为官浙右。李庶人连累，各窜于欢、爱州，二公共结行李而往省焉。至于廉州合浦县。登舟而欲越海，将抵交趾，舣舟于合浦岸。[②]

合浦始终是一个重要的出海口，是从岭南东部到西部的要道，因此合浦所载廉州也是常被人关注之地。但是此处海域更险，也有不少人通过陆路前往交州，因此对合浦以西至交州各州也有零星的书写。

唐代岭南地区交通虽不及中原发达，但经过前朝的种种努力，岭南地区已经形成了四通八达的交通网，南可以沟通南海及其诸国，北可以沟通中原，正是这样发达的交通，使得唐代小说家得以扩展他们的视野，尽可能广泛地将笔触伸到岭南的各个角落。

综本节所述，唐代小说中岭南书写的空间范围既集中化，又扩大化，之所以有这样的特点，是与整个区域的经济、交通发展分不开的。五管的治所相对其他区域经济更发达，社会更稳定，常常成为文人活动和创作的中心；而南北交通沟通了中原与岭南，东西交通又沟通中国与外国，在这些交通线上的人员往来是很频繁的，因此交通线路上的各个区域也会是文人关注的重心。

---

① 莫休符撰，陶敏主编.全唐五代笔记：第二册 [M].西安：三秦出版社，2012：1102.
② 穆公点校.唐五代笔记小说大观·传奇 [M].上海：上海古籍出版社，2000：1089.

本章小结

李德辉先生在《唐代交通与文学》一书中谈到唐代湖南文学时说道：
"在来本省的外地作家那里，文学地域性是次要的，共通性占主要地位……
他们都是从北方来的作家，进入本省以前已经形成了成熟的风格，有自己
熟悉的艺术体裁与表现方式，其创作体现和代表的是北方文坛的流行风
尚。"[①] 虽然李德辉先生的此番言论主要是针对诗歌创作所作的，但其实同
样适用于唐代的小说创作。唐代小说的岭南书写主要是依赖于外来文人完
成的，因而除了内容上的区别，在艺术表现上并无太大的独特性。但若与
汉魏六朝小说中的岭南书写做纵向比较，其发展和进步的轨迹还是明显的，
更有潜藏于这些表现方式背后的历史文化因素，都是值得认真探讨的。归
纳起来说，唐代小说中岭南书写大大发展了汉魏以来虚实结合的手法，将
岭南通俗文学引上了一条健康的发展道路；其所使用的多重叙事模式，在
很大程度上反映了非岭南籍小说家对待岭南态度的变化；而唐代小说中岭
南书写地域范围的特点，可以反映出外地作家在岭南的具体活动地点，以
及交通和经济发展状况对岭南书写的影响。

---

① 李德辉. 唐代交通与文学 [M]. 长沙：湖南人民出版社，2003：350.

第五章

唐代小说中的岭南风物考述

———

"风物"即一个地方特有的景物①。岭南风物可以包括岭南地区的人文风貌、山水地理、风俗物产等。而唐代小说中的岭南书写涵盖了岭南大部分地区的风物情况，这对岭南地区风物的描写和记录具有一定的补足正史记载不足之用；然小说的虚构性特点又让我们无法直接通过小说明确古代岭南风物的真实情况，还要结合史书对岭南风物的真实性进行一定的考证。对这些见证了岭南地区历史发展并保存了古代岭南文明因子的景观进行考察，是我们今天了解、发现、认知岭南的重要途径，具有多重意义：从文化研究来看，岭南风物往往反映了当时岭南地区的文化、宗教、风俗等方面的特点，通过研究这些景观，可以深入了解当时的文化和社会风貌，为文化研究提供重要的参考资料；从社会历史意义来看，岭南风物反映了当

---

① 中国社会科学语言研究所词典编辑室 . 现代汉语词典 [M]. 北京：商务印书馆，2005：409.

时岭南地区的社会历史背景，如当地的政治、经济、军事等方面的情况。通过研究这些景观，可以更好地了解当时岭南地区的社会历史，为历史学的发展提供重要的参考资料。

而从旅游文化意义来看，古代岭南地区的风物往往也是现代旅游文化中的重要组成部分，通过对这些景观的研究，可以更好地挖掘和发展旅游文化资源，促进旅游业的发展，同时也可以推动文化交流和文化传承。

第一节
粤东地区

唐代粤东，主要包括今广东省、海南省和广西壮族自治区钦州地区，但此处所指粤东，主要指今天广东省的大部区域。粤东地区是唐代小说家最喜关注的岭南地区，唐代小说对粤东地区的书写占了所有岭南书写所涉各地景观的一半以上。笔记小说如《岭表录异》《北户录》等中所写风俗、物产大多源自粤东，传奇小说如裴铏《传奇》中的诸篇，以及如《何二娘》《卢眉娘》等也多以粤东地区为书写背景。粤东地区凭借独特的地理优势在唐代获得了极大的发展机会，与岭南其他地区相比，粤东地区的政治、经济、文化等多方面都较为先进。对小说中粤东地区的部分风物进行考察也能看到中原人对粤东地区的接受和认可及粤东地区对中原文化的多维度接受，也体现了"中原—岭南"文化的交互进程。

一、罗浮山

罗浮山的成名主要得益于其宗教地位。屈大均《广东新语》记载了罗浮山早期道教的发展，"安期生常与李少君南之罗浮。罗浮之有游者，自

安期始。自安期始至罗浮，而后桂父至焉。秦代罗浮之仙。二人而已。安
期固罗浮开山之祖也。其后朱灵芝继至，治朱明耀真洞天，华子期继至，
治泉源福地，为汉代罗浮仙之宗，皆师乎安期者也"①。从安期生、李少君
到朱灵芝、华子期等人，罗浮山道教越发兴盛。在此基础上，晋代的葛洪
更将罗浮道教的发展向前又推进了一步。据《晋书》载："洪见天下已乱，
欲避地南土，乃参广州刺史嵇含军事。及含遇害，遂停南土多年，征镇檄
命一无所就。后还乡里，礼辟皆不赴。元帝为丞相，辟为掾。以平贼功，
赐爵关内侯。咸和初，司徒导召补州主簿，转司徒掾，迁咨议参军。干宝
深相亲友，荐洪才堪国史，选为散骑常侍，领大著作，洪固辞不就。以年老，
欲炼丹以祈遐寿，闻交阯出丹，求为句屚令。帝以洪资高，不许。洪曰：
'非欲为荣，以有丹耳。'帝从之。"②此后，葛洪在罗浮山炼丹、修仙、著述，
写下来《抱朴子》，丰富了道教的思想内容并传于后世。葛洪在罗浮山的
经历，使得罗浮山正式与道教结缘并成为后世崇道文人向往的对象。如今，
罗浮山上仍留有冲虚观、炼丹灶、洗药池等与葛洪相关的遗迹。

　　葛洪以后，罗浮山的名气得以更为广泛地传播，隋唐以来，作为道教
名山，诸多文人士子在此修道学道、著书立说、传播教义，更以此为背景
书写了诸多与道教思想有关的作品，如《唐国史补》《续玄怪录》《杜阳杂
编》等小说中都有涉及。翻看唐代小说可以发现，小说家对罗浮山的书写
较为丰富，笔记小说和传奇小说共同记录、描绘了罗浮山的物产、轶事等
内容，从中既可体会唐人对罗浮山的向往，亦可窥见罗浮山的神妙。如《何
二娘》便是一篇以罗浮山为主要题材背景创作的小说，书写了何二娘在罗
浮山的生活及其成仙过程，以此宣扬道家思想：

---

① 屈大均撰．广东新语：卷三 [M]．北京：中华书局，1985：94．
② 房玄龄等撰，中华书局编辑部点校．晋书：卷七十二 [M]．北京：中华书局，1974：
1911．

广州有何二娘者，以织鞋子为业。年二十，与母居，素不修仙术，忽谓母曰："住此闷，意欲行游。"后一日，便飞去，上罗浮山寺。山僧问其来由，答云："愿事和尚。"自尔恒留居止。初不饮食，每为寺众采山果充斋，亦不知其所取。罗浮山北是循州，去南海四百里。循州山寺有杨梅树，大数十围，何氏每采其实，及斋而返。后循州山寺僧至罗浮山，说云："某月日有仙女来采杨梅。"验之，果是何氏所采之日也。由此远近知其得仙。①

有关罗浮山的具体位置，此则小说中所言"罗浮山北是循州，去南海四百里"，此说不甚准确。李吉甫《元和郡县图志》"博罗县"条记载："罗浮山，在县西北二十八里。罗山之西有浮山盖蓬莱之一阜，浮海而至，与罗山并体，故曰罗浮。高三百六十丈，周回三百二十七里，峻天之峰，四百三十有二焉，事具袁彦伯记。"②根据李吉甫的记载，可以知道罗浮山具体地理位置在今天广东省博罗县西北，而非小说中所言在循州之南。至于其言罗浮山"去南海四百里"或也不够精准。其所言南海当为"南海县"③，据《太平寰宇记》"广州"条言"增城县，东一百八十里，有水路"④，又据《读史方舆纪要》"广东"条，"罗浮山，在广州府增城县东北三十里"⑤。作为广、循二州分界，又与增城县相接的罗浮山，距南海县当两百一二十里，绝非小说中所言四百里。而小说中谈到的罗浮山杨梅，则的确是罗浮山的特产。苏轼被贬岭南时有诗云，"罗浮山下四时春，卢橘杨梅次第新"⑥，描绘了罗

---

①　李时人编校、何满子审定，詹绪左覆校：全唐五代小说 [M]．北京：中华书局，2014：416．

②　李吉甫撰，贺次君点校．元和郡县图志：卷第三十四 [M]．北京：中华书局，1983：893．

③　即今佛山市及周边区域。

④　乐史撰，王文楚等点校．太平寰宇记：卷之一百五十七 [M]．北京：中华书局，2007：3016．

⑤　顾祖禹撰，贺次君、施和金点校．读史方舆纪要：卷一百 [M]．北京：中华书局，2005：4583．

⑥　苏轼著，李之亮笺注：苏轼文集编年笺注：卷二十三 [M]．成都：巴蜀书社，2011：433．

浮山地区水果品种丰富的事实。又《博罗县志》记载："罗浮山地处北回归线，属南亚热带气候区。高温、多雨、土层厚，形成南亚热带的天然植物园。常绿乔木与阔叶林和众多的藤本、草本等植物，计有3000多种，其中中草药有1240种。山中盛产柑、橙、橘、柚、龙眼、荔枝。"① 可见何氏前往罗浮采摘杨梅的事迹并非完全虚构。除了杨梅外，罗浮柑子也是小说家喜欢书写敷演的对象。如《唐国史补》中对罗浮柑子的描绘："罗浮甘子，开元中方有山僧种于南楼寺，其后常资进贡。幸蜀、奉天之岁，皆不结实。"② 此则书写表现了罗浮柑子之珍贵，可作为进贡之物，同时也表现了罗浮柑子之灵，当政治动荡，帝王离都之时便不再结。晚唐至五代的《续南越志》在《唐国史补》的基础上又有增补："罗浮山有御园甘子，唐玄宗幸蜀，子乃不生。德宗幸梁，亦不实。僖宗狩蜀，花实皆无，树亦枯悴。"更具体地写出了罗浮柑之神奇。晚唐康骈《剧谈录》中引唐武皇之言，"吾闻先朝有明崇俨，善于符箓。尝取罗浮山柑子，以资御果，万里往来，止于旬日"③，可见，唐代帝王对罗浮柑子的喜爱甚至沉迷由来已久。

《续玄怪录》中"李绅"一则中对罗浮山的描绘也颇有韵味：

叟戒绅曰："速闭目，慎勿偷视。"绅则闭目，但觉风涛汹涌，似泛江海。逡巡舟止，叟曰："开视可也。"已在一山前，楼殿参差，蔼若天外，箫管之声，寥亮云中。④

这则小说是书写罗浮山的唐代小说中对罗浮山有具体景物描绘的一

---

① 博罗县地方志编纂委员会编，博罗县志1979—2000，广州：广东人民出版社，2011：67.

② 李肇撰，聂清风校注：唐国史补校注·卷之下·89甘子不结实 [M]. 北京：中华书局，2021：301.

③ 李剑国辑校：唐五代传奇集·第四编卷八·说方士 [M]. 北京：中华书局，2015：2762.

④ 李复言撰，林宪亮译注：续玄怪录·补遗·李绅 [M]. 北京：中华书局，2019：470.

则。然《续玄怪录》多为神奇诡异、道教神仙之事，其描绘不可尽信。文中所言，李绅在前往罗浮山途中感到"似泛江海"是有一定根据的。罗浮山所处之地距海不远，且据《元和郡县图志》"博罗县"："罗山之西有浮山盖蓬莱之一阜，浮海而至，与罗山并体，故曰罗浮。高三百六十丈，周回三百二十七里，峻天之峰，四百三十有二焉，事具袁彦伯记。"① 此外，《太平寰宇记》也有载，罗浮山原名"蓬莱山"②。据此知罗浮之名源于其属罗山的一部分，又浮于海上而得，故而古人说起罗浮这座仙山总将其与大海联系起来。至于小说中"楼殿参差，蔼若天外，箫管之声，寥亮云中"的描绘则是虚实结合之言。史料中没有罗浮山上有楼阁殿宇的记载，亦当无特别的箫管之声。那么，罗浮山的景色到底如何，小说中所言"蔼若天外"的罗浮景色是否可靠？诗歌和史书都可以帮助我们回答这一问题。邓时雨的《罗浮山》一诗就展现了罗浮山这种景色，"四百峰峦杳霭中，飞云高峙倚苍穹。下临溟渤寒涛迥，望入云霞曲径通。石洞霏烟迷窈窱，洞泉湿雨滴空濛。葛洪久是栖真处，灵气千秋寄海东"，诗歌用写实手法具体地勾勒了罗浮景色，写出了诗人对罗浮山的喜爱之情。据《元和志》的记载知其约1200米，有约432座大小山峰。又据《太平寰宇记》"山有洞通句曲，又有璇房瑶室七十二所"③知其山上的秀美石室有约72个。凡此种种，不仅可以证明《续玄怪录》中的描写并非虚构，还可以想见罗浮山雄奇秀丽之美。而作为地处岭南的罗浮山得以闻名于中原广大地区应始于汉代。汉代陆贾便已经对罗浮山上的景色进行了书写，"陆贾所谓罗浮山顶有湖。环

---

① 李吉甫撰，贺次君点校：元和郡县图志·卷第三十四岭南道一·循州·博罗[M].北京：中华书局，1983：893.
② 乐史撰，王文楚等点校：太平寰宇记·卷之一百五十七 岭南道一·广州·南海县[M].北京：中华书局，2007：3014.
③ 乐史撰，王文楚等点校：太平寰宇记·卷之一百五十七 岭南道一·广州·南海县[M].北京：中华书局，2007：3014.

以嘉植者也。贾两至南越，于诸山川皆无称，称止此湖"①。可见，作为中原人的陆贾看到罗浮山顶的湖水，很是喜爱。

　　总之，正是罗浮山的秀美及与中原迥异的气候所产生的特别物产，使得"作意好奇"的唐代小说家借助罗浮山本身具有的"仙""奇"特质展开叙述，记录了美味甚至富有灵性的罗浮水果，亦塑造了如可一日往返两地采摘杨梅的何二娘，可分身同处多地、终日饮酒百斗不醉且法力无边长生无病的轩辕集等仙人角色，为罗浮山增添了不少神秘氛围。唐代以后，小说中有关罗浮的书写仍不绝如缕，如南唐时的《续仙传》，宋代的《青锁高议》《夷坚志》，明代的《东周列国志》，晚清民国的《清稗类钞》等著作都对罗浮山有所书写。历朝历代的小说家通过他们的所见所闻，妙笔生花地书写着罗浮主题，更加具体全面地展现了罗浮景色之秀丽、罗浮宗教之神秘、罗浮物产之特别，罗浮文化也以此得到了一定程度的传播和发扬。

二、赵佗墓

　　裴铏的《传奇》中有一则颇具戏剧性的小说《崔炜》，此篇传奇以岭南社会为背景，书写了崔炜在广东地区的冒险经历，他的冒险经过了番禺开元寺、广州海光寺、任翁府、枯井古墓、广州波斯邸、城隍庙、越王台、蒲涧寺最后到罗浮山等地点。裴铏通过生动的书写为我们展现了一部晚唐时期岭南社会，尤其是广州地区的社会百态。其中，对南越王赵佗墓中的景况有这样一段描写：

　　炜遂再拜，跨蛇而去。不由穴口，只于洞中行，可数十里。其中幽黯若漆，但蛇之光烛四壁，时见绘画古丈夫，咸有冠带。最后触一石门，门有金兽啮环，洞然明朗。蛇低首不进而卸下炜。炜将谓已达人世矣。入户，但

_____

① 屈大均撰：广东新语·卷三 山语·82 罗浮 [M]. 北京：中华书局，1985：91.

见一室空阔，可百余步，穴之四壁，皆镌为房室，当中有锦绣帏帐数间，垂
金泥紫，更饰以珠翠，炫晃如明星之连缀。帐前有金炉，炉上有蛟龙、鸾凤、
龟蛇、燕雀，皆张口喷出香烟，芬芳蓊郁。旁有小池，砌以金壁，贮以水银，
凫鹥之类，皆琢以琼瑶而泛之。四壁有床，咸饰以犀象，上有琴瑟、笙篁、
鼟鼓、柷敔，不可胜记。炜细视，手泽尚新。炜乃恍然莫测是何洞府也。

　　此段描述之前，大致铺叙了崔炜失足落井后，以艾绒为井中大蛇治疗
瘤子，大蛇带其前往赵佗墓，便有了以上叙述。从小说中看，赵佗之墓在
一口大井之中，墓室中昏暗却又辉煌，更有金炉、水银池、犀象等诸多装
饰物。如此华丽的洞府与赵佗墓中实际之景是否一致？结合相关史料或可
大致考证赵佗墓的真实景象。

　　南越王赵佗的事迹已为世人大致明晰。秦始皇统一中国后，为稳定边
疆，派遣赵佗等人前往岭南，赵佗便在此开启了其传奇的一生。原南海尉
任嚣死前，向赵佗交代后事，"闻陈胜等作乱，豪杰叛秦相立，南海辟远，
恐盗兵侵此。吾欲兴兵绝新道，自备待诸侯变，会疾甚。且番禺负山险阻，
南北东西数千里，颇有中国人相辅，此亦一州之主，可为国。郡中长吏亡
足与谋者，故召公告之"[1]，并任赵佗尽行南海尉事。此后，赵佗便趁秦末
天下大乱，"击并桂林、象郡，自立为南粤武王"[2]。汉代以后，高祖刘邦以
怀柔之策派遣陆贾说服赵佗归顺汉朝，南越国成为汉朝的藩属国，高祖授
赵佗为"南越武王"。赵佗在岭南地区的统治较为成功，同时他搜刮了很
多岭南地区奇珍异宝，死后将其均带入墓中。然而，有关赵佗墓的具体位
置，历来虽颇多讨论，至今却仍无定论。《交广春秋》中叙述了孙权欲寻
赵佗墓而不得之事："越王赵佗，生有奉制称藩之节，死有秘奥神密之墓。

---

① 班固撰，颜师古注，中华书局编辑部点校：汉书·卷九十五 西南夷两粤朝鲜传第
六十五·南粤 [M]. 北京：中华书局，1962：3847.
② 班固撰，颜师古注，中华书局编辑部点校：汉书·卷九十五 西南夷两粤朝鲜传第
六十五·南粤 [M]. 北京：中华书局，1962：3847.

佗之葬也，因山为坟，其垅茔可谓奢大，葬积珍玩。吴时遣使发掘其墓，求索棺柩，凿山破石，费日损力，卒无所获。"① 有关此说，《南越志》中亦可见。《太平寰宇记》"广州南海郡"条引《南越志》："赵佗之墓，黄武五年，孙权使交趾治中从事吕瑜访凿佗墓，自天井至于此山，功费弥多，卒不能得。"② 从这些史料的记载来看，至少在魏晋时期，赵佗墓仍未见踪影。此后，仍有不少人试图确定赵佗墓的位置，大多认为处于番禺。晋代裴渊的笔记《广州记》中就猜测赵佗墓在番禺城："城北有尉佗墓，墓后有大岗，谓之马鞍岗。秦时占气者言：'南方有天子气。'始皇发民，凿破此岗，地中出血。今凿处犹存，以状取目，故岗受厥称焉。"③ 南朝宋时的《南越志》也有相关说法："赵佗之墓也。自鸡笼以北至此山，连冈属岭。"④ 此后，大多古代学者均沿用此二说。如《元和郡县图志》"南海县"条言："禺山，在县西南一里，尉佗葬于此。"⑤ 清代的屈大言："相传葬广州禺山，自鸡笼岗北至天井。连山接岭，皆称佗墓。"⑥ 古人对赵佗葬于番禺言之凿凿，然而却对具体墓葬的位置说法不一，这就使得赵佗墓之所在成了谜团⑦。

可喜的是，尽管赵佗墓未被发现，但其子孙的墓葬却被挖掘。据上文所引，孙权所派吕瑜得赵婴齐墓；1983年在广州象岗得赵眛墓。赵眛是赵

① 戴肇辰修、史澄纂广州府志 [M]. 卷 87.
② 乐史撰，王文楚等点校：太平寰宇记·卷之一百五十七 岭南道一·广州·南海县 [M]. 北京：中华书局，2007：3016.
③ 李昉. 太平御览·卷七百八十六 [M]. 北京：中华书局，1960：3480.
④ 乐史撰，王文楚等点校：太平寰宇记·卷之一百五十七 岭南道一·广州·南海县 [M]. 北京：中华书局，2007：3016.
⑤ 李吉甫撰，贺次君点校：元和郡县图志·卷第三十四 岭南道一·广州·南海 [M]. 京：中华书局，1983：887.
⑥ 屈大均撰：广东新语·卷十九 坟语·533 赵佗墓 [M]. 北京：中华书局，1985：493.
⑦ 许多学者对禺山的位置做出了相关考证，如曾昭璇《禺山在哪里》（《广州研究》，1986年第 6 期）一文提出"禺山位置应在西湖路以北、大马站以东一带的高地". 而黄森章的《赵佗陵墓考》（岭南文史，1992 年第 1 期）一文则指出，经考古发现，无证明历来所讨论的禺山位置所对应的今天广州地区曾经是一块山地，并以此证明赵墓在禺山的说法是不可靠的. 同时，黄森章对赵佗墓所在位置的其他说法（如白云山、岗井、越秀山等）进行了考证，认为赵佗墓应在越秀山.

佗之孙，南越国的第二任君主。据考古发现，赵眜墓室前有1.8米石门两道，墓室6间，其中的陪葬品十分丰富，既有北方文化中代表身份、用作祭祀的青铜器、编钟等器物，亦有南方社会较为常见却价值不菲的象牙、珍珠等名物，同时还有制作精美的屏风、玉器、灯镜、护甲等陪葬品，从中可见南越王一族墓中的奢华景象。而赵婴齐乃赵眜之子，南越国第三任君主，《南越志》记载："掘婴齐墓，即佗之子，得珠襦玉匣之具，金印三十六，一皇帝信玺，一皇帝行玺，余文天子也。又得印三纽，铜剑三枚，并烂若龙文，其一刻曰纯钧，二曰干将，三曰莫邪，皆杂玉为匣。"如果史书记载无误，那么从其较为简单的描绘中也可看出墓中珍宝无数。令人惊奇的是，考古发现的南越王墓室情况与裴铏小说中对赵佗墓中的描绘基本吻合，甚至对崔炜抵达赵佗墓前所坠落的"深百余丈，无计可出。四旁嵌空宛转，可容千人"的大枯井的描写，也与南越王家族墓室前的甬道相契合。但事实上裴铏断然没有见过赵眜墓中景象，对于赵婴齐墓室最多也只可能是道听途说或源于史书而已，而其之所以能仅通过想象将赵佗墓描绘得如此真实，恐主要得益于一定时间内源于古人思维方式和宗教信仰而形成的中国墓葬的一般性和相似性特质，是作者受到当时墓葬"真实性感知刺激"的结果，这种基于一定个人经验和历史记忆的虚构性想象是具有一定价值的，让诸多无法得见墓室的读者得以畅想墓室景况。

三、贪泉

小说《独异志》对贪泉有如下描写：

吴隐之为广州，旧有贪泉，人饮之则贪黩，隐之酌而饮之。兼赋诗曰："古人云此水，一歃怀千金。试使夷齐饮，终当不易心。"又居母丧过礼，家贫无以候。宵分常有双鹤至，夜半惊唳，隐之起哭，不失其时。①

这则书写主要源于《晋书·吴隐之传》：

晋代吴隐之操守清廉，为广州刺史，未至州二十里，地名石门，有水曰贪泉，相传饮此水者，即廉士亦贪。隐之酌而饮之，因赋诗曰："古人云此水，一歃怀千金。试使夷齐饮，终当不易心。"

对比小说和史书的书写可以发现，小说在史书记载的基础上增加了吴隐之母亲过世，家中有双鹤惊唳的情节书写，为史书的记载增添了一丝神异色彩。此外，《世说新语》"德行"对吴隐之也有相关书写：

吴道助、附子兄弟居在丹阳郡后，遭母童夫人艰，朝夕哭临，及思至，宾客吊省，号踊哀绝，路人为之落泪。韩康伯时为丹阳尹，母殷在郡，每闻二吴之哭，辄为凄恻，语康伯曰："汝若为选官，当好料理此人。"康伯亦甚相知。韩后果为吏部尚书，大吴不免哀制，小吴遂大贵达。②

此则书写刚好是吴隐之母亲去世后的相关事情，《独异志》中的"双鹤"书写及隐之夜半痛哭的情节或许是对《世说新语》的借鉴。三则史料中的主人公吴隐之，字处默，是东晋时著名的廉吏，官晋陵太守、广州刺史等，在治理广州期间，其以自身的廉洁品质推动广州地区官吏队伍的素质发展。也正是他的这种品质，使得历朝历代的文人对其大加褒扬，而与他一同出现的还有同样著名的岭南标志性景观"贪泉"。

有关贪泉位置的书写，这两则记载稍有出入：小说中只大致书写了贪泉在广州境内，而《晋书》却言吴隐之"未至州二十里"，发现了贪泉，可见两则记载是矛盾的。那么贪泉到底地处何方？是否真实存在？《广州记》载："（石门）在番禺县北三十里。昔吕嘉拒汉，积石镇江，名曰石门。

---

① 莫休符撰，陶敏主编.全唐五代笔记：第三册[M].西安：三秦出版社，2012：1787.

② 朱碧莲、沈海波译注：世说新语·德行第一·四七[M].北京：中华书局，2011：50.

又俗云石门水名曰‘贪泉’，饮之则令人变。”①《元和郡县图志》“南海县”条又载：“石门水，一名贪泉，出县西三十里平地。即晋广州刺史吴隐之饮水赋诗之处。”②此后诸如《太平寰宇记》《广东通志》《旧唐书》等史料均采用此说。两则记载虽一说在番禺北，一说在南海西，但实际上因为南海县本身在番禺县东北方向，故此二说并不矛盾，贪泉大致位于今广州市西北部。值得注意的是，贪泉不止一个，除了上述与吴隐之密切相关的“石门水”外，屈大均在《广东新语》中还写到了另一个贪泉：“贪泉一在连州之五溪水，与在石门者为二。”③此外，还有一个贪泉在北方，根据郦道元《水经注》“耒水”条：“按盛弘之云：众山水出注于大溪，号曰横流溪。溪水甚小，冬夏不干，俗亦谓之为贪泉，饮者辄冒于财贿，同于广州石门贪流矣。”④这一贪泉位于今湖南省郴州，但与此贪泉相关的故事史书中没有记载，故而名声不大。

有关贪泉的样貌，史料中记载极少，清代黄芝的《粤小记》引用了李调元的《粤东笔记》和沈怀远的《南越志》中对贪泉的书写，并加以分析，或许能为我们提供一些参考：

贪泉井深不可测，天将雨，井中先鸣三日，响如落叶，风雨遂至。一在广州石门，一在连州，在石门者即吴隐之酌饮之贪泉也。余按：往籍第言贪泉，并未言井。⑤（《粤东笔记》）

“石门之水，俗云经大庾则清秽之气分，饮石门则缁素之质变，即吴

---

①　司马迁撰，裴骃集解，司马贞索隐，张守节正义，中华书局编辑部点校：史记·卷一百一十三 南越列传第五十三 [M]. 北京：中华书局，1982：2976.
②　李吉甫撰，贺次君点校：元和郡县图志·卷第三十四 岭南道一·广州·南海 [M]. 北京：中华书局，1983：887.
③　屈大均撰：广东新语·卷四 水语·149 贪泉 [M]. 北京：中华书局，1985：148.
④　郦道元著，陈桥驿校证：水经注校证·卷三十九·耒水 [M]. 北京：中华书局，2007：914.
⑤　黄芝撰，林子雄点校：粤小记 附《粤谐》·卷一 [M]. 广州：广东人民出版社，2015：387.

隐之酌饮处也。昔汉将田千秋征南越，全军覆没于此。两山横列如门，当南北往来之冲，潮汐出入之径，其西即贪泉"云云。余尝与香石弟至其处，乃一污池，旁有碑勒"贪泉"二大字，明万历李某书。询之故老，云："贪泉旧有井，既成乡落，当事来游，苦于供亿，遂以石盖之，另于荒地掘坎竖碑。"因指乡中双楼压处即其旧址，香石弟作歌以纪。据此又似实有井者，爰并存之。[①]（《南越志》）

从李调元的书写中我们可以知道，传说贪泉是一口深不可测的井，又因其之深，故而当风雨即将来临之时井底响声不断，以做测风雨之用；从沈怀远的书写主要为贪泉的地点做了更具体的说明。黄芝在两则书写后所言"往籍第言贪泉，并未言井"和"余尝与香石弟至其处，乃一污池"等句表明，贪泉曾经有井，但至少在清代以前就被毁坏湮灭，只剩下一弯泉水而已。

经过历朝历代史书和笔记的书写，贪泉的传说逐渐为人熟知，诸多文人士子通过书写贪泉来表达其"廉洁""戒贪"的思想，如钱起《送李大夫赴广州》"唯君吟冰心，可酌贪泉水"[②]、元稹《和乐天送客游岭南二十韵》"句漏沙须买，贪泉货莫亲。能传稚川术，何患隐之贫"[③]，贪泉也便成为古代诗文中的一个重要意象，被赋予浓厚的文化意义。饮一口贪泉水就能使人变成贪官污吏的说法自然是虚构的，能使人改变的唯有人自身所带的"贪婪"心性。贪泉故事的出现，一方面或与中古时期广州地区作为海上丝路的重要港口，象牙、玳瑁、珍珠等珍贵物产较多，又加之地处偏远、朝廷管控不力，使得官吏贪腐行为丛生有关；另一方面也要得益于吴隐之

① 黄芝撰，林子雄点校：粤小记 附 < 粤谐 > · 卷一 [M]. 广州：广东人民出版社，2015：387.
② 钱起著，王定璋校注：钱起集校注 · 卷二 五言古诗 · 送李大夫赴广州 [M]. 杭州：浙江古籍出版社，2015：68.
③ 元稹撰，冀勤点校：元稹集 · 卷第十二 律诗 · 和乐天送客游岭南二十韵 [M]. 北京：中华书局，2010：160.

这样一名时刻能保持清廉的官吏的优秀事迹。从古至今,"廉洁"一词都是判断官员好坏的重要标准,廉洁奉公、自重不贪既是人民对每一个官员的期冀,亦应成为每个官员所奉行的优良品质,而贪泉与吴隐之的故事,恰好符合人民群众心中的价值观,便将二者结合起来作为清廉文化的代表世代传颂。

第二节
粤西地区

唐代的粤西地区主要包括桂管、邕管、容管使府所辖区域,大致包括今天广西壮族自治区全域。相较于粤东地区,除了桂林外,粤西的大部分地区在唐代的发展较为缓慢,但粤西文化的丰富程度却从不逊于粤东地区。自唐宋以来,中原王朝不断加强对岭南地区的管控,通过各种政治手段加强中原与岭南地区的政治文化交流。在这个过程中,粤西地区的风景人文被更多人所熟知,诸多中原文人对粤西地区的山水风景、风俗文化进行书写讴歌。在中原文化的不断影响下,在"中原—岭南"文化的不断互动下,粤西地区的文化也得到了极大的发展,到了元明清时期,粤西文化已经进入灿烂发展时期。不可否认的是,尽管粤西地区经历了十分漫长的发展进程,但它始终是中华民族及中华文化的重要组成部分,对粤西地区风物进行一定的考察,可以看到历代中原文人对粤西地区的影响,以此观照中华文化与粤西文化的互动过程。

一、东观
唐代小说中对东观的描写极少,唯《桂林风土记》中有专门的书写。

然而从莫休符的书写来看，唐代时期的桂林东观已经具有一定的名气，中原文人到桂林也不忘到东观游玩宴饮，赋诗赞赏。根据《桂林风土记》的书写可了解东观的大致情况：从"观在府郭三里"知东观大致在离桂林府三里之处，名为"东观"，定在桂林府之东；而从"隔长河，其东南皆崇山巨壑，绿竹青松，崆峒幽奇，登临险隘，不可名状……"①等描写可知，东观周围景色十分秀丽奇美，既绿树成林，又奇山多姿，是一处令人流连忘返之地。

根据史书记载，桂林"庆林观"亦称"东观"，建于唐太宗贞观十三年（公元639年）。此时唐太宗幸九成宫，看到桂林所贡祥瑞之石上有"圣主大吉，子孙五千岁"②字样，十分喜欢。随后派官员前往桂林调查瑞石出处，并就地兴建道观，曰庆林观。有关此观的位置，清代汪森在《粤西丛载》中稍有介绍"庆林观在桂林七星山下"③，又根据明人张鸣凤在《桂胜》"栖霞"则中所写：

唐祀玄元于此，故名"玄元栖霞洞"。传闻洞前有唐庆林观，又曰"东观"。④

可更具体地知晓庆林观位于栖霞洞前，又名"东观"。在明以前，宋人柳开也游过庆林观：

出桂州东抵庆林观，背山下有峒出风。淳化元年，开知州事，往避秋暑，因刻铭于峒傍。⑤

对比以上材料可知，庆林观就是东观，具体位置在今桂林市七星岩栖

---

① 莫休符撰，陶敏主编．全唐五代笔记：第三册 [M]．西安：三秦出版社，2012：2561．
② 王象之，赵一生点校：舆地纪胜卷第一百三 [M]．杭州：浙江古籍出版社，2013：2474．
③ 汪森编辑，黄振中、吴中任、梁超然校注：粤西丛载校注 [M]．南宁：广西民族出版社，2007：698．
④ 张鸣凤著，杜海军、阎春点校：桂胜 桂故·桂胜·第六卷·七星山·栖霞 [M]．北京：中华书局，2016：82．
⑤ 柳开：河东先生集·卷四．

霞洞前，由于位于桂林城东，故又称"东观"。

东观今已不存，从张鸣凤《桂胜》中"传闻"二字可知，作为桂林人的张鸣凤并未真正见过庆林观，似此时庆林观已不存焉。但比其稍晚的著名学者徐霞客，却又亲历此地：

余伫立桥上，见洞中有浣而汲者，余询："此水从东北来，可溯之以入否？"其人言："由水穴之上可深入数里，其中名胜，较之外洞，路倍而奇亦倍之。若水穴则深浅莫测，惟冬月可涉，此非其时也。"余即觅其人为导。其人乃归取松明，余随之出洞而右，得庆林观焉。①

因此，东观至少在明时仍然存在。而根据《1944年桂林保卫战研究》一书可知，东观的消失应在抗日战争时期：

从（1945年）11月8日开始，日军对独秀峰、象鼻山与老人山等地以100毫米加农炮、150毫米榴弹炮与150毫米加农炮齐射……七星公园附近的普陀山是中国军队据守抗敌的主要据点。日寇为攻下此山，以密集的炮火轰击七星公园附近的诸山，就有两处非常著名的古迹被毁：一是庆林观，一是栖霞寺。庆林观乃唐代桂州总管李靖于贞观六年（公元632年）建于普陀山，历代桂林人民都悉心保护、整修，使其成为七星山最珍贵的文物古迹。日军攻占普陀山后，在庆林观放了一把火，整个道观的房屋全被烧毁，庆林观从此彻底消失，再也没有恢复。②

秀丽的东观就消失在这场惨烈的战争中，日寇的残忍暴行使得如今的我们再也无法欣赏东观景色。好在，古代文人用他们精细的笔触为我们绘制出了东观的大致图景，除前文已引的《桂林风土记》外，宋人范成大的《桂海虞衡志》对东观周边"栖霞洞"也有细致描写：

---

① 朱惠荣译注：徐霞客游记·粤西游日记一 [M]. 北京：中华书局，2015：757.
② 贺金林，张季，胡燕，等 .1944 年桂林保卫战研究 [M]. 湘潭：湘潭大学出版社，2016：198–201.

（栖霞洞）在七星山。七星山者，七峰位置如北斗。又一小峰在傍，曰辅星。石洞在山半腹。入石门，下行百余级，得平地，可坐数十人。旁有两路：其一西行，两壁石液凝沍，玉雪晶莹，顶高数十丈，路阔亦三四丈，如行通衢中，顿足曳杖，铿然有声，如鼓钟声，盖洞之下又有洞焉。半里，遇大壑不可进。一路北行，俯偻而入，数步则宽广，两旁十许丈，钟乳垂下累累，凡乳状必因石脉而出，不自顽石出也。①

此段描绘与莫休符在《桂林风土记》中对东观后"坦平如球场，可容千百人"②的洞穴的描述异曲同工，写出了洞中的平坦广阔之貌，也写了洞中钟乳繁茂的场景，读来使人身临其境。

值得一提的是，桂林除了有"东庆林观"还有一个"西庆林寺"。根据《桂林风土记》"延龄寺圣像"记载可知其大致情况：

寺在府之西郭郊三里，甫近隐山，旧号西庆林寺。武宗废毁，宣宗再崇。峰峦牙张，云木交映，为一府胜游之所。寺有古像，征于碑碣，盖卢舍那佛之所报身也。此地元本荆榛，先无寺宇。因大水漂流巨材至，时有工人操斧斤斫伐。将欲下斫，忽见一梵僧立在木傍，有曰："此木有灵，尔宜勿伐。"既而罢去。又有洗蔬者于其上则浮，濯董辛于其上又沈，雅契梵僧之言。由是咸知有灵，遂刻削为僧佛。当则天后临朝之日，梦金人长一丈六尺，乞袈裟。及诏大臣问其事，皆莫能解。旋奏："陛下既有此梦，乞依梦中造袈裟，悬于国门，以俟符验。"明早，大臣奏："悬袈裟忘收，已失。"遂诏天下求之，已在桂州卢舍那佛身。至今尊卑归敬，遐迩钦崇。时旱，请雨，皆有响应如意。

---

① 范成大撰，方健整理：桂海虞衡志·志山·栖霞洞[M].郑州：大象出版社，2019：56.
② 莫休符撰，陶敏主编.全唐五代笔记：第三册[M].西安：三秦出版社，2012：2561.

两则对比来看，东观与庆林寺的景色有相似之处，都处于云山环绕、树木丛生之地。莫休符还特别指出，西庆林寺是一处旅游胜地。文中"则天后临朝之日"等言，亦大致可知庆林寺定建于唐武周之前，从时间上看，与东观建时也相差不远。一处为观，一处为寺；一处以道名，一处以佛胜，东西庆林不仅成了唐代桂林地区的标志性建筑，更见证了佛道思想及中原文化在岭南地区的传播和发展。唐宋以还，宦游粤西者，也多会来此游玩，与中原巍峨大山迥异的秀美桂林山水又吸引着这些文人士子吟诗作对，如叶嘉莹在讨论李商隐《海上谣》中所运用的神话及意象时，引用了莫休符《桂林风土记》"东观"中对栖霞洞的书写来说明诗中"海底觅仙人"一句在写景状物方面的依据。叶先生认为，"东观"则所描绘的"昔有人好泉石，多束花果裹粮，深涉而行。还计其所行，已及东河之下，如闻棹楫濡濡之声在其上"景色，证明了"桂林的岩洞，原来就有深远通于海底的传说"[①]，而李商隐便巧妙运用了这些景色传说入诗。这些文人作品流传于世，又带动了桂林之名及岭南文化向中原地区的传播。就这样，东西庆林乃至整个古桂林城，在一定程度上承担起了中古时期"中原—岭南"文化互通交融的工作。

二、绿珠井

有关绿珠井的相关奇闻异事，只在唐代笔记小说《岭表录异》中有载：

绿珠井，在白州双角山下。昔梁氏之女有容貌，石季伦为交趾采访使，以珍珠三斛买之。梁氏之居，旧井存焉。耆老传云："汲饮此水者，生女必多美丽。里闾有识者以美色无益于时，遂以巨石镇之。尔后虽时有产女端丽，则七窍四肢多不完全，异哉！"[②]

---

① 叶嘉莹：迦陵论词丛稿 修订本 [M]. 石家庄：河北教育出版社，1997：290.
② 鲁迅、杨伟群点校 . 历代岭南笔记八种 [M]. 广州：广东人民出版社，2011：48.

刘恂的书写围绕井的地理位置、历史故事和相关传说展开。根据刘恂的叙述，绿珠井位于白州双角山，又根据《大明一统志》："双角山在博白县西一十五里，两峰角立，亦名二角。"① 可知其具体位置，即在今广西博白县双角峰下。宋代以降，《太平寰宇记》《舆地纪胜》《岭外代答》等史料也均以《岭表录异》的记载为准，对绿珠井的位置记载几乎没有异议。有关双角峰的景观描绘，史书中较少得见，唯清《博白县志》有较为具体的记录："双角横岚，在郎平堡。高百仞，双峰并峙，峻拔环丽，俨然双角。富林侯之坛在焉，即八景之一。"② 此则记录较为简洁地表现了双角峰之俊秀，是博白县八景之一。但在崇山环抱的岭南，双角峰只是一隅，没有引得众多文人士子对其直接吟咏、赞美，明代本地文人曾才鲁对双角峰的描绘也只是将其作为八景之一与其他博白景色共置于一诗之中做"一笔带过"式的介绍：

嵯峨宴石古山名，远接飞云列画屏。山隐石钟千古迹，水浮铜鼓一潭清。

蟠龙雨过春田绿，将室烟开晓洞青。更喜岚横双角秀，九岐叠翠愈分明。③（《总题八景》）

而双角峰的真正闻名得益于绿珠井及其传说，宋代以后很多歌咏双角峰的诗篇多是以双角峰起兴而后颂"绿珠"事：

双角山前路转危，停鞭遥问采樵儿。石家金谷知安在，梁女明珠竟可悲。野水荒村无客到，清风高节有人思。④（《白州吊古》）

诗中所谓"梁女明珠"即指绿珠，而"清风高节"则是对绿珠品格的赞颂。有关绿珠的传说，比双角山更吸引人。绿珠的相关事迹最早可见于

---

① 方志远等点校：大明一统志·卷之八十四 广西布政司·梧州府·山川 [M]. 成都：巴蜀书社，2017：3722.
② 任士谦等修，朱德华等纂：博白县志 [M]. 清道光十二年刻本 .
③ 汪森辑：《粤西诗文载》卷 15，清康熙四十三年刻本：11.
④ 汪森辑：《粤西诗文载》卷 19，清康熙四十三年刻本：12.

《世说新语》①，但此篇主要讲述了石崇、潘岳和孙秀之间的仇隙，没有细说绿珠之事，只知孙秀觊觎绿珠久矣，并因石崇不将绿珠赠予他而怀恨在心。《世说新语》之后，诸多史书都有记载，如《晋书·石崇传》：

> 崇有妓曰绿珠，美而艳，善吹笛。孙秀使人求之。崇时在金谷别馆，方登凉台，临清流，妇人侍侧。使者以告。崇尽出其婢妾数十人以示之，皆蕴兰麝，被罗縠，曰："在所择。"使者曰："君侯服御丽则丽矣，然本受命指索绿珠，不识孰是？"崇勃然曰："绿珠吾所爱，不可得也。"使者曰："君侯博古通今，察远照迩，愿加三思。"崇曰："不然。"使者出而又反，崇竟不许。秀怒，乃劝伦诛崇、建。崇、建亦潜知其计，乃与黄门郎潘岳阴劝淮南王允、齐王同以图伦、秀。秀觉之，遂矫诏收崇及潘岳、欧阳建等。崇正宴于楼上，介士到门。崇谓绿珠曰："我今为尔得罪。"绿珠泣曰："当效死于官前。"因自投于楼下而死。②

此后《资治通鉴》对此事也有简短的记载：

> 崇有爱妾绿珠，孙秀始求之，崇不与。及淮南王允败，秀因称石崇、潘岳、欧阳建奉允为乱，收之。③

从史书的记载来看，绿珠是一位善良高洁却又带有悲剧性色彩的女性形象，她美艳多姿、能歌善舞，引得石崇对她宠爱有加。而在她面对石崇失势并将责任推于她时，她或许可以选择看着石崇家破人亡，归顺于孙秀，继续过她的璀璨人生。但她却毅然决然地选择以死来报石崇对她的一丝情意，显露出了岭南女性的刚烈、忠贞与纯洁。绿珠事迹之后，历朝历代的文人士子以多彩的笔墨不断书写、敷演、赞美绿珠。或以诗赞美绿珠的品格，"百

---

① 参：朱碧莲、沈海波译注：世说新语·仇隙第三十六·一 [M].北京：中华书局，2011：938.
② 房玄龄等撰，中华书局编辑部点校.晋书·卷三十三 列传第三·石苞·石崇 [M].北京：中华书局，1974：1008.
③ 司马光，胡三省音注，标点资治通鉴小组点校.资治通鉴·卷第八十三 晋纪五·孝惠皇帝上之下·永康元年 [M].北京：中华书局，1956：2644.

斛明珠价莫加，高楼投璧璧无瑕。临春不死燕脂井，又逐降幡上槛车"①；或以诗表达对绿珠的同情，"辞君去君终不忍，徒劳掩袂伤铅粉。百年离别在高楼，一旦红颜为君尽"②。唐宋至明清时期的文人们在史书的记载基础上不断增添情节，使得绿珠及绿珠井的故事广泛流传，除诗歌外，还产生了小说、戏剧等多种文学形式，均以表现绿珠之高贵品质和绿珠井的神奇传说为主要内容。其中，对绿珠其人书写最为详尽生动的是宋人乐史的《绿珠传》，此传旁征博引，融合了绿珠生平事迹、绿珠井之传说及历朝历代文人墨客对绿珠的书写，是现存最早最丰富的绿珠书写，现摘录部分如下：

> 绿珠者，姓梁，白州博白县人也。州则南昌郡，古越地，秦象郡，汉合浦县地。唐武德初，削平萧铣，于此置南州，寻改为白州，取白江为名。州境有博白山、博白江、盘龙洞、房山、双角山、大荒山。山上有池，池中有婢妾鱼。绿珠生双角山下，美而艳，越俗以珠为上宾，生女为珠娘，生男为珠儿。绿珠之字，由此而称。晋石崇为交趾采访使，以真珠三斛致之。崇有别庐在河南金谷涧，涧中有金水，自太白源来。崇即川阜制园馆。绿珠能吹笛，又善舞《明君》。……崇又制《懊恼曲》以赠绿珠。③

这段书写为我们提供了更多史书中没有记载的内容，如绿珠姓氏、绿珠名字由来、石崇得绿珠的经过、绿珠的擅长技艺等。随后，作者又引用《晋书》的记载书写绿珠之死，引用《岭表录异》的书写来写绿珠井的内容，引用《周行秦记》以记录与绿珠相关小说，引庾肩吾、李元操、江总等人诗歌侧面书写绿珠品格之高及其事迹流传之广。

而有关绿珠井的记载，除了《岭表录异》中的记载外，较为具体生动

---

① 杨镰主编. 全元诗·第三十九册目录·杨维桢·咏女史一十八首·绿珠 [M]. 北京：中华书局，2013：91.

② 彭定求等. 全唐诗·卷八十一·乔知之·绿珠篇 [M]. 北京：中华书局，1960：876.

③ 程毅中等. 古体小说钞·绿珠传 [M]. 北京中华书局，2021：14.

的要数清人屈大均,他的《广东新语》对绿珠井的相关传说有着详细的书写:

　　博白县本高凉白州,东粤之地。其西双角山下,有梁氏绿珠故宅。宅旁一井七孔,水极清,名绿珠井。山下人生女,多汲此水洗之,名其村曰绿萝,以比苎萝村焉。绿珠能诗,以才藻为石季伦所重,不仅颜色之美,所制《懊侬曲》甚可诵。东粤女子能诗者,自绿珠始。今双角山下及梧州,皆有绿珠祠,妇女多陈俎豆,其女巫亦辄歌乔知之绿珠篇,以乐神听。绿珠又善吹篆,传其弟子宋祎,篆谱旧存祠中,邝湛若常手录以归。有苍梧访太真、绿珠遗迹诗云:云里玉环妃子井,绿萝金谷懊侬村。霓裳歘散华清舞,玉篆难招博白魂。妃子井在容州云凌里,水最冷冽,饮之美姿容,旁多香草。容州又有绿珠江。予有容州咏绿珠遗事诗云:绿珠江水绿,人向镜中留。金谷知谁似,翔风见亦愁。月中教横笛,花里坠飞楼。自作懊侬曲,风华不可求。又云:自舞明妃罢,何曾秘玉颜。裁缝丝布涩,游戏挟车闲。笛响虚无外,楼高烟雨间。容州谁不美,双角美人山。湛若云:绿珠玉篆有尸渗,土花斑驳如绣。昔宋祎持入宋明帝宫,祎死以此篆为殉,巢贼发宋诸陵得之。后入交趾,清夜闻歌,每能自叫,桀公以名马五十匹易之。其井汲饮者,生女必丽。土人以巨石塞其一孔。女绝丽者,亦损一窍。予尝说其父老使除之,大均曰:绿珠之死,粤人千载艳之。爱其人并及其井,使西子当时能殉夫差,则浣纱溪与此井,岂非同为天下之至清者哉。予诗云:懊弄曾照井泉清,一代红颜水底明。又云:一自绿珠留此井,风流不道浣纱溪。①

　　屈大均的书写比刘恂的书写更为细致,不仅增加了绿珠的相关事迹、绿珠井相关传说,更收录了历代歌咏绿珠的诗词,填补了文学作品和史书记载的不足。从中可以看出,绿珠十分擅长作曲,曾作《懊侬曲》及其他笛谱藏之。此外,《岭表录异》中记载因当地人认为红颜祸事多,曾将绿

---

① 屈大均.广东新语·卷四 水语·162 绿珠井 [M].北京:中华书局,1985:157.

珠井封盖，此后当地人再产女子，尽管美丽但也身体残缺。刘恂的记载较为简单，根据屈大均的敷演可知，绿珠井当有七孔，或象征着人之七窍，饮井水后便可七窍均生得艳丽。但当井水一窍被封，再饮此水者便也失去一窍。两则记载都有"报应论"的色彩，以此凸显绿珠井的神奇之处。而有关绿珠井神异之事的由来，恐与时代的驱动下人民思想观念的变化息息相关。绿珠井被填，是出于"红颜祸水"的思想，时人认为石崇之祸源于绿珠，便以填井来拒绝女子美艳。而明清以来，更为重视女性的忠贞刚烈，绿珠的行为又重新被审视，便有文人站出来反对绿珠井被填，屈大均在文中就表达了这一思想。

　　总之，从上述史料记载来看，绿珠的多才美貌和与她相关的事迹在中原地区流传较广，为诸多文人墨客所熟知。在前文中我们反复提到，由于地处偏远、气候湿热，古代中原人总是带着"先进文化圈"的骄傲来审视岭南地区，唐代小说岭南书写中对美好的女性形象的书写十分罕见，可见到的几位也多是神异人物，其所体现的虚构的不真实感恰恰反映了中原人的这种观念，而绿珠的出现在一定程度上扭转了外地文人对岭南地区的这种看法。大文豪苏轼的《雷州八首·其六》对绿珠有这样的赞美："粤女市无常，所至辄成区。一日三四迁，处处售虾鱼。青裙脚不袜，臭味猿与狙。孰云风土恶？白洲生绿珠。"[1] 苏轼以绿珠的存在来反诘世人对岭南"风土恶"的评价。除苏轼外，如南宋吴曾也曾言："自古美色未必生于中华也。西施生苎萝山，昭君生秭归县，绿珠生白州。"[2] 可见，作为真实存在的人物，绿珠的高尚品格和传奇事迹对扭转历来中原人对岭南的轻蔑态度具有一定

---

① 　吴曾撰，刘宇整理. 能改斋漫录·卷十五 方物·美色不生中华 [M]. 郑州：大象出版社，2019：167.
② 　吴曾撰，刘宇整理. 能改斋漫录·卷十五 方物·美色不生中华 [M]. 郑州：大象出版社，2019：167.

意义。同时，经过中原文人和岭南文人的共同努力，对绿珠事迹不断传颂，经文人笔法不断敷演，如今美艳、多才、刚烈甚至具有神话色彩的美好的绿珠形象才得以形成。中国古代的绿珠书写及绿珠形象的成功构建，是一个典型的"中原—岭南"文化交融模式而促成的结果。

绿珠的事迹一直流传至今，并在岭南地区形成了一定的绿珠信仰。如今，绿珠祠屹立在广西博白绿珠江边，一直默默地凝视着时代的变迁。每年农历二月，在此地仍有纪念绿珠的活动，当地人已经忘却了喝绿珠井水能生得艳丽多姿的传说，转而向绿珠祈求平安顺遂、姻缘美满、避灾辟邪等愿望，绿珠形象已经从一代美女变成了可以守护人民的保护神。

三、独秀峰

《桂林风土记》中对"独秀峰"有一段很简短的书写：

在郭中，居子城正北百余步。高耸直上，周回一里余。迥出郭中，下有岩洞。旧有宋朝名儒颜延之宅读书亭，后为从事所居。往往见灵精，居者少宁，前政张侍郎废毁焉。

从莫休符的书写中可以看出，矗立于桂林城中的独秀峰早已存在，南朝宋颜延之曾在此读书，有读书亭，但因有精怪骚扰而被张侍郎毁坏。精怪之说是文人笔法，也无法考证张侍郎是谁，但从莫休符的书写来看，颜延之所建读书亭至少在唐代就已不存焉。

有关独秀峰及读书亭的记载，明代张鸣凤的《桂胜》有更详细的记载：

踞城稍东，凝秀独出，颇与众山远，故曰"独秀"。国初，考卜其阳，为靖江宫殿。朱邸四达，周垣重绕，苍翠所及皆禁籞间地，以故形亭画观上出云表，下瞰清池，最为诸山丽观焉，外人鲜得至者。山故刻有孔子像，按图乃元人所为。及见郑叔齐记，则即山建学，自唐已然。莫休符谓：其时有从事所居，似唐以前府治亦在是。有岩曰"读书"，以刘宋时始安太守颜延之著名。岩前故有五咏堂，镌颜《五君咏》。

从张鸣凤的书写中可以知晓，"独秀峰"名字由来主要是因为在城东矗立而出，与远方的山相隔较远，看起来如"鹤立鸡群"般独秀于城市之中。明代藩王靖江王朱守谦在此建立藩王府，也就是今天广西师范大学王城校区之址。此外，根据张鸣凤的书写，还可知独秀峰上原有孔子像和"五咏堂"，可见颜延之的《五君咏》篇，遗憾的是，这些旧迹今已无从考察。后晚清时期梁章钜在桂林重建"五咏堂"，并将《跋黄山谷书〈五君咏〉真迹》刻于此，为桂林的古代文化添彩。

事实上在莫休符之前，罕有文人书写独秀峰，著名者唯颜延之有"未若独秀者，峨峨郭邑间"之佳句。但唐代以后，随着越来越多文人关注岭南地区，特别是莫休符《桂林风土记》之后，诸多文人对这个高耸奇特的山峰进行了更为细致的书写。除了小说家外，诗人对此也诸多描绘。

如清代的《桂林府志》记载了宋代沈晦的诗歌：

峰直郡治，后为桂圭山。傍无坡阜，突起千丈，顶平如苍石楼，视四野诸峰独为雄尊，故以命名。峰趾石室有便房，石榻石牖，如环堵之室。颜延年守郡时读书其中。有沈晦诗："老鹤下辽天，昂昂在林表。霜毛临野人，逸气秋天杳。矫矫颜始安，不受冠带绕。清真自嵇阮，一醉万事了。读书空谷中，生刍白驹皎。神仙问岭岈，弓弯天宇小。岂无素心人，幽睡共清晓。挑挞在城阙，钟磬出林杪。试令栽桃李，照海春袅袅。长哦《五君咏》，极目送飞鸟。"①

北宋苏轼有《予初谪岭南，过田氏水阁，东南一峰，丰下锐上，俚人谓之鸡笼山，予更名独秀峰。今复过之，戏留一绝》：

---

① 马蓉等点校. 永乐大典方志辑佚·广西省·桂林地区·桂林府志·【山川】[M]. 北京：中华书局，2004：2966.

倚天巉绝玉浮图，肯与彭郎作小姑。独秀江南知有意，要三二别四三壶。①

南宋杨万里有：

梅花五岭八桂林，青罗带绕碧玉簪。祥刑使者两唐裔，亲领诸生到洙泗。七星岩畔筑斋房，独秀峰尖作笔床。买书堆上天中央，海表学士来奔忙。中州淑气无间断，南斗文星方炳焕。君不见日南姜相曲江张？万古清风裂云汉。②

清人袁枚有《独秀峰》：

来龙去脉绝无有，突然一峰插南斗。桂林山形奇八九，独秀峰尤冠其首。三百六级登其巅，一城烟火来眼前。青山尚且直如弦，人生孤立何伤焉。

这些诗歌均以独秀峰独树一帜、兀然鹤立的特点为主要吟咏内容，写出了独秀峰的秀丽壮观，同时又以此引出诗人对历史人物的怀念及个人的沉思。千百年来，矗立在桂林市区的独秀峰，见证了中原文化对岭南文化浸染的全过程，通过历朝历代人对独秀峰的书写和吟咏，独秀峰从一个无人问津的小山峰变成现在一座承载着浓厚历史文化的著名景点。

第三节
岭南全域

除了粤东和粤西两地，还有一些涉及岭南全域且极具岭南特色或富有文化意义的风物。

---

① 苏轼撰，王文诰辑注，孔凡礼点校.苏轼诗集·卷四十五 古今体诗四十八首·予初谪岭南，过田氏水阁，东南一峰，丰下锐上，俚人谓之鸡笼山，予更名独秀峰.今复过之，戏留一绝 [M].北京：中华书局，1982：2428.
② 杨万里撰，辛更儒笺校.杨万里集笺校·卷三九 诗 退休集·题湖北唐宪桂林义学[M].北京：中华书局，2007：2075.

一、铜鼓

早在20世纪就有学者提出，最早的铜鼓实则是一种器皿，是一种煮饭用的铜釜，将其翻转，敲打底部能发出声音，久而久之便成了一种乐器[①]。但随着人类社会的不断演进，铜鼓又不仅仅是一种乐器，而变成了一种具有丰富政治、社会意义的礼器，多象征着权力、财富。今天的学者按照铜鼓流行地区和式样不同，将铜鼓分为滇系和粤系两大系统。本文主要讨论的是粤系铜鼓。为方便讨论粤系铜鼓的诸多特点，我们再次将《岭表录异》"铜鼓"条的书写引用如下：

> 蛮夷之乐，有铜鼓焉，形如腰鼓，而一头有面。鼓面圆二尺许，面与身连，全用铜铸。其身遍有虫鱼花草之状，通体均厚，厚二分以外，炉铸之妙，实为奇巧。击之响亮，不下鸣鼍。贞元中，骠国进乐，有玉螺铜鼓即知南蛮酋首之家，皆有此鼓也。咸通末，幽州张直方贬龚州刺史。到任后，修葺州城，因掘土得一铜鼓，载以归京。到襄汉，以为无用之物，遂舍于延庆禅院，用代木鱼，悬于斋室。今见存焉。僖宗朝，郑绹镇番禺日，有林蔼者，为高州太守。有乡墅小儿，因牧牛闻田中有蛤鸣，牧童遂捕之。蛤跃入一穴，遂掘之深大，即蛮酋冢也。蛤乃无踪，穴中得一铜鼓，其色翠绿，土蚀数处损阙，其上隐起，多铸蛙黾之状。疑其鸣蛤即鼓精也。遂状其缘由，纳于广帅，悬于武库，今尚存焉。

根据刘恂的记载，其所见铜鼓状如腰鼓，鼓面大而鼓身厚，全体铜铸，制作精美。其花纹较多，以各类虫鱼花鸟为主，又将立体的青蛙浮雕刻于其上。根据蒋廷瑜、廖明君的《铜鼓文化》可知，此类铜鼓或是"冷水冲型铜鼓"，此种类型铜鼓又可划分为红河式、邕江式和浔江式三种类型[②]，其较为明显的共同特点是有青蛙图腾。而《岭表录异》中的这面青蛙图腾

---

① 冯汉骥：《云南晋宁出土铜鼓研究》，《文物》，1974（01）.
② 蒋廷瑜，廖明君：《铜鼓文化》[M].北京：文化艺术出版社，2012：41-47.

的铜鼓后被广州刺史郑絪所藏。铜鼓是何时传入中原地区的，我们无法精确考知，不过至少在汉代就已经逐步传入。《水经注》中就已经提到骆越地区的铜鼓，且汉代马援曾获得之 [①]。从刘恂的书写可知，铜鼓在唐代中期已为人所熟知，并已经作为进贡的礼器。文中所说贞元年间骠国的"玉螺铜鼓"，也为岭南地区酋长所用，是身份地位的象征。而骠国在缅甸地区，故可知铜鼓文化是我国南方和东南亚各国所共有的文化载体。这面铜鼓被称为"玉螺铜鼓"，可知其与西南诸多类型铜鼓不同，是用白色贝类所制，也可能是因为要进贡，所以特别打造的。面对这一面奇特的铜鼓，白居易有《骠国乐》颂之："骠国乐，骠国乐，出自大海西南角。雍羌之子舒难陀，来献南音奉正朔。德宗立仗御紫庭，黈纩不塞为尔听。玉螺一吹椎髻耸，铜鼓一击文身踊。珠缨炫转星宿摇，花鬘斗薮龙蛇动。曲终王子启圣人，臣父愿为唐外臣。" [②] 从刘恂的书写中还可看到，作为身份象征的铜鼓常以青蛙作为图腾，这与岭南地区人民的青蛙崇拜有关。宋辛弃疾有"稻花香里说丰年，听取蛙声一片"的诗句，青蛙多生长在水多潮湿之地，蛙与稻常常是共同出现的。在前面的论述中我们提到，岭南地区多采用"以稻养鱼"的生产模式，这就给青蛙提供了富足且天然的生存环境，故而岭南之地青蛙极多，每至夏日，在草丛中、池塘边、河流岸都能听到青蛙鸣叫之声。对古人来说，青蛙或许象征着丰收、多子多福、雨水等内容，当青蛙与人们的日常生活联系起来后，青蛙崇拜也就自然而然产生了。直到今天，广西诸如红水河、东兰等地，还存在着"蛙婆节"这样的活动以求丰收、太平。

---

① 郦道元著，陈桥驿校证.水经注校证·卷三十六·温水 [M].北京：中华书局，2007：835.
② 白居易撰，谢思炜校注：白居易诗集校注·卷第三 讽谕三·骠国乐 [M].北京：中华书局，2006：347.

至于铜鼓的演奏形式，从上述小说、诗歌的书写中也大致可以窥见。铜鼓多为伴奏所用：缅甸在进贡时的表演，是以铜鼓为歌舞伴奏，在有节奏的鼓点和其他乐器的共同演奏下，表演者旋转跳跃，舞态优美柔软，故而白居易还有"蛮鼓声坎坎，巴女舞蹲蹲"①的描绘。清代徐珂的《清稗类钞》有载：

铜鼓，边有二孔，以黄绒绦悬而击之。陈旸《乐书》谓昔马援征交趾，得骆越铜鼓，铸为马式，此其迹也。宋范成大《桂海器志》谓如坐墩而空其中，两人舁行，以手拊之，声似鞞鼓，则实始于岭南也。②

可知铜鼓的演奏方式或悬而击之，或举而拍之，其所发出的声音和中原地区的大鼓类似。而富有社会、政治、文化多重意涵的铜鼓，其使用场景也多是正式场合。如《岭表录异》中所载，是在觐见帝王那样的重大场合中才以此表演。而前文引用万震《南州异物志》对乌浒食人的书写，其中有演奏铜鼓的内容：

出得人归家，合聚乡里，悬死人中当，四面向坐，击铜鼓，歌舞饮酒，稍就割食之。③

在此我们不对食人风俗之真假及性质做出评判，但从万震的书写来看，岭南地区人民在乡里聚会时也会以击铜鼓为乐，伴之歌舞和酒，场面十分热闹。此外，清代《滇海虞衡志》中还记载了铜鼓的另一种击打场景："会集击之，声闻数里以传信。"④从中可知在通信十分落后时期，铜鼓还有传信之用。

---

① 白居易撰，谢思炜校注.白居易诗集校注·卷第十一 感伤三·郡中春燕因赠诸客[M].北京：中华书局，2006：873.
② 徐珂编.清稗类钞·第一〇册目录·音乐类·铜鼓[M].北京：中华书局，2010：4959.c 李昉.太平御览·卷七百八十六[M].北京：中华书局，1960：3480.
③ 李昉.太平御览·卷七百八十六[M].北京：中华书局，1960：3480.
④ 檀萃辑，宋文熙、李东平校注.滇海虞衡志[M].昆明：云南人民出版社，1990：108.

综上，《岭表录异》中所书写的铜鼓，是岭南地区一种极具特色的乐器，其在发展过程中形成了多种作用，可用来庆祝重大活动，亦可用来传信报信，具有政治、社会、文化等多重意涵。尽管今天我们谈论的铜鼓多是属于壮族地区的，但其实在古代，整个岭南地区、云贵川地区甚至东南亚各国也都能见到。当今学者对铜鼓及其文化有十分丰富翔实的研究，如蒋廷瑜编著的《岭南铜鼓》《铜鼓文化》《铜鼓》《广西铜鼓文化》等著作，都对我们今天了解铜鼓、保护铜鼓、传承发扬铜鼓文化有着十分重要的意义。

二、岭南佛教

前文在论述罗浮山时谈到了岭南地区道教信仰的传播和发展，然除了道教以外，佛教也很早便传入岭南。在前面第三章的论述中已经可以看到，在唐代小说的岭南书写中有许多佛教的影子，特别是如《补江总白猿传》《朝野金载》《崔绍》等篇章中对宿命论、报应论的记载，都可从中窥见佛教在岭南的传播情况。东汉末年牟子避乱岭南，创作了《牟子理惑论》，可见在东汉末年以前佛教便已传入岭南。此外，在新出土的东汉岭南铜镜中也可以看到佛教的影子[1]。到了唐代，佛教更为兴盛，在岭南地区的流传也更为广泛。中国禅宗六祖慧能便是生长于岭南新州，后又确立了曹溪法门，被奉为岭南活佛。从这些迹象来看，佛教的确较早就在岭南地区传播开来，对此当今学者也多有研究[2]，均认为在唐代，岭南佛教得到了极大的发展，佛寺、僧人很多，具体内容此不赘述。

[1]　参见：秦汉魏晋南北朝海上丝绸之路史 北京 / 西安：世界图书出版公司，2020 :263-264.
[2]　对岭南佛教进行研究的论著很多，如曹旅宁：佛教与岭南 [J].学术研究，1990（05）；黄柏权：岭南佛教文化的特色及其传播 [J].西江大学学报，1998（2）；周晓楠：唐代岭南禅僧群体交游研究 [D].广州大学，2019 年；陈椰：岭南学术思想 [M].广东人民出版社，2019.

然而，有意思的是，房千里的《投荒杂录》和刘恂的《岭表录异》中记载了岭南佛教的另一种情况：

南人率不信释氏，虽有一二佛寺，吏课其为僧，以督责释之土田及施财。间有一二僧，喜拥妇食肉，但居其家，不能少解佛事。土人以女配僧，呼之为师郎。或有疾，以纸为圆钱，置佛像旁，或请僧设食。翌日，宰羊豕以啖之，目曰除斋。[①]（《投荒杂录》）

又南中小郡，多无缁流，每宣德音，须假作僧道陪位。唐昭宗即位，柳韬为容广宣告使，赦文到，下属州。崖州自来无僧，皆临事差摄。宣时，有一假僧不伏排位，太守王弘夫怪而问之，僧曰：役次未当，差遣编并，去岁已曾摄文宣王，今年又差作和尚。见者莫不绝倒。（《岭表录异》）

从这两则书写来看，佛教似乎没有研究者所说传播得那么广泛，一句"南人率不信释氏"似乎明确了大部分岭南人不信佛的情况。那么，唐代岭南佛教的传播情况到底如何呢？

可以明确的是，自汉代佛教传入岭南地区后，佛教的确在岭南地区得到了很大的发展。在前面的论述中已经提到，有唐一代，粤东、粤西两地所有的佛寺加起来有近150所，这在唐代岭南这个偏远落后的地区是十分难得的。特别是慧能在岭南大力宣扬佛教，使得佛教在岭南很多地区得到广泛流传。慧能的活动范围主要在粤东地区，曾在法性寺、宝林寺等地传法，故而广州一带佛禅文化的发达自不必说。又达亮有言："韩愈未到潮州之前，曹溪南禅的四传弟子大颠禅师已在潮州广弘禅法，对潮州文化功莫大焉。……韩愈未到潮州时，潮人早受法化向矣。"[②]可见潮州一带的佛教思想也较为浓厚。唐代小说岭南书写所体现出的奇人异事、神话传说等

① 房千里. 投荒杂录 [M]. 陶敏全唐五代笔记第二册 [M]. 西安：三秦出版社，2012:1101.
② 达亮. 潮州大颠禅师的道迹 [J]. 寒山寺佛教双月刊.

内容，多是受到佛教思想的影响。

　　然而，《投荒杂录》和《岭表录异》中所说的情况也是真实存在的。唐代岭南佛教的传播和发展具有不平衡的特点，"岭南佛教的发展基本上仍局限于广州、韶州、交州、循州、桂州等地"[①]。这些地点或为治所，或是临海，交通便利，经济发达，故而为佛教传播提供了基本的物质土壤。同时，这些佛教发达的地方也多是唐代小说家喜欢书写的岭南地点，可见佛教和文学互相影响，共同在这些相对先进的地区得到了很好的发展。但除了这些地方以外，《投荒杂录》和《岭表录异》所提到的更为偏远的南部、西南部地区的城市，便没有那么幸运。由于闭塞的交通、低迷的经济和落后的文化等多重因素，这些地区人民并不能较早地接受新兴思想的洗礼；同时，以"见性成佛"、强调"顿悟"为主要禅法的南禅宗的确实现了佛教的"平民化"，但岭南地区本身已有丰富且根深蒂固的地方信仰，这种主张"佛性人人有"的观念或较难使当地人民放弃原有宗教而去信奉佛教，故而佛教对这些地区影响较小，产生了"多无缁流"的现象。

　　在今人更多关注佛教在岭南地区的兴盛和发展的时候，却多忽略岭南佛教发展的不平衡性，且这种不平衡与岭南文学发展的不平衡性有相同之处。借助笔记小说，我们可以更好地了解、考察这种情况。

三、海上丝绸之路

　　唐代小说的岭南书写为我们展现了一幅"中原—岭南—世界"互相沟通、融合的风情画卷。从中我们可以看到岭南文化或岭南物产，源源不断传入中原，为人所知，而中原文化和东南亚文化也与岭南地区有着接连不断的联系。在这些文化的交往过程中，海上丝路起到了十分重要的作用，

---

① 李银辉：《唐代高僧驻锡地的地理分布》，《中国历史地理丛刊》，1992（2）.

这条偏远却繁华的道路见证了古代岭南地区的对外交流情况。在唐代小说的书写中，较少有小说家直接书写海上丝路的情况，最为细致者，当是《唐国史补》的"南海舶"条：

南海舶，外国船也，每岁至安南、广州。狮子国舶最大，梯而上下数丈，皆积宝货，至则本道奏报，郡邑为之喧阗。[①]

文中所述狮子国的船只会经过安南、广州等地进行商业活动，堆积宝物数不胜数。之所以经过安南、广州，恰是因为二者是海上丝路的重要港口或港口的周边之地。实际上，这条漫长的道路有着多个港口，与岭南地区相关且十分重要的主要有三个。

一是合浦港。合浦，今广西壮族自治区北海市辖县，是我国古代海上丝路起始港之一，自汉代始就是君王们苦心经营的连接中国与南亚、东南亚各国的重要港口，既是古代中国海外经济贸易往来的重要一环，也是中央实现交州稳定统治的桥头堡。元鼎六年（公元前111年），汉武帝平定南越吕嘉之乱后，将秦设三郡分为南海、苍梧、郁林、合浦、交趾、九真、日南七郡，元封时"又遣军自合浦徐闻入南海至大洲，方千里略得之"。（《文献通考》）此后，合浦的重要地位逐渐确立，"自日南障塞、徐闻、合浦，船行可五月，有都元国，又船行四月，有邑卢没国；又船行可二十余日，有谌离国，步行可十余日，有夫甘都卢国……有译长，属黄门，与应募者俱入海市明珠、璧流离、奇石异物，赍黄金杂缯而往"。（《汉书·地理志》）唐代以降，尽管广州、泉州等港口被大力开发，但交州仍是贸易大港，据《唐国史补》载"南海舶，外国船也，每岁至安南、广州"。而要前往交州，合浦是海路的必经之路，据《大唐西域求法高僧传》载，唐代智宏律师曾有游岭南的经历，他前往交州时便途经合浦"至合浦昇舶，长泛沧溟。风

---

① 恒鹤点校.唐五代笔记小说大观·唐国史补 [M].上海：上海古籍出版社，2000：851.

便不通，漂居匕景。覆向交州，住经一夏……"。裴铏《传奇·元柳二公》中也记录了时人前往交州一带的路线："元和初，有元彻、柳实者，居于衡山，二公俱有从父，为官浙右。李庶人连累，各窜于欢、爱州，二公共结行李而往省焉。至于廉州合浦县，登舟而欲越海，将抵交趾，舣舟于合浦岸。"可见合浦是唐代海上丝绸之路东西航线的交会点，也是通商南亚、东南亚的关节点。而选择此条航线者，多以交州为主要目的。

　　二是交州港。唐代岭南地区的安南经略使一带，由于地处最西南，常为人所忽略，前文所统计的唐代小说主要书写范围中，安南经略使的各个区域都相对较少，但交州除外。除了因为交州是安南经略使的治所之外，还有一个重要原因，即交州港是仅次于广州港的繁华港口，中原与周边各国的往来也须通过交州港进行。《旧唐书·地理志》有载："交州都护制蛮夷，其海南诸国大抵在交州南及西南，居大海中洲上，相去或三五百里，三五千里，远者二三万里。乘舶举帆，道里不可详知。自汉武以来，朝贡必由交趾之道。"[1]可见自汉代始，交州就已成为连接中原与南部、西南部地区及周边各国的重要港口。隋代开始，广州逐渐成为能与交州竞争的重要城市，据《隋书·地理志》载："南海、交趾，各一都会也，并所处近海，多犀象、瑇瑁、珠玑、奇异珍玮，故商贾至者，多取富焉。"[2]广州地区已经一跃成为与交趾一样重要的商贸区域。唐代以降，交州港尽管仍保持着其重要作用，但由于广州港的开发，交州港的重要性被弱化。同时，中晚唐时期安南都护府李涿的暴政统治使得"交趾湮没十年，蛮军北寇邕、容界，人不聊生"[3]，交州港便在战火和动乱中逐渐丧失其沟通各国的重要地

---

① 刘昫. 旧唐书 [M]. 北京：中华书局，1975：1750.
② 魏徵、令狐德棻撰，中华书局编辑部点校. 隋书·卷三十一 志第二十六 地理下·林邑郡 [M]. 北京：中华书局，1973：888.
③ 刘昫等撰，中华书局编辑部点校. 旧唐书·卷十九上 本纪第十九上 懿宗 [M]. 北京：中华书局，1975：659.

位，走向衰落。

三是广州港。唐高宗以后，唐朝在广州设置市舶使这一官职，主要负责海路邦交、对外贸易，广州则成为连接内陆和海上的主要关口，成为当时中国的第一大港，由此可以到达波斯湾各国，是当时最长的海上航线。根据《新唐书》记载，这条连接中国与四周国家的道路在唐代并不称为"海上丝绸之路"，而称作"通海夷道"①，沿此航线可以到达诸多国家：

广州东南海行，二百里至屯门山，乃帆风西行，二日至九州石。又南二日至象石。又西南三日行，至占不劳山，山在环王国东二百里海中。又南二日行至陵山。又一日行，至门毒国。又一日行，至古笪国。又半日行，至奔陀浪洲。又两日行，到军突弄山。又五日行至海峡，蕃人谓之"质"，南北百里，北岸则罗越国，南岸则佛逝国。佛逝国东水行四五日，至诃陵国，南中洲之最大者。又西出峡，三日至葛葛僧祇国，在佛逝西北隅之别岛，国人多钞暴，乘舶者畏惮之。其北岸则箇罗国。箇罗西则哥谷罗国。又从葛葛僧祇四五日行，至胜邓洲。又西五日行，至婆露国。又六日行，至婆国伽蓝洲。又北四日行，至狮子国，其北海岸距南天竺大岸百里。又西四日行，经没来国，南天竺之最南境。又西北经十余小国，至婆罗门西境。又西北二日行，至拔䫻国。又十日行，经天竺西境小国五，至提䫻国，其国有弥兰太河，一曰新头河，自北渤昆国来，西流至提䫻国北，入于海。又自提䫻国西二十日行，经小国二十余，至提罗卢和国，一曰罗和异国，国人于海中立华表，夜则置炬其上，使舶人夜行不迷。又西一日行，至乌剌国，乃大食国之弗利剌河，南入于海。小舟泝流，二日至末罗国，大食重镇也。又西北陆行千里，至茂门王所都缚达城……②

---

① 欧阳修、宋祁撰，中华书局编辑部点校.新唐书·卷四十三下 志第三十三下 地理七下·岭南道 [M].北京：中华书局，1975：1146.
② 欧阳修、宋祁撰，中华书局编辑部点校.新唐书·卷四十三下 志第三十三下 地理七下·岭南道 [M].北京：中华书局，1975：1153.

　　从史书中的记载来看，广州港连接着环王国、门毒国等20多个国家，中国与这些国家的贸易往来都需要以广州港为中转站，广州港的重要地位不言而喻。广州港的开发，极大地促进了岭南地区的经济发展、"中原—岭南—东南亚各国"的密切交流，使得广州地区成为当地要会，"交易之徒，素所奔凑"①。同时，广州港的繁荣也给广州及其周边地区文学发展带来了光明，在唐代文学的岭南书写中，以广州为书写对象者最为丰富，这种情况一直延续到宋代以后。

　　总之，岭南地区的几个重要港口的开发，促进了连接中国与南部、西南部各国的海上丝路的开通和发展，促进了中原与这些地带的人员、贸易往来，更为重要的是将北方的文风士风传到这里，在中原强势文化与岭南地区弱势文化的碰撞中，这片在唐代还未完全开化的区域很快走向文明、愈加繁荣。直至今天，作为古代海上丝路关键港口的所在地区，广州、钦州、南宁等城市仍延续着开放包容的岭南精神，在习近平总书记提出共建"21世纪海上丝绸之路"号召的指引下，在习近平总书记提出"构建人类命运共同体"的发展理念的指导下，积极以其有利的地理条件加强国际经济合作，使得海上丝路沿线城市及周边国家的经济共同取得大发展、大进步、大成效。同时，越来越多的学者积极关注古代海上丝路沿线地区的文学、文化研究，使得这些在古时被视为"文学荒漠"地带的文学文化重焕新生。海上丝路不仅是经济上的互利共赢之路，也是思想文化上的传播复兴之路，是今人研究岭南文学不可绕开的重要道路。

---

① 陆贽著，刘泽民点校.陆贽集·卷十八 中书奏议二·论岭南请于安南置市舶 中使状 [M]. 杭州：浙江古籍出版社，2013：194.

本章小结

　　唐代小说的岭南书写为我们描绘了唐代岭南的风情画，从中我们可以看到岭南地区的地理气候、风俗社会等情况。同时，小说的虚构性和有限性使得后世读者不得不借助史料进一步去考其真伪、增其缺漏。对小说中部分岭南风物进行考察补充，可以填补小说书写的不足，明确唐代岭南的著名地理景观和民风民俗的真实样貌，从而对岭南历史的探究和开发、岭南文化的保存和弘扬、岭南文学的研究和发展都具有丰富的意义。

余 论

唐代小说岭南书写的意义探寻

———

第一节
唐代小说中的岭南文学空间与民族文化认同进程

    据前文所述，唐代小说中存在大量岭南书写，它们反映了唐代岭南的恶劣气候和暴民恶俗等落后原始的生态环境，同时又反映了岭南地区的发展进步和奇丽景观，二者共同构建了唐代岭南空间的立体图景。对岭南书写的考察可以探寻唐代不同时期、不同身份的小说家面对岭南时或厌弃或接受的写作态度及这种态度的扭转过程。而这一转变又引领着宋代以后小说家书写岭南的客观态度，逐渐实现岭南本土小说家的地方认同及外来作家对岭南与中原文化共同体的承认，实现小说中的岭南由恶土到乐土的转变。

    唐代诸多笔记小说生动真实地记录了唐代岭南的样貌，既是唐代文学史上的瑰宝，也是岭南地区重要的文献资料。20世纪初，古代文学与岭南文化的研究随着"岭南学"①的建立逐渐兴盛,学者们结合方志、史传及古代诗文等文献资料研究岭南文学、文化的发展演变历程,取得了一定的成就。就笔者目之所及,这类研究一方面多以明清时期小说为主要研究对象,唐代笔记小说与岭南文化的研究只是整体研究中的"附属品"。如耿淑艳的《从边缘走向先锋:岭南文化与岭南小说的艰难旅程》②主要从"史"的角度把握由汉唐至明清岭南文化和岭南小说的发展互动关系;她的著作《岭南古代小说史》③是岭南小说研究史上较大的突破,该书将汉至清的书写岭南或在岭南地区创作的小说作为主要研究对象,梳理了岭南小说发展的历史,对岭南小说的研究做出了极大的贡献。在论述过程中也对唐代笔记小说中所反映的岭南文化有一定的论述。另一方面多以粤东地区为主要关注对象,对粤西地区的关注较少。如邓大情的《古代小说中的广州》④,主要分析了汉至明清小说对广州的描写,认为古代小说对广州的书写经历了从"丛残小语"式的笔记体到生动详尽的传奇的过程。对这一缺憾有所突破的是殷祝胜的《唐代文士与粤西》⑤,作者将唐代小说与粤西地区的社会情况结合起来,对丰富粤西地区风俗文化,完善粤西地区小说研究都有积极的意义。此外,杨东甫、杨骥的《笔记野史中的广西》⑥一书,从粤西的风俗民情、物产气候、旅桂名人、笔记野史文献四个部分出发,将汉至

① 1933年陈寅恪在给陈垣的信中说:"岑君文读讫,极佩(便中乞代致景慕之意)。此君想是粤人,中国将来恐只有南学,江淮已无足言,更不论黄河流域矣。""岭南学"就此被提出。(详参《陈垣来往书信集》,上海古籍出版社,1990年版)随后,学者在此基础上提出更为具体的"岭南学"概念,如司徒尚纪在《建立"岭南学"繁荣岭南文化》一文中倡导建立一门涵盖岭南文化各个领域和层面的综合性、区域性的人文社会科学;吴承学的《"岭南学"刍议》一文更具体地对"岭南学"的发展历程、可行性、概念界定、体系建构及展望做了论述。
② 耿淑艳.从边缘走向先锋:岭南文化与岭南小说的艰难旅程[J].明清小说研究,2011(03).
③ 耿淑艳.岭南古代小说史[M].北京:社会科学文献出版社,2015.
④ 邓大情.古代小说中的广州[J].绵阳师范学院学报,2011(10).
⑤ 殷祝胜.唐代文士与粤西桂林[M].桂林:广西师范大学出版社,2015.
⑥ 杨东甫、杨骥.笔记野史中的广西[M].桂林:广西师范大学出版社,2012.

清的书写粤西的笔记小说按其书写内容分类，展现了中国古代的粤西地区，对粤西历史文化的发展起到了重要的作用。而以唐代笔记小说为切入点研究岭南文化者，有如董灵超的《唐宋五部涉桂笔记研究》①，作者对这五部笔记的文学价值、史料价值、科技价值等做了论述。文章在论述史料价值时，涉及了唐宋时期岭南地区的地理风物、制度文字、人物事件等内容，反映了唐宋岭南的文化图景。又如兰昕的《唐人小说中的岭南书写研究》②，论文以书写岭南的11部传奇和32部笔记为文本，探讨这些小说所表现的唐代岭南自然、社会风貌及这些小说的创作特色。总之，就目前对岭南文化的研究来看，学界已普遍关注古代小说在此项研究中的史料价值和文化价值，研究具有时间跨度大、研究内容多的特点。但综观现有研究，仍存在研究地域不平衡、研究内容不多元、文化研究不深入等缺憾。作为"史"的补充的唐代笔记小说，记载了唐代岭南的社会文化、民风民俗、地理风貌，其所保留的史料价值和地域文化价值仍有可研究的空间。

此外，从经典马克思主义对空间问题的讨论开始，经历了哈维、列斐伏尔到福柯、德里达等学者，"空间转向"思潮逐渐从地理学、社会学领域渗入人文社会科学领域，"成为学者探讨政治、文化、文学、美学等问题的重要平台"③。21世纪以来，在"空间转向"理论的影响下，我国诸多学者将这一问题运用在文学批评新范式的探索中并取得了诸多成就④，特别是梅新林《古代小说研究的"空间转向"与范式重构》⑤一文，将"空间转向"

① 董灵超 . 唐宋五部涉桂笔记研究 [D]. 广西师范大学，2014 年 .
② 兰昕 . 唐人小说中的岭南书写研究 [D]. 华东师范大学，2020 年 .
③ 刘进、李长生 . 空间转向与当代西方马克思主义文学批评研究 [M]. 北京：社会科学文献出版社，2015：5.
④ 如：2004 年陆扬的空间理论与文学空间 [J].2010 年谢纳的空间生产与文化表征：空间转向视阈中的文学研究 [M].2012 年曾大兴的文学地理学研究 [M].2014 年尤迪勇的空间叙事研究 [M]. 等 .
⑤ 梅新林 . 古代小说研究的"空间转向"与范式重构 [J]. 文学遗产，2022（04）.

理论引入中国古代小说的研究之中，有助于我们扭转传统研究视角，更多关注古代小说的"内层空间"，对中国古代小说研究新范式的建构具有极其重要的意义。职是之故，本文拟从唐代笔记小说岭南书写入手，借助"空间转向"理论，考究在现实的物理空间内，如何影响唐代作家群体心态，构建了怎样的岭南图景，形成了何种岭南空间象征，并以此窥探唐人岭南民族文化认同的进程。

一、"鬼门关"象征：唐代前期小说中的岭南空间

顾炎武曾言："嬴秦以来，以守令为治，台省铨除，莫不以内地为重，以边远为轻。而广南之地，去京华为尤远，瘴厉虫毒，种种秽恶，内地之人，南辕越岭……"[①]岭南自秦统一中国后便处华夏文明之共同体中，但岭南长期以来相对闭塞、恶劣的环境及中原统治者的不重视，又使其形成了自己的独特文化，从而长期以来形成了"人杂夷獠，不知教义，以富为雄。珠崖环海，尤难宾服"[②]的局面，导致其发展十分缓慢。虽然因大庾岭的开发及中央的积极政策，唐代岭南地区得到了很大的发展，但这个过程十分漫长，特别是在中晚唐以前，岭南的大片区域仍处于封闭的空间，被瘴气包裹着的、散发着沉沦与落后气息的岭南显得与中原地区格格不入，这便给居于此地的小说家们带去了负面、恶劣的空间生存体验，促使他们书写、构建了与中原地区截然不同的疏离图景，加深了岭南空间的"鬼门关"印象。

（一）地理感知：湿热、瘴毒、飓风和山林

地处南部边陲的岭南，气候以湿热、多变为主，进入岭南空间者首先

---

① 顾炎武.天下郡国利病书第五册[M].，华东师范大学古籍研究所整理，黄珅、严佐之、刘永翔主编：顾炎武全集卷十六[M].，上海：上海古籍出版社，2011：3148.

② 杜佑撰，王文锦等点校.通典卷一百八十四[M].，北京：中华书局，1988：4961.

感受到的便是"身经大火热,颜入瘴江消"①的与中原地区截然不同的气候环境。房千里在《投荒杂录》中的记载十分清晰地描绘了岭南地区"一日内阴雨多变,一岁间蒸热为多"的气候特点:

> 岭南方盛夏,率一日十余阴,十余霁。虽大雨倾注,顷即赫日,已复骤雨。大凡岭表,夏之炎热,甚于北土,且以时热,多又蒸郁,此为甚恶。自三月至九月皆蒸热。②

可见岭南夏季时间长,且多变炎热,一日之内时雨时晴,加上长期的湿热,仿若一个大蒸笼,令人难以忍受;连绵阴雨,又常使得"凡物皆易蠹败,萠膠氈罽,无逾年者"③,令远赴岭南的中原人无法习惯。而让历朝历代中原人"谈虎色变"的"瘴气"就是在这样湿热的环境中产生的④。"瘴气"甚至成为唐代文学中岭南地区的代名词,如韩愈就用"瘴江边"代指"潮州"。

除了湿热及其引发的瘴毒外,飓风和雷暴等恶劣气候也是岭南空间书写中的主要对象,如《唐国史补》中的两则书写:

> 南海人言,海风四面而至,名曰飓风。飓风将至,则多虹霓,名曰飓母。然三五十年始一见。⑤

> 或曰雷州春夏多雷,无日无之。雷公秋冬则伏地中,人取而食之,其状类彘。又云,与黄鱼同食者,人皆震死。亦有收得雷斧、雷墨者,以为禁药。⑥

----

① 彭定求 . 全唐诗:卷五十三 [M]. 北京:中华书局,1960:654.
② 莫休符撰,陶敏主编 . 全唐五代笔记:第二册 [M]. 西安:三秦出版社,2012:1102.
③ 莫休符撰,陶敏主编 . 全唐五代笔记:第二册 [M]. 西安:三秦出版社,2012:1131.
④ 如房千里投荒杂录 [M]. 中记载"黄毛瘴"产生于六七月之时 .(参见:莫休符撰,陶敏主编 . 全唐五代笔记:第二册 [M]. 西安:三秦出版社,2012:1102.)
⑤ 李肇、赵璘 . 唐国史补·因话录 [M]. 上海:上海古籍出版社,1979:63.
⑥ 莫休符撰,陶敏主编 . 全唐五代笔记:第一册 [M]. 西安:三秦出版社,2012:852.

这两则书写反映了在科学文化不发达的时期，民众面对飓风和雷暴等会危害生命财产的自然灾害时而形成的不成熟的思想观念。南海人认为飓风即是四面海风汇聚后形成的，这种观念在魏晋南北朝时期就已经形成了，根据宋怀远的《南越志》记载飓风之名，当取四面之风皆"具"及"惧怕"二意①，足见人们对飓风的恐惧。而面对雷暴更无法解释，便以"雷公"释之，还逐渐形成了岭南地区特别的"雷神崇拜"信仰。

此外，唐代诸多小说对岭南地区水系发达、崇山峻岭、荒无人烟的空间特征也多有书写。如唐初传奇《补江总白猿传》便是以岭南为背景展开叙述的，其中对岭南地区的山林做了较为具体的描绘：

> 因辞疾，筑其军，日往四遐，即深陵险以索之……又旬余，远所舍约二百里，南望一山，葱秀迥出，至其下，有深溪环之，乃编木以度。绝岩翠竹之间，时见红彩，闻笑语音。扪萝引縆，而涉其上，则嘉树列植，间以名花，其下绿芜，丰软如毯。清遇岑寂，杳然殊境。②

从这段传奇中我们至少可以看到，岭南地区整体环境以山林为主，又间有溪流，山林的面积极为广阔，以至欧阳纥花了一个多月的时间才从中寻到妻子踪迹。此外，岭南地区花红柳绿，十分幽美。但在欧阳纥的整个搜寻过程中，我们丝毫看不到岭南地区的人迹，从作者的书写中也可以明确看到，这是白猿的居住地，是不属于人类的，所以尽管风景优美，但始终给人以排异感和疏离感。

（二）社会风气：强蛮、原始、落后和腐朽

《礼记》有言："南方曰蛮，雕题交趾。其俗男女同川而浴，故曰交趾。"③岭南地区常给人以"蛮"的印象，如沈佺期《入鬼门关》中所叹"问

---

① 李昉.太平御览[M].北京：中华书局，1960：45.
② 李剑国.唐五代传奇集：第一册[M].北京：中华书局，2015：47-48.
③ 班固.汉书：卷六十四下[M].北京：中华书局，1964：2834.

我投何地，西南尽百蛮"①，白居易在《送客春游岭南二十韵》中所述"瘴地难为老，蛮陬不易驯"②。这种印象的成因与远离政治中心的地理位置、无法正常沟通的语言障碍，与中原儒道文明迥异的文化差异等因素有关，同时也因一些无视法律道德的官吏在此地兴风作浪更使"蛮"成为岭南地区难以抹去的烙印。唐代诸多小说书写了岭南社会文化中暴官恶妇之蛮，小说中所描写的暴官有的是严酷计较，如《朝野佥载》：

广州录事参军柳庆独居一室，器用食物并致卧内。奴有私取盐一撮者，庆鞭之见血。③

有的是残暴好杀，如《独异志》：

苍梧王酷暴好杀，尝自持刀槊，行见人，即击刺死之。若一日不杀人，即惨而不乐。④

还有的是残酷变态，如《朝野佥载》：

周岭南首领陈元光设客，令一袍裤行酒。光怒，令拽出，遂杀之。须臾烂煮以食客，后呈其二手，客惧，攫喉而吐。⑤

这些官吏在岭南的残暴统治反映了中原律法威慑力不足以管控这片区域的事实，他们随意惩罚下人，甚至随意杀人、吃人，以毫无人性的统治方式钳制甚至扼杀了岭南的生机。

此外，小说中也书写了部分令人咋舌的岭南女性，如《朝野佥载》中记载的广州胡亮的妻子因为丈夫宠幸一名俘虏而因妒生怨，便用"烙其双

① 彭定求等. 全唐诗卷 九十七 [M]. 北京：中华书局，1960：1050.
② 白居易撰，谢思炜校注. 白居易诗集校注卷 十七 [M]. 北京：中华书局，2006：1349.
③ 李昉. 太平广记 [M]. 北京：中华书局，1961：1209.
④ 莫休符撰，陶敏主编. 全唐五代笔记：第二册 [M]. 西安：三秦出版社，2012：1805.
⑤ 李昉. 太平广记 [M]. 北京：中华书局，1961：2094.

目"的残忍方式折磨她，以致她自尽，其凶暴形象令人唾弃①。《投荒杂录》
中记载了不学女红而学醯醢鲊菹之技的岭南女性②；《南海异事》中书写了
南海地区杀牛解牛多为妇女的彪悍民风③。这类妇女凶恶狠毒、手拿屠刀的
形象，也在一定程度上加深了外地人对岭南"蛮"的印象。

　　除了"蛮"的印象外，原始的生活方式和落后的文化风俗也是唐代岭
南空间给予外人的印象，也是此期小说常书写的主题。一方面，唐代小说
书写了岭南部分蛮夷仍保留的"岁贷胸穿老，朝飞鼻饮头"④的原始生活方
式。如段成式《酉阳杂俎》中"飞头者"一条⑤，提到了岭南地区一个较为
奇特的族群，他们常年居住于岭南溪洞中，会以头身分离、头飞而出的方
式觅食，所寻食物均是螃蟹、蚯蚓之类。这条书写的真实性不足，从中却
可以看出唐代岭南部分族群"居洞食腥"的原始生活方式。洞居的生活方
式应当不是空穴来风，《北史》中亦有记载："大业初，拜龙川太守。郡人
居山洞，好相攻击。"⑥可见岭南洞居风俗的真实性。此外，饮食方式也应
当真实，元稹在《送崔侍御之岭南二十韵》并序中就提到了岭南食物，"海
物多肥腥，啖之好呕泄"⑦。除了《酉阳杂俎》外，其他的小说也记载了岭
南地区饮食的特点，如《朝野佥载》记载了食活鼠"蜜唧"⑧的习惯，《番
禺杂记》记载了食用"鳶"和"蚯蚓"⑨的行为等。

　　另一方面，唐代小说也反映了岭南地区"乡里家藏蛊，官曹世乏儒"⑩

① 李昉.太平广记[M].北京：中华书局，1961：915.
② 李昉.太平广记[M].北京：中华书局，1961：3983.
③ 李昉.太平广记[M].北京：中华书局，1961：3980.
④ 彭定求.全唐诗：卷九十七[M].北京：中华书局，2008：1050.
⑤ 曹中孚点校.唐五代笔记小说大观·酉阳杂俎[M].上海：上海古籍出版社，2000：593.
⑥ 李延寿.北史[M].北京：中华书局，1974：2288.
⑦ 周相录.元稹集校注[M].上海：上海古籍出版社，2011：335-336.
⑧ 恒鹤点校.唐五代笔记小说大观·朝野佥载[M].上海：上海古籍出版社，2000：27.
⑨ 鲁迅、杨伟群点校.历代岭南笔记八种[M].广州：广东人民出版社，2011：35.
⑩ 彭定求.全唐诗：卷四百零七[M].北京：中华书局，2008：4533.

的落后文化风俗。

如制蛊害人：

俗传有萃百虫为蛊以毒人。盖湿热之地，毒虫生之，非第岭表之家，性惨害也。[1]

如抢婚卖子：

南荒之人娶妇，或有喜他室之女者，率少年，持刀挺，往趋虚路以侦之。候其过，即擒缚，拥妇为妻。间一二月，复与妻偕，首罪于妻之父兄，常俗谓"缚妇女婿"。非有父母丧，不复归其家。[2]

南海贫民妇方孕，则诣富室，指腹以卖，俗谓"指腹卖"。或己子未胜衣，邻之子稍可卖，往贷取以鬻，折杖以识其长短。俟己子长与杖等，即偿贷者。鬻男女如粪壤，父子两不戚戚。[3]

蛊毒的恐怖使得民众谈蛊色变，却又有苦难言，不敢揭露；抢婚的恶劣反映了岭南女性社会地位地下、婚姻不自由的普遍现象；卖子的残酷导致岭南地区子不识父，父不认子，造成了一桩桩人伦惨剧。许多外地人都无法接受这样的行为，柳宗元的《童区寄传》即批判了这种活动。这些民风民俗反映了在儒释道将中原地区装点得文明灿烂的时候，岭南地区的文明还迟迟未到的现实情况。

马克思主义唯物史观认为社会存在决定社会意识，正是因为岭南地区有着自己的独特文化系统，当外地人涉足于此空间时，就会对此产生新的感受与认知。而社会意识又对社会存在具有反作用，小说家们利用这种新的感知"再现"出岭南空间。遗憾的是，唐代前期的岭南，似乎是所有外

---

① 刘恂撰，鲁迅、杨伟群点校.岭表录异[M].历代岭南笔记八种[M].广州：广东人民出版社，2011：47.
② 李昉.太平广记[M].北京：中华书局，1961：2062.
③ 李昉.太平广记[M].北京：中华书局，1961：3980.

地小说家不敢触碰却又好奇欲揭的伤疤。未曾涉足的小说家们通过街谈巷议、道听途说在其脑海里构建出陌生、违和的岭南空间；贬谪来此的小说家则带着怨与痛疏离被动地探索着这片蛮荒之地，绘制出负面、黑暗的岭南图景。小说中对恶劣地理环境和落后社会文化的书写共同构成了唐代前期小说中的岭南空间，也共同建构了岭南地区"鬼门关"的意象。幸运的是，岭南地区的发展正悄然进行，小说中的书写内容也逐渐发生了变化。

二、"异乡关"印象：唐代后期小说中的岭南空间

唐代以降，大一统的政治局面极大地推动了民族融合的进程。李唐王室一改魏晋南北朝以来对岭南的消极统治态度，以"一切文物亦复不间华夷，兼收并蓄"[①] 的胸怀不断促进民族关系发展，延续汉代"以其故俗治"[②] 的统治政策，通过设立都督府，派遣节度使、经略使、诏讨使、观察使等方式加强对岭南的管控；通过开凿大庾岭、设立市舶司、兴建港口等方式极大地发展了岭南的交通，使其成为沟通中原和东南亚各国的关键枢纽；通过实施科举和南选制度，给予岭南人更多的出仕机会，促进岭南地区思想文化的发展；通过"不申户账"[③] 和减轻徭役等方式，给予岭南民众优惠政策，促进岭南地区农业发展。这一系列措施给岭南地区发展带来的益处在晚唐全部展现了出来。由此，中晚唐小说中对岭南空间的书写也由前期的消极逐渐转为积极。

（一）地理感知：熟知、接近和地标性的山水

随着唐代对岭南优惠政策的效果逐渐展现，中晚唐以来岭南社会得到

---

① 向达 . 唐代长安与西域文明 [M]. 石家庄：河北教育出版社，2001：42.
② 司马迁撰，中华书局编辑部点校 . 史记卷三十 [M]. 北京：中华书局，1982：1440.
③ 根据旧唐书·穆宗本纪 [M]. 中记载："（元和十五年）定、盐、夏、剑南东西川、岭南、黔中、邕管、容管、安南合九十七州不申户账 ."（详参：《旧唐书》卷十六，北京：中华书局，1975：484）

了充分发展，开始出现一些外地人自愿入岭，使得岭南地区人口也在不断增长①。如段公路就是自愿入岭者，陆希声的序中说："间者，以事南游五岭间，常采其民风土俗，饮食衣制、歌谣哀乐，有异于中夏者，录而志之。"②因此，正是南方社会的发展，促使入岭者心态产生变化，使得他们开始带着敬畏之心去探索岭南，去接触岭南。

事实上，唐代后期岭南恶劣的气候环境仍未有改善，中晚唐以来为抵抗南诏入侵岭南的动乱，仍有大批中原士兵死于瘴疠③。小说家们对岭南地区恶劣环境的书写也仍存在，如《岭表录异》中对"瘴气"的书写：

岭表或见物自空而下，始如弹丸，渐如车轮，遂四散。人中之即病，谓之瘴母。④

岭表山川，盘郁结聚，不易疏泄，故多岚雾作瘴，人感之多病，腹胀成蛊。⑤

与前期稍有不同的是，刘恂的着眼点在于瘴气的成因。虽然对"瘴母"的书写应是出于虚构，但是第两则认为瘴气产生于"岭表山川，盘郁结聚，不易疏泄"则是较为科学的。这至少能反映出时人对岭南瘴气已经有了一定的了解，故而小说中的书写没有呈现出对瘴的恐惧，甚至出现了如段公

---

① 参见葛剑雄主编，冻国栋著《中国人口史》（第二卷），复旦大学出版社2002年版，第275-277页。需要说明的是，根据二位先生的研究，岭南人口在元和时期大幅削减，但这并非岭南地区发展落后的原因造成，二位先生没有给出具体解释，但认为这些数据只能反映元和时期若干州府的一般情形，具体数字肯定更大，是很有见地的。另外，著中提到在晚唐懿宗时南诏入侵，致使岭南地区人口减少的势头中断，并一直延续到晚唐出现"人户逃亡"的现象也值得注意。然，笔者认为，岭南地区已经在中唐得到了极大的发展，晚唐虽出现战乱，但仍无法改变岭南发展的事实。同时，此期中原亦乱，人口的流动和减少也不是一瞬间就能完成的。
② 莫休符撰，陶敏主编.全唐五代笔记：第三册[M].西安：三秦出版社，2012：2128.
③ 参见司马光，胡三省音注、标点，资治通鉴小组点校.资治通鉴卷第二百五十三唐纪六十九[M].北京：中华书局，1956：8227.
④ 鲁迅、杨伟群点校.历代岭南笔记八种[M].广州：广东人民出版社，2011：47.
⑤ 鲁迅、杨伟群点校.历代岭南笔记八种[M].广州：广东人民出版社，2011：47.

路那样敢于主动尝试"鹦鹉瘴"的狂士：

> 广之南新勤春十州，呼为南道，多鹦鹉。凡养之俗：忌以手频触其背，犯者即多病颤而卒，土人谓为"鹦鹉瘴"。愚亲验之。①

只有当性命得以保障之时，外地人才能在岭南安置身己，主动与所处空间进行更多的互动。从以上书写来看，随着岭南地区的不断发展及人们对岭南地理环境的深入了解，以段公路为代表的晚唐人在面对岭南时已少有畏惧之心，反而表现出欲接近岭南并与其和谐共处的积极心态。

同时，小说家们在岭南这片充斥着险、蛮、瘴、恶的土地上发掘出新的天地，书写出了颇具特色的地标性文学景观。曾大兴曾将文学景观定义为："与文学密切相关的景观，它属于景观的一种，却又比普通的景观多一层文学的色彩，多一份文学的内涵。"② 小说家们用敏锐的眼光、文学的笔触绘制出了一幅幅岭南文学景观图像，为展现岭南空间审美价值、文化内涵及为后世保留文献资料做出了贡献。如广州罗浮山，自晋代葛洪始便与道教关系密切，此后，罗浮山成为道教圣地，一直延续到唐代。据《旧唐书》记载，宣宗时期"右補阙陈嘏、左拾遗王谱、右拾遗薛廷杰上疏谏遣中使往罗浮山迎轩辕先生"③，宣宗许之。唐代诗人也对罗浮山多有赞美，如"罗浮直与南滇连""江北重峦积翠浓，绮霞遥映碧芙蓉""罗浮多胜境，梦到固无因"等。而经过唐代小说家之手，更给罗浮山增添了一丝神秘、秀丽的美感。《续玄怪录·李绅》中大致描绘了罗浮山景色："（李绅）已在一山前，楼殿参差，蔼若天外，箫管之声，寥亮云中。"④ 参差排列的华丽楼宇宫殿，丝竹管弦吹出的靡靡之音定然不是唐代岭南社会中所有，作者是将

---

① 莫休符撰，陶敏主编.全唐五代笔记第三册 [M].西安：三秦出版社，2012：2131.
② 曾大兴.文学地理学研究 [M].北京：商务印书馆 2012：118.
③ 刘昫等撰，中华书局编辑部点校.旧唐书卷十八下 [M].北京：中华书局，1975：640.
④ 李复言撰，程毅中点校.续玄怪录 [M].北京：中华书局 2008：198.

罗浮山描绘成一处游离于岭南空间之外的天外仙山，但它又的确是岭南空间中的一处标志性建筑，也是小说中诸多人物心向往之的地方，如《卢逍遥传》中的卢眉娘、《松作人语》中的曹松、《续仙传》中的刘曙、《续玄怪录》中的李绅都是欲修道成仙慕名前往者。此外，刘恂《岭表录异》中的仙人山、莫休符《桂林风土记》中的独秀山也均是岭南空间中的地标性景观，经文人之手，既写出了山的神秀，也敷演了神灵之事以增添奇幻色彩。

除了岭南仙山外，唐代小说对"绿珠井""贪泉"等地标性景观的书写多不以景之奇美为主要描写内容，而是着眼于记录景中之事，突显其文化内涵。"绿珠井"是对"中—岭"交往的记载，"贪泉"则是对中国传统戒贪尚简意识的强调，可见中晚唐时期的小说家已越发重视岭南文化，特别是那些受到中原文化影响的部分。

（二）社会文化：发展、进步和繁荣的社会文化

从初唐始，大量中原文士由于各种原因入岭，他们在岭南地区大施拳脚以改变岭南的社会情况。如《旧唐书·宋璟传》记载了宋璟"教人烧瓦，改造店肆"一改"以竹茅为屋"的居住方式[①]，《旧唐书·王晙传》中记录了王晙在岭南"又堰江水，开屯田数千顷"[②]的劝课农桑事。经过中原文士和岭南人民的共同努力，岭南社会文化的繁荣景象终于在中晚唐时期出现，这首先表现在唐代小说对岭南各行各业发展情况的书写中。《岭表录异》对岭南的农业生产的情况有详细的书写：

新泷等州山田，拣荒平处以锄锹开为町畦。伺春雨，丘中聚水，即先买鲩鱼子散于田内。一二年后，鱼儿长大，食草根并尽。既为熟田，又收

---

① 刘昫等撰，中华书局编辑部点校．旧唐书卷九十六 [M]．北京：中华书局，1975：3032.

② 刘昫等撰，中华书局编辑部点校．旧唐书卷九十三 [M]．北京：中华书局，1975：2985.

鱼利，及种稻，且无稗草，乃齐民之上术也。①

可见唐代岭南地区使用稻田养鱼的方法，一箭双雕，既可以使水稻丰收，又可以获得鱼利，充分体现了唐代岭南人的智慧。这种农业生产方法使岭南成为全国范围内极为重要的粮食主要来源地之一，据《新唐书》载："（唐德宗）增江淮之运，浙江东、西岁运米七十五万石，复以两税易米百万石，江西、湖南、鄂岳、福建、岭南米亦百二十石。"② 稻米的生产不仅改变了岭南人民的饮食习惯，也促使社会上形成了具有民族特色的文化活动，如春米：

广南有春堂，以浑木刳为槽。一槽两边约十杵，男女间立，以春稻粮。敲磕槽舷，皆有遍拍；槽声若鼓，闻于数里。虽思妇之巧弄秋砧，不能比其刘亮也。③

春堂的春米槽较大，两边共十个用来春米的杵，可让多名男女同时工作。春米的声音有节奏且如同擂鼓，可见春米不仅是一项生产活动，更是一种民族艺术，发展到今天，就演变成了成熟的"春米舞"。

除农业外，岭南地区还兴起了新兴的手工业和制造业，如笔的制作：

番禺地无狐兔，用鹿毛、野狸毛为笔。又昭富春勤等州，则择鸡毛为笔。其为用与兔毫不异，但恨鼠须之名，未得见也。④

香皮纸的发明：

广管罗州多栈香树，身似柳，其花白而繁，其叶如橘皮，堪作纸，名为香皮纸。灰白色有纹，如鱼子笺，其纸慢而弱，沾水即烂，远不及楮皮者，

① 刘恂撰，鲁迅、杨伟群点校.岭表录异[M].历代岭南笔记八种[M].广州：广东人民出版社2011：51.
② 欧阳修、宋祁.新唐书：卷五十三[M].北京：中华书局，1975：1369.
③ 刘恂撰，鲁迅、杨伟群点校.岭表录异[M].历代岭南笔记八种[M].广东人民出版社2011：52.
④ 刘恂撰，鲁迅、杨伟群点校.岭表录异[M].历代岭南笔记八种[M].广东人民出版社2011：52.

又无香气。①

以及鹅毛被的使用：

南道之酋豪，多选鹅之细毛，夹以布帛，絮而为被，复纵横衲之，其温柔不下于挟纩也。俗云：鹅毛柔暖而性冷，偏宜覆婴儿，辟惊痫也。②

可见，随着中原文化对岭南地区影响的深入，以及岭南经济水平的提高，岭南人民的基本生活得到了一定的保障，他们开始对生活有了更高层次的追求，被子、文具等也已经成为岭南人的生活用品，这在汉魏时期的小说中是极少见到的。此外，文化产业也有所发展。除了岭南地区独有的壮族铜鼓、交趾葫芦笙外，还出现了特别的狗肠琵琶：

春州土人弹小琵琶，以狗肠为弦，声甚凄楚。③

琵琶在秦朝已有，经过魏晋南北朝与西域的乐器结合后，在唐代达到了琵琶弹奏的高峰，在许多唐代壁画中都可见到琵琶的弹奏。但当中原琵琶传入岭南后，岭南人却采用狗肠做弦，可见中原文化与岭南文化已很好融合。

此外，岭南地区人民利用岭南独有物产，学习中原先进思想技术和生活方式，还产生了如淘金、养殖、酿酒等新兴行业。可见，岭南地区在保留自身独特文化的同时，积极吸收中原文化，学习中原人的生活方式，形成了多样包容的岭南地域特色。

随着海上丝路的延伸发展，岭南地区受惠于海运之便出现了海上商业，诸多城市由此充满生机。小说家们也客观真实地展现当地民众生存状态的

---

① 刘恂撰，鲁迅，杨伟群点校.岭表录异[M].历代岭南笔记八种[M].广东人民出版社2011：63.
② 刘恂撰，鲁迅，杨伟群点校.岭表录异[M].历代岭南笔记八种[M].广州：广东人民出版社2011：53.
③ 房千里撰，陶敏主编.投荒杂录[M].全唐五代笔记第二册[M].西安：三秦出版社2012：1102.

变化：

> 南海舶，外国船也，每岁至安南、广州。狮子国舶最大，梯而上下数丈，皆积宝货，至则本道奏报，郡邑为之喧阗。①

狮子国奢华的巨船、满载的货宝，都体现了作为海上丝路起点的广州港的繁荣。到了宋代，还出现了较为特别的海市：

> 海边时有鬼市，半夜而合，鸡鸣而散。人从之，多得异物。②

这展现了岭南人借近海之利，图生活之便的景象。同时，海运之便所带来的海外贸易业极大地促进了唐代岭南地区商业活动的发展。除了海市外，城市中、临溪处也均有市场：

> 夷人通商于邕州石溪口，至今谓之獠市。③

> 大抵广州人多好酒，晚市散，男儿女人倒载者，日有二三十辈。④

可见，随着经济的发展，唐代岭南地区已经出现了不同种类的市场，百姓可以在这些市场上以物易物，换得珍宝钱财，也可以在市场上寻欢作乐，享受生活。市场的出现，证明岭南地区的生活已经基本摆脱了原始样态，出现一派生机，人们的生活水平已经得到了极大的改善，这在前期的小说书写中也是难以得见的。

综上，随着中央对岭南地区管控的不断加强，中原文化的不断输入，民族融合进程的不断推进，中晚唐小说家们逐渐扭转了前期的对岭态度，用更理性、客观的笔触书写着岭南的发展变化，展现了岭南地区的和谐图景，小说展现了此期经济文化较为繁荣的岭南空间书写，这些书写也集中

---

① 李肇、赵璘. 唐国史补 因话录 [M]. 上海：上海古籍出版社 1979：63.
② 郑熊撰，鲁迅，杨伟群点校. 番禺杂记 [M]. 历代岭南笔记八种 [M]. 广州：广东人民出版社，2011：35.
③ 郑熊撰，鲁迅，杨伟群点校. 番禺杂记 [M]. 历代岭南笔记八种 [M]. 广州：广东人民出版社，2011：52.
④ 郑熊撰，鲁迅，杨伟群点校. 番禺杂记 [M]. 历代岭南笔记八种 [M]. 广州：广东人民出版社，2011：54.

地反映了外地文人对岭南及其文化从陌生到认同的发展过程，逐渐将岭南视为可以居住，甚至有些可爱的"异乡"。

三、文化互动：中晚唐岭南书写中的民族文化认同

外地文人对岭南地区态度的扭转与岭南所保有的对中原文化的高度认同感是分不开的。中原文化自岭南归入中原版图后得以在岭南地区传播，随时间推移影响愈深。岭南地区人民在保持岭南文化特殊性的同时，以开放包容的态度吸收中原文化，对中原文化高度认同。

（一）传播：小说中的岭南地图与文化交流

唐代岭南空间的交通已经较为发达，这极大地促进了"中原—岭南"及"岭南—诸国"的文化交流。根据有关史料记载，唐代中原与岭南地区的来往主要有中部、东部两条线路。一是从张九龄开发的大庾岭入韶州，再经广州，去到东部沿海地区。二是从灵渠入桂林，再从桂林或走水路往东，或陆路往南延伸。因此，从桂州、韶州这两个岭南极北之地延伸出来的交通要道上的城市，都是唐代小说家喜欢书写的范围，整个桂管地区书写范围也是比较广泛的。

而岭南内部的交通主要也有两条线路，一是从广州出发，经新州、康州、恩州等地，陆路向西，这在房千里的《投荒杂录》中有清晰的书写：

恩州为恩平郡，涉海最为蒸湿。当海南五郡泛海路，凡自广至勤、春、高、潘等七州，旧置传舍。此路自广州泛海，行数日，方登陆，前所谓行人惮海波，不由传舍，故多由新州陆去。今此路唯健步出使与递符牒者经过耳。既当中五州之要路，由是颇有广陵、会稽贾人船循海东南而至。①

① 莫休符撰，陶敏主编.全唐五代笔记：第二册[M].西安：三秦出版社，2012：1102.

当时若要从广州前往中西部地区，可以选择海路或陆路两种方式，而前面提到，岭南地区气候多变，夏秋之际常有飓风，涉海总是比较危险，也有不少人经新、康等州往西，因此这条线路上的州郡都为小说家所关注。

二是从广州出发，走海路至合浦，再走陆路向西，这在裴铏《传奇》的"元柳二公"一则中有明确的书写：

> 元和初，有元彻、柳实者，居于衡山，二公俱有从父，为官浙右。李庶人连累，各窜于欢、爱州，二公共结行李而往省焉。至于廉州合浦县，登舟而欲越海，将抵交趾，舣舟于合浦岸。①

合浦始终是一个重要的出海口，是从岭南东部到西部的要道，因此合浦所载廉州也是常被人关注之地。但是此处海域更险，也有不少人通过陆路前往交州，因此对合浦以西至交州各州也有零星的书写。

唐代岭南地区交通虽不及中原发达，但经过前朝的种种努力，岭南地区已经形成了四通八达的交通网，南可以沟通南海及其诸国，北可以沟通中原，这样发达的交通，一方面使唐代小说家得以扩展他们的视野，将笔触伸到岭南的各个角落；另一方面也推动了岭南与中原和海外的思想文化交流，使得岭南彻底融入中华民族共同体当中。

（二）接纳：岭南人民对中华文化的认同

首先，这体现在人民生活方式的改变上。在中原强势文化的驱使下，岭南人逐渐进入中原这个"大观园"，产生了对新建家园、追求文明的强烈渴望，并付诸行动，结合中原文化和地域特色，结束了汉魏以来"鼻饮食人、巢居傍树、聚居溪洞"的原始生活方式，产生了诸多新型产业，改善了基本生活水平。这在上文已有论述，此不多言。

其次，还表现在岭南地区思想文化的多元化进程上。裴铏《传奇·崔炜》

---

① 穆公点校.唐五代笔记小说大观·传奇 [M].上海：上海古籍出版社，2000：1089.

中有一幕书写十分精彩："番禺人多陈设珍异于佛庙，集百戏于开元寺。"《汉文帝篆要》载："百戏起于秦汉曼衍之戏，技后乃有高绠、吞刀、履火、寻橦等也。"可见百戏是对汉族民间诸技的称呼，尤以杂技为主。

最后，对中原文化的认同还体现在岭南人对主流价值观的肯定上。作为唐代岭南唯一的本土小说家莫休符，他的《桂林风土记》书写了历代中原来岭并对岭南发展和维稳事业做出贡献的先贤，如马援、颜延之、褚遂良、李靖、李勃等，莫休符记载了他们在桂林的相关活动，他们的相关事迹、文学创作和人格精神引发了后人的追忆和赞美。此外，莫休符在介绍桂林地理景观时不仅书写景色之美，更注意记录诗文雅事，如"东观"一则：

观在府郭三里，隔长河，其东南皆崇山巨壑，绿竹青松，崆峒幽奇，登临险隘，不可名状。有石门似公府之状，而隘汇。烛行五十步有洞穴，坦平，如球场，可容千百人。如此者八九所，约略相似，皆有清泉绿水，乳液葩浆，怪石嵌空，龙盘虎踞，引烛缘涉，竟日而还，终莫能际相传云：昔有人好泉石，多束花果裹粮，深涉而行。还计其所行，已及东河之下，如闻棹楫濡濡之声在其上。又有山外高峰。旧有亭台，近已摧坏。前政张侍郎名固，大中年重阳节宴于此，从事卢顺之赠固诗曰："渡江旌旆动鱼龙，今节开筵上碧峰。翡翠巢低岩桂小，茱萸房湿露香浓。白云郊外无尘事，黄菊筵中尽醉容。好是谢公高兴处，夕阳归骑出疏松。"张侍郎和诗曰："乱山青翠郡城东，爽节凭高一望通。交友会时丝管合，羽觞飞处笑言同。金英耀彩晴云外，玉树凝霜暮雨中。高咏已劳潘岳思，醉欢惭道自车公。"咸通年，前政张大夫《重游东观》诗曰："岩岫碧潺湲，灵踪若可攀。楼台烟霭外，松竹翠微闲。玉液寒深洞，秋光秀远山。凭君指归路，何处是人寰。"①

莫休符用细致的描写展现了东观"绿竹青松，崆峒幽奇"的绮丽景色，

---

① 莫休符撰，陶敏主编.全唐五代笔记·桂林风土记[M].西安：三秦出版社，2012：2561.

不禁让人想到了陶潜笔下的桃花源世界。同时，他还记录了大中年间桂管观察使张固与从事卢顺之宴游之事及他们的唱和之作，不仅渲染出了东观之美景，也写出了筵席之欢愉。从张固的诗歌中可见，东观有碧溪围绕峰峦，迷蒙的雾气笼罩楼阁，松竹、远山尽收眼底，仿若仙境，这样的描写，让人完全忘记了岭南的荒蛮与恐怖，尽是一片闲适与自在。类似的景观书写还有"越亭""岩光亭""訾家洲"等则，莫休符在叙述的同时注意引用来自中原文化圈文人的诗句来凸显岭南美景，表明了他与主流审美观念的一致追求。值得一提的是，岭南本土文人并非一开始就以欣赏的眼光来书写岭南。与同为岭南人的汉代杨孚的书写稍做对比，《异物志》中的书写多是如食人、卖子、毒物等负面内容，少见作者对家乡的热爱。而莫休符因担心"桂林事迹，阙然无闻"[①]，极力书写桂林之美、记载桂林之奇，恰证明了岭南文化和中原文化交流交融步伐的加快，极大地促进了本土作家的文化自信和对岭南文化的认同。

除了莫休符的记载外，一些外地人的书写也反映了岭南人民对中华文化认同的事实，如《传奇·崔炜》。此篇传奇以岭南社会为背景，书写了崔炜在番禺开元寺、广州海光寺、任翁府、枯井古墓、广州波斯邸、城隍庙、越王台、蒲涧寺、罗浮山等地的冒险经历，裴铏通过生动的书写为我们展现了一幅晚唐时期广州地区的社会风情画。从中我们可以窥见晚唐岭南社会对中华文化的高度认同。如其中对"百戏"的记载："番禺人多陈设珍异于佛庙，集百戏于开元寺。"[②]"百戏"起源于汉代，是一种以杂技为主的民间技艺表演形式，到隋唐之际已经较为成熟，《隋书·音乐志》《旧

---

① 莫休符撰，陶敏主编.全唐五代笔记·桂林风土记[M].西安：三秦出版社，2012：2560.

② 李昉等.太平广记[M]，北京：中华书局，1961：216.

唐书·音乐志》中均有对此期"百戏"表演形式的记载①。"百戏"传入岭南的确切时间或许无从考证，但从《传奇》的书写中可以看到，至少在唐代，中原的百戏就已经传入岭南，并且在如番禺那样人口较多、社会较为发达的城市流行②。此外，小说中还记载了两处寺庙，这与岭南地区对佛教思想的接受有关。据当今学者统计，仅唐一代，在今广东地区的寺庙有105所③，在今广西地区的寺庙有40余所④，佛教在岭南的流行程度可见一斑。此外，崔炜在枯井中遇到的灵蛇是安期生坐骑，最后又于罗浮山寻得鲍姑得道升仙，这又是道教思想的影子。

总之，无论是岭南人民对中原生活方式的接受，抑或是百戏的传入和流行，还是儒释道思想被岭南人民尊重或形成当地信仰，均表现了岭南人民接受、认同中华民族文化的事实。

四、唐代小说岭南空间书写的意义

唐代笔记小说的岭南书写无论在岭南历史还是岭南文学史上都有着十分重要的意义。一方面，唐代笔记小说较为真实地构建了唐代岭南的立体图景，记录了岭南地区的地理景观和民风民俗，在展现岭南地区发展的同时，也为岭南文化的记录和传播、岭南景观的保存和推广起到了极为重要的作用，体现了地理、文化书写的历史价值。同时，这些小说也反映了唐

---

① 《隋书·音乐志》中有："始齐武平中，有鱼龙烂漫、俳优、朱儒、山车、巨象、拔井、种瓜、杀马、剥驴等，奇怪异端，百有余物，名为百戏。"（参阅魏征、令狐德棻撰，中华书局编辑部点校.《隋书》[M]，北京：中华书局，1973：380.）《旧唐书·音乐志》有"汉天子临轩设乐，舍利兽从西方来，戏于殿前，激水成比目鱼，跳跃嗽水，作雾翳日，化成黄龙，修八丈，出水游戏，辉耀日光。绳系两柱，相去数丈，二倡女对舞绳上，切肩而不倾。如是杂变，总名百戏"。（参阅：刘昫等撰，中华书局编辑部点校.《旧唐书》[M]，北京：中华书局，1975：1072.）
② 当代不少学者根据《广州府志》中所载北宋时期广州将军庙有百戏表演，认为"百戏"于宋代传入岭南，实则是不准确的。
③ 方志钦，蒋祖缘.广东通史 [M].广州：广东高等教育出版社，1996：601.
④ 袁行霈，陈进玉主编.中国地域文化通览 [M].北京：中华书局，2013：107.

代岭南文化与中原文化的互动过程，体现了外地人对岭南文化的了解和岭南人对中原文化的认同进程。从中可以看到，唐帝国的有效管控促成了中晚唐岭南地区社会、经济、文化的全面发展，而小说家们与这片土地的长期互动赋予了中晚唐岭南地区新的意义，建构了新的图景。唐代以后，随着中原文化与岭南文化进一步交融，岭南文化逐渐从边缘走向中心，小说中的岭南图景也更为客观真实，岭南逐渐从死寂之地转变为阳光之城。

　　另一方面，唐代笔记小说的岭南书写为后世岭南小说的创作起到了一定的典范作用。唐以后的小说家继续沿着唐人的路子书写岭南，并对前人所惧怕的地理气候、鄙夷的民风民俗做出了合理科学的解释和记录，甚至对岭南地区的发展有了一定的思考。两宋以后，经济重心南移完成，入岭的人也愈来愈多，岭南地区得到了更进一步的发展，"中原—岭南"文化得到了更进一步的交融。虽然汉唐以来缺少岭南本土小说家的局面并没有得到突破，但中晚唐以后小说家对岭南书写态度的转变却给宋代以后小说家的书写树立了典范。宋代一些著名的书写岭南的小说，如周去非的《岭外代答》、朱彧的《萍洲可谈》、洪迈的《夷坚志》等都能以客观的眼光去看待、书写岭南，并且篇幅加长，文学性增强。明清两代商品经济活跃，岭南地区自然也不落后，绝佳的地理位置使得汉唐间就兴起的商业得到了空前的发展，岭南经济走向了繁荣，这促进了岭南文学的发展，岭南本土小说家的数量也越来越多，他们延续着莫休符以来本土小说家对岭南地区文化认同的态度，带着对家乡的关心和热爱书写了大量观照现实的作品，如明代黄瑜的《双槐岁钞》、清代屈大均的《广东新语》、欧苏的《霭楼逸志》、陈昙的《邝斋杂记》等，均是岭南小说家的优秀之作。有的甚至还以岭南地区的社会生活为主要内容，出现了公案、演义等小说题材，本土小说家们开始借小说来反映和批判岭南的社会现实，使得这些岭南书写有着更深刻的现实意义。在艺术上，外来作家和本土作家相互学习借鉴，中原与岭南两地的文化进一步融合发展，使得岭南书写在延续汉唐岭南书写的基础上，篇幅更长，描写更细，语言更美，同时又较少受到中原小说的牵制，形成一定的岭南风格，使岭南文学走向辉煌。对岭南文学进行观照，不仅能够看到岭南文学由荒芜到繁盛的发展过程，也能从中管窥历史上的岭南对中华文化认同由排斥到融入的进程。这些小说真实地再现了古代岭南走过的一条既保持自身特色又接纳中华文化的和谐之路，可为今天铸牢中华民族共同体意识的推进提供一定的历史借鉴和经验参考。

第二节
唐代小说岭南书写的思考

曾大兴先生在《岭南文学的真相》一书中说过："古代的中原人视岭南为'南蛮之地'，今天也有不少中原人视岭南为'文化沙漠'。然而事实并非如此……岭南不仅不是'文化沙漠'，甚至在若干领域还是全国少有的一片绿洲。"①古代中原人的不断入岭，为岭南地区文学发展带去了契机；因为当今学者为岭南文学的保存和研究做出的贡献，岭南地区这片沙漠上早已开满了文学之花，而唐代小说中的岭南书写是这万花丛中正欲盛开的一朵。本文以唐代小说中的岭南作为研究对象，首先从唐前小说中的岭南书写说起，一方面检视岭南地区政治文化的形成和发展，另一方面也是为了与唐代岭南书写做出比较，以明确唐代小说中岭南书写的发展特色；其次以唐人笔记小说、传奇小说等为主要文本，综合考察唐代小说中岭南书

---

① 曾大兴.岭南文化的真相：岭南文化与文学地理之考察 [M].北京：社会科学文献出版社，2017：2.

写内容及其反映出的岭南自然地理风土人情等特点，并对这些书写的方式、特色等做了讨论。现在此基础上提出两点思考：

首先，唐代小说中岭南书写的定位问题。如果把唐代小说中的岭南书写放在整个中国古代小说岭南书写中来考察，它既不处于起点，也不处于高峰，而是处在一个转折的位置，对后世小说的岭南书写及岭南小说的成熟起到了一个助推器的作用。在前面的论述中，基本可以看出唐代小说的岭南书写对汉魏小说的继承与发展：在内容上，基本继承了地理博物类的书写，但书写范围扩大了，且对奇人异事的书写也增多了；在形式上，基本继承了汉魏以来笔记小说的形式，但由于唐传奇的出现，一方面笔记小说写得更生动真实，另一方面也开始出现以传奇写岭南的形式；在写作手法上，基本继承了小说写作的虚实结合和多重叙事模式的创作方法，但又有蕴含着唐人"作意好奇"的观念和对岭南地区的印象。虽然唐代经济文化的发展也在很大程度上促进了小说中的岭南书写的进步，但是纵观这些岭南书写，除了近十篇的传奇小说外，其余的小说形式仍是笔记类小说，甚至有的小说写得比汉魏时期的笔记还要简短无趣。因此虽然唐传奇的出现使得中国文言小说的发展达到了一个兴盛期，可遗憾的是，唐代小说中的岭南书写并没有在唐代达到兴盛，但唐代小说的岭南书写确实给唐以后小说中的岭南书写带去了极其丰富的创作经验，为后世岭南书写的发展铺平了道路。

前文已经提到，两宋以后，经济重心南移完成，入岭的人也愈来愈多，岭南地区得到了更进一步的发展。虽然汉唐以来缺少岭南本土小说家的局面并没有得到突破，宋代的岭南书写小说大都是外地人的创作，但就内容看，轶事小说和鬼神志怪类小说的书写增多了，就连汉唐以来较为平淡的笔记小说的书写也有所增加。而明清两代的岭南经济也走向繁荣，岭南小说在这种环境中得到了更大的发展，不仅关注"怪奇"，更关注"现实"，小说在内容、语言等方面虽仍无法脱离岭南地区风土环境影响，但在艺术上已与中原及其他地区小说无异，岭南文学已经完全可以与其他地区文学相媲美。因此，唐代小说中的岭南书写对汉魏小说中的岭南书写确有超越和发展，它虽然没有开启岭南小说创作的高峰，却为这个高峰更早的来临起到了推动作用。

其次，唐代小说中岭南书写反映出的岭南文学的总特征。在本文的开篇就已经提到，岭南文学是整个中国文学的一部分，自秦始皇将岭南纳入中原版图以来，是中原人在引领着岭南文学的进程，在这个过程中，岭南文学作为弱势文化代表，始终表现出被中原强势文化压迫的状态。具体说来，岭南文学的第一个特征是后进性。依前所述，中原人的入岭的确给岭南地区带来了较大的发展机会，中原小说家的努力也使得小说中的岭南书写得到了很大的提升，但是，岭南地区文学的发展始终是艰难而落后的。仅以小说为例，唐代小说的观念的变化引发了文言小说极大的发展，这确实给岭南小说的发展创造了契机。可是我们也要注意到，在传奇小说兴盛，席卷整个中原之时，书写岭南的小说仍多属笔记一类，以传奇写岭南者相对较少，可见岭南地区对文学的感知力很弱。中原地区任何新生的文学都要通过漫长的时间才能传入岭南，岭南本土小说的逐渐兴起要到宋代才开始，明清才达到兴盛，整体的发展都要比中原地区落后许多。由于本土作家很少，外地作家在岭南文学发展进程中就成了主要力量，这样又给岭南文学的发展带来了第二个特征，即被动性，如果脱离了外地作家，岭南文学的进程就会戛然而止，整个中国文学史也可能会因为缺少岭南文学而黯然失色。可是，前面提到，外地作家常常会将自己对岭南的态度和印象带入岭南书写中，而忽略了真实的岭南，用他们自己的想象和自以为是的印象把岭南塑造成他们心中的样子，这阻碍了人们了解真实岭南的脚步，剥夺了岭南的话语权。此外，在书写内容方面，岭南书写与中原书写也有很大不同，中原地区的传奇多是凄美爱情故事、佛道神异经历和奇人异事传说，而岭南地区的书写仍更多地停留在介绍岭南的风物风俗、气候环境上。造成这种不同的一个很重要原因是外地作家在面对岭南时，仍然觉得它就是诡异丑陋的，既没有环境支撑，也没有素材来源，根本不屑也无法塑造出那些精彩感人的故事。就这样，岭南作家无法掌握岭南文学发展方向，外地作家又歧视岭南，使得岭南文学的发展十分被动，这种局面一直要到明代，岭南本土作家逐渐崛起后才有所改进。

上面根据唐代小说中的岭南书写情况谈了岭南文学总体上的两大不足，但是不管怎么说，从汉魏开始，岭南文学还是一直在不断发展。如果我们把岭南文学的发展之路比作一条高速公路的话，那么可以说汉魏时期是这条道路的起点，唐宋时期则是这条道路上必要的加油站，明清以后，则是一条平坦的康庄道，岭南文学获得了快速发展，至今未停，也永远不会停下来。而这条道路是靠岭南文学的包容性建立起来的。岭南作为一个封闭的空间，在被正式纳入中原版图之前就已经存在属于自己的思想文化。中原人的到来，打破了这种封闭，刚开始的文化交融是困难重重的，在第一章也曾提到，这种文化差异造成了许多动乱。可令人欣慰的是，岭南文学突破了岭南地域的封闭，既包容了岭南地区不同土著民族自身的文化，还包容了从异国来的佛教文化、从中原来的儒道文化，将这些不同的文化与自身原始的宗教信仰、文化传统结合了起来。唐代小说中的岭南书写得益于这种包容性，也表现了这种包容性，尽管落后，尽管被动，却仍有其独特的贡献。

综全文所述，丰富多彩的唐代小说岭南书写不仅向世人展现了岭南地区的风俗风貌，为五代以后岭南书写提供了丰富的经验和材料，而且自身也具有较高的文学审美价值；以小说中岭南书写为代表的中国古代岭南文学，也是中国古代文学十分重要的一个方面，自汉至清，岭南文学的发展虽总是困难重重，但也取得了巨大的进步。今人在面对这些文学遗产时，应当一改前人否定岭南的观念，带着包容的态度和欣赏的眼光去正视岭南文学，将古代岭南文学发扬光大！

参考文献

———

一、古籍

[1] 司马迁 . 史记 [M]. 北京 : 中华书局，1964.

[2] 班固 . 汉书 [M]. 北京 : 中华书局，1964.

[3] 杨孚撰，吴永章辑佚校注 . 异物志辑佚校注 [M]. 广州 : 广东人民出版社，2010.

[4] 陈寿 . 三国志 [M]. 北京 : 中华书局，1959.

[5] 张华撰，范宁校正 . 博物志校正 [M]. 北京 : 中华书局，2014.

[6] 嵇含 . 南方草木状 [M]. 广州 : 广东科技出版社，2009.

[7] 范晔 . 后汉书 [M]. 北京 : 中华书局，1965.

[8] 刘勰，范文澜注 . 文心雕龙注 [M]. 北京 : 人民文学出版社，1962.

[9] 姚思廉 . 梁书 [M]. 北京 : 中华书局，1973.

[10] 房玄龄 . 晋书 [M]. 北京 : 中华书局，1974.

[11] 张鷟著，赵守俨点校 . 朝野佥载 [M]. 北京 : 中华书局，1979.

[12] 李肇，赵璘撰 . 唐国史补·因话录 [M]. 上海 : 上海古籍出版社，1979.

[13] 裴铏著，周愣伽辑注 . 裴铏传奇 [M]. 上海 : 上海古籍出版社，1980.

[14] 欧阳询，陈叔达，令狐德棻，等 . 艺文类聚 [M]. 上海 : 上海古籍出版社，1982.

[15] 段公路撰，崔龟图注 . 北户录 [M]. 北京 : 中华书局，1985.

[16] 刘恂. 岭表录异 [M]. 北京：中华书局，1985.

[17] 莫休符. 桂林风土记（清文渊阁四库全书本）[M]. 上海：上海古籍出版社，1987.

[18] 张九龄，等. 唐六典 [M]. 北京：中华书局，1992.

[19] 彭定求. 全唐诗 [M]. 北京：中华书局，1960.

[20] 段成式撰，徐逸民校笺. 酉阳杂俎 [M]. 北京：中华书局，2015.

[21] 刘昫. 旧唐书 [M]. 北京：中华书局，1975.

[22] 王溥. 唐会要 [M]. 北京：中华书局，1955.

[23] 李昉，李穆，徐铉，等. 太平御览 [M]. 北京：中华书局，1960.

[24] 李昉. 文苑英华 [M]. 北京：中华书局，1966.

[25] 欧阳修. 新唐书 [M]. 北京：中华书局，1975.

[26] 辛文房著，傅璇琮等校笺. 唐才子传校笺 [M]. 北京：中华书局，2002.

[27] 赵彦卫. 云麓漫钞 [M]. 北京：中华书局，1996.

[28] 周去非著，杨武泉校注. 岭外代答校注 [M]. 北京：中华书局，1999.

[29] 孙光宪. 北梦琐言 [M]. 北京：中华书局，2002.

[30] 李昉，扈蒙，徐铉，等. 太平广记 [M]. 北京：中华书局，2013.

[31] 欧阳忞. 舆地广记（台湾商务印书馆影印清文渊阁四库全书本）[M]. 台北：台湾商务印书馆，1983.

[32] 马端临. 文献通考 [M]. 北京：中华书局，1989.

[33] 阮元. 广东通志 [M]. 清道光二年刻本.

[34] 屈大均. 广东新语 [M]. 北京：中华书局，1985.

[35] 金鉷. 广西通志 [M]. 上海：上海古籍出版社，1987.

[36] 董诰. 全唐文 [M]. 上海：上海古籍出版社，1990.

[37] 顾祖禹撰，贺次军、施和金点校. 读史方舆纪要 [M]. 北京：中华书局，2005.

二、今人专著

[1] 程千帆.唐代进士行卷与文学 [M].上海：上海古籍出版社，1980.

[2] 顾颉刚.古史辨：第二册 [M].上海：上海古籍出版社，1981.

[3] 侯忠义.中国文言小说参考资料 [M].北京：北京大学出版社，1985.

[4] 傅璇琮.唐代科举与文学 [M].西安：西安人民出版社，1986.

[5] 梁启超.饮冰室合集 [M].北京：中华书局，1989.

[6] 徐凌云，许善述点校.唐宋笔记小说三种 [M].合肥：黄山书社，1991.

[7] 李锦全，吴熙钊，冯达文编著.岭南思想史 [M].广州：广东人民出版社，1993.

[8] 李剑国.唐五代志怪传奇叙录 [M].天津：南开大学出版社，1993.

[9] 李权时.岭南文化 [M].广州：广东人民出版社，1993.

[10] 汤炳正.楚辞今注 [M].上海：上海古籍出版社，1995.

[11] 周勋初.唐人笔记小说考索 [M].南京：江苏古籍出版社，1996.

[12] 鲁迅.中国小说史略 [M].北京：东方出版社，1996.

[13] 方志钦，蒋祖缘.广东通史 [M].广州：广东高等教育出版社，1996.

[14] 宁稼雨.中国文言小说总目提要 [M].济南：齐鲁书社，1996.

[15] 李格非，吴志达.唐五代传奇集 [M].郑州：中州古籍出版社，1997.

[16] 侯忠义.隋唐五代小说史 [M].杭州：浙江古籍出版社，1997.

[17] 葛剑雄.中国移民史·先秦至魏晋南北朝时期 [M].福州：福建人民出版社，1997.

[18] 何宁撰.淮南子集释 [M].北京：中华书局，1998.

[19] 杨义.中国古典小说史论稿 [M].北京：人民文学出版社，1998.

[20] 罗宗强.隋唐五代文学思想史 [M].北京：中华书局，1999.

[21] 王根林点校.汉魏六朝笔记小说大观 [M].上海：上海古籍出版社，1999.

[22] 杜晓勤.初盛唐诗歌的文化阐释 [M].北京：东方出版社，1999.

[23] 钟文典.广西通史 [M].南宁：广西人民出版社，1999.

[24] 恒鹤点校.唐五代笔记小说大观 [M].上海：上海古籍出版社，2000.

[25] 韩云波.唐代小说观念与小说兴起研究 [M].成都：四川民族出版社，2002.

[26] 葛建雄主编，冻国栋著.中国人口史：第二卷 [M].上海：复旦大学出版社，2002.

[27] 陈文新.文言小说审美发展史 [M].武汉：武汉大学出版社，2002.

[28] 程国赋.唐五代小说的文化阐释 [M].北京：人民文学出版社，2002.

[29] 王珏.唐宋传奇说微 [M].成都：四川教育出版社，2003.

[30] 卞孝萱.唐人小说与政治 [M].厦门：鹭江出版社，2003.

[31] 李孝聪.唐代地域结构与运作空间 [M].上海：上海辞书出版社，2003.

[32] 李德辉.唐代交通与文学 [M].长沙：湖南人民出版社，2003.

[33] 俞钢.唐代文言小说与科举制度 [M].上海：上海古籍出版社，2004.

[34] 尚永亮.贬谪文化与贬谪文学 [M].兰州：兰州大学出版社，2004.

[35] 王汝涛.唐代小说与唐代政治 [M].长沙：岳麓书社，2005.

[36] 高小康.中国古代叙事观念与意识形态 [M].北京：北京大学出版社，2005.

[37] 梅新林.中国古代文学地理形态与演变 [M].上海：复旦大学出版社，2006.

[38] 罗志欢.岭南历史文献 [M].广州：广东人民出版社，2006.

[39] 吴毓江撰，孙启治点校.墨子校注 [M].北京：中华书局，2006.

[40] 龚荫.中国民族政策史 [M].成都：四川人民出版社，2006.

[41] 戴伟华.地域文化与唐代诗歌 [M].北京：中华书局，2006.

[42] 周作球，等.壮族文学发展史 [M].南宁：广西人民出版社，2007.

[43] 向达.唐代长安与西域文明 [M].石家庄：河北教育出版社，2007.

[44] 戴伟华. 唐方镇文职僚佐考 [M]. 桂林：广西师范大学出版社，2007.

[45] 尚永亮. 唐五代逐臣与贬谪文学研究 [M]. 武汉：武汉大学出版社，2007.

[46] 华林甫. 中国地名学源流 [M]. 北京：人民出版社，2010.

[47] 左鹏. 唐代岭南社会经济与文学地理 [M]. 郑州：河南人民出版社，2011.

[48] 鲁迅、杨伟群点校. 历代岭南笔记八种 [M]. 广州：广东人民出版社，2011.

[49] 陈寅恪. 唐代政治史述论稿　隋唐制度渊源略论稿 [M]. 北京：商务印书馆，2012.

[50] 莫休符撰，陶敏主编. 全唐五代笔记 [M]. 西安：三秦出版社，2012.

[51] 袁行霈，陈进玉. 中国地域文化通览 [M]. 北京：中华书局，2013.

[52] 殷祝胜. 唐代文士与粤西 [M]. 桂林：广西师范大学出版社，2015.

[53] 耿淑艳. 岭南古代小说史 [M]. 北京：社会科学文献出版社，2015.

[54] 石昌渝. 中国小说源流论 [M]. 北京：三联书店，2015.

[55] 李剑国. 唐五代传奇集 [M]. 北京：中华书局，2016.

[56] 曾大兴. 文学地理学概论 [M]. 北京：商务印书馆，2017.

[57] 曾大兴. 岭南文化的真相：岭南文化与文学地理之考察 [M]. 北京：社会科学文献出版社，2017.

[58] 王丽英. 岭南道教论稿 [M]. 北京：社会科学文献出版社，2017.

三、期刊论文

[1] 李浩. 从人地关系看唐代关中的地域文学 [J]. 西北大学学报（哲学社会科学版），1999（4）.

[2] 户崎哲彦，赵克，张民. 唐代诗人所发现的山水之美与岭南地区：中国岭南地区文学研究的倡言 [A]. 见：东方丛刊 [C]，桂林：广西师范大学出版

社，1999（4）.

[3] 钟良 .20世纪唐代"地域文化与文学"研究综述 [J]. 南宁师范高等专科学校学报，2000（2）.

[4] 徐奇堂 . 唐宋时期岭南文化的发展及其原因 [J]. 广州大学学报（社会科学版），2002（1）.

[5] 王祥 . 试论地域、地域文化与文学 [J]. 社会科学辑刊，2004（4）.

[6] 莫立民 . 唐代文学人才的地理分布及成因 [J]. 中州学刊，2006（5）.

[7] 周晓琳 . 古代文学地域性研究的回顾与前瞻 [J]. 文学遗产，2006（1）.

[8] 翁筱曼 . 古代诗学视境下的"地域意识"：以岭南地域诗学为个案 [J]. 汕头大学学报（人文社会科学版），2008（6）.

[9] 左鹏 . 唐代岭南流动文人的数量分析 [J]. 中国历史地理论丛，2011（1）.

[10] 钟乃元 . 论初唐流贬岭南诗人的生命体验及其诗歌创作 [J]. 广西师范大学学报：哲学社会科学版，2012，3（5）.

[11] 梁冬丽 . 明清小说的西南时空书写 [J]. 广西社会科学，2014（4）.

四、学位论文

[1] 钟乃元 . 唐宋粤西地域文化与诗歌研究 [D]. 桂林：广西师范大学，2007.

[2] 陈雅欣 . 唐诗中的岭南书写研究 [D]. 台北：成功大学，2008.

[3] 陆有富 . 以洛河为背景的唐传奇的地域文学特征研究 [D]. 呼和浩特：内蒙古师范大学，2008.

[4] 张同利 . 长安与唐小说 [D]. 天津：南开大学，2009.

[5] 史文丽 . 中唐岭南谪宦及其文学研究 [D]. 石家庄：河北师范大学，2012.

[6] 刘健 . 初盛唐文学中的岭南想象 [D]. 石家庄：河北师范大学，2013.

[7] 高烈 . 唐代安南文学研究 [D]. 杭州：浙江大学，2013.

附录：唐代小说中岭南书写篇目一览表

———

唐代笔记小说集中的岭南书写					
作者及其经历	**篇名**	**涉及地点**	**创作时间**	**主要内容**	**出处**
张鷟，河北人，玄宗开元初被贬岭南	制毒风俗	岭南	初盛唐时期	岭南以人制毒的全过程	《朝野佥载》
	广州录事参军	广州		广州柳庆吝啬事	
	安南都护	安南都护府		安南都护邓祐吝啬事	
	恩州刺史	恩州		恩州刺史陈承亲残暴事	
	岭南首领	岭南		岭南首领陈元光残暴	
	成王千里	岭南		成王千里以岭南恶物戏人	
	陈怀卿	岭南		陈怀卿养鸭得金	
	蜜唧	岭南		岭南吃鼠风俗	
	胡亮恶妻	广州		化蒙县胡亮妻杀妾遭报应	
	崔玄信	安南都护府		崔玄信女婿贪暴事	
	广州"三樵"	韶州		朱随侯与女婿及客人并称"三樵"	
	秦吉了	岭南		刘景阳献秦吉了事	
	峰州怪鱼	峰州		峰州鱼长一二寸，千万家取之不尽	

（续表）

唐代笔记小说集中的岭南书写					
作者及其经历	篇名	涉及地点	创作时间	主要内容	出处
张鷟，河北人，玄宗开元初被贬岭南	丧葬风俗	岭南	初盛唐时期	家中病人，三祀而后葬	《朝野佥载》
	冤报蛇	岭南		人触之跟随，杀之招百蛇	
	安南象	安南		象可判人，有理者则过，负心者则死	
	安南猩猩	峰州		武平县有美人猩猩，知人语	
戴孚，至德二年进士，曾于睦州桐庐为官，官终饶州录事参军	广州何二娘	广州	中唐（贞元五年至九年）	何二娘往罗浮山成仙事	《广异记》
	静江雷公	桂州		武胜之讲述静江雷公事	
	岭南夜叉	岭南		杜员外哥哥妻子死后重生，却被夜叉夺去，并生一子	
	雷公与鲸	雷州		开元末雷州有雷公与鲸鱼打斗事	
	欧阳忽雷	雷州		雷州长史欧阳绍为民降伏蛇怪	
	岭南山魈	岭南		介绍山魈样貌习性，若与之脂粉，可为人驱虎	
	岭南判官	岭南		岭南判官遇山魈呼为妖怪，山魈则唤虎来惩罚判官	
	安南猎人	安南都护		安南猎人为象群驱赶怪兽	
	何光履	崖州		朱崖人何光履于海中所见三件异事	
柳宗元，永贞革新失败后于元和十年（公元815年）被贬柳州	赵师雄醉憩梅花下	广州	中唐时期	赵师雄醉憩梅花下梦与女子幽会	《龙城录》
	龙城无妖邪之怪	柳州		五通鬼烧人衣物，后为天帝所绝	
	李林甫以毒虐弄	惠州		李林甫死后化为娼女，死后肋下有字自悔	
	罗池石刻	柳州		于罗池得一白石	

（续表）

唐代笔记小说集中的岭南书写					
作者及其经历	篇名	涉及地点	创作时间	主要内容	出处
李肇，翰林学士，曾被贬澧州	乌鬼报王稹	桂州	晚唐（唐穆宗长庆年间）	王稹杀乌鸦后，乌鸦鬼魂报仇	《唐国史补》
	王先生名言	广州		罗浮王先生论政	
	犀牛解鸩毒	南中		南中山川，鸩与犀互生	
	虹霓飓风母	南海		南海飓风与飓母	
	人食雷公事	雷州		雷州有雷公，不可与黄鱼同食用	
	江东吐蚊鸟	南中		南中蚊子树	
	甘子不结实	广州		开元罗浮甘子	
	叙祠庙之弊	南中		南中流桂叶泉	
牛僧孺，牛李党争后被贬循州	袁洪儿夸郎	崖州	崖州	朱崖男方入赘女方的婚俗现象	《玄怪录》
段成式，山东临淄人，曾随父亲游览各地，后任吉州、处州、江州刺史，博学强识	南中百姓	南中	中晚唐	南中人尊一老者，后老者赠予药丸，得以救妻命	《酉阳杂俎》
	木饮州	崖州		木饮州无泉无井，民仰树汁为用	
	飞头者	岭南		岭南溪洞有飞头者，夜出昼返寻食物	
	韩次在桂州	桂州		韩次与妖贼封盈战	
	越人习水	南中		越人文身风俗	
	甑花	广州		甑上生花，视者卒	
	南蛮毒槊	岭南		南蛮毒槊，无刃有毒，中人无血而死	
	自然灰	南海		自然灰生南海，可软化玛瑙	
	南中风狸	南中		风狸杖的作用及获取途径	
	南海郡犀	南海		介绍犀牛角之特点，并说明南海人捕犀之法	
	南中隔蜂	南中		南中土人借石斑鱼引鸟击蜂巢	

（续表）

唐代笔记小说集中的岭南书写					
作者及其经历	篇名	涉及地点	创作时间	主要内容	出处
段成式，山东临淄人，曾随父亲游览各地，后任吉州、处州、江州刺史，博学强识	岭南毒蜂	岭南	中晚唐	岭南毒菌生毒蜂，可入人耳鼻中，断人心系	《酉阳杂俎》
	南中水蛆	南中		水蛆生于南中溪涧，入夏变虻，蜇人甚毒	
	南中避役	南中		状如蛇，见之多如意	
	岭南矛	岭南		蛇头鳖身，可治肿毒	
	梧州蓝蛇	梧州		首毒，尾可解毒	
	罗浮柑子	广州		岭南蚂蚁结巢于柑子树，柑则味数倍于常者	
	交趾贝多枝	交州		贝多枝为弹材第一	
	岭南茄子	岭南		宿根成树，高五六尺	
	南海睡莲	南海		夜晚花低入水	
	胡蔓草	邕州、容州		介绍胡蔓草样貌、毒性及解毒之法	
	南中叶限	南中		叶限为后母所苦，后获仙人帮助为陀汗国王所娶	
	融州河水	融州		河水中有白石浴斛，一婢于斛中浣巾后被震死	
	南海水族	南海		介绍南海海术样貌	
	南中玭珚	振州		介绍南中玭珚样貌	
	南中蝙蝠	南中		南中红蝙蝠喜集于蕉花中	
	山茶	桂州		介绍山茶花出处及样貌	
	俱那卫	桂州		介绍俱那卫出处及样貌	
	安南人子藤	安南		介绍人子藤样貌及用途	

（续表）

唐代笔记小说集中的岭南书写					
作者及其经历	篇名	涉及地点	创作时间	主要内容	出处
段成式，山东临淄人，曾随父亲游览各地，后任吉州、处州、江州刺史，博学强识	南海桄榔	广州	中晚唐	介绍桄榔样貌及吃法	《酉阳杂俎》
	南中石发	南中		介绍石发出处及生长习性	
	南中桐花	南中		介绍南中桐花之颜色	
	东官郡桃	南海		介绍东官郡地理位置及其桃	
	圣鼓枝	广州		介绍洛洭县圣鼓枝之神异	
韦绚，穆宗长庆元年（公元821年）投夔州刺史，从师刘禹锡，写成此书	琼州蚯蚓	琼州	中晚唐[约成于大中十年（公元856年）]	琼州多蚯蚓，且夜里能出江畔，跳于空中而鸣	《刘宾客嘉话录》
佚名	刘巨麟	广州	中唐[约文宗大和八年（公元834年）]	罗浮道士为刘巨麟分丹药，一刀分之，分毫不差	《大唐传载》
	韦执谊	岭南		韦执谊不喜岭南却被贬终于此	
（疑）李冗	广州贪泉	广州	不确考	吴隐之为广州刺史，饮贪泉水却不改其正直本性	《独异志》
	苍梧王好杀	苍梧		苍梧王好杀人之事	
郑处海，大和八年进士，此书为其官校书郎时所作	岭南雪衣女	岭南	中晚唐	岭南鹦鹉雪衣女，颇聪慧，洞晓言辞，为杨贵妃所爱，死后贵妃及明皇为其立冢	《明皇杂录》
张读，张鹭玄孙，大中六年（公元852年）进士，黄巢之乱随僖宗入蜀	安南玉龙膏	安南	晚唐	安南玉龙膏可化银为液，且不可北持，否则招祸	《宣室志》

（续表）

唐代笔记小说集中的岭南书写					
作者及其经历	篇名	涉及地点	创作时间	主要内容	出处
裴铏，曾于咸通八年（公元867年）为静海节度使高骈掌书记，得以了解岭南	元柳二公	合浦、欢州等	晚唐	元柳二人游仙岛与仙交游，后得道成仙	《传奇》
	崔炜	雷州		围绕一株艾蒿，讲述海康郡崔炜所历神奇之事，最后成仙	
	张无颇	广州		无颇得到一老妇帮助，后娶广利王女	
	陈鸾凤	海南		陈鸾凤为救百姓与雷公战斗之事	
	蒋武	循州		河源人蒋武为象除蛇，为民除虎之事	
	金刚仙	广州		僧人金刚仙法力无穷，为民除蜘蛛精，又逃过龙的毒酒，最后归天竺	
薛渔思	崔绍	康州等	中晚唐	崔绍因杀猫而游历地狱	《河东记》
卢肇，会昌三年（公元843年）状元，后贬连州、春州	乐生	桂州、宾州	晚唐	乐生被人陷害冤死后复仇之事	《逸史》
李复言，曾游巴南	卢仆射从史	康州	中晚唐[开成五年（公元840年）]	述李湘于康州寻女巫测后事	《续玄怪录》
李绰，曾避难南方	南海卢元公	南海	晚唐	卢元公镇南海时，遇少年道士为其治病	《尚书故实》
	南中久旱	南中		南中久旱后，用长绳子系虎头骨投有龙处求雨	
皇甫枚，咸通末（约公元872年）为鲁山主簿	张谋孙凿池	广州	晚唐	张谋孙贪财，凿开太岁所居之池，暴病而卒	《三水小牍》
	桂林韩生	桂林		韩生有道术能收月光	

（续表）

唐代笔记小说集中的岭南书写					
作者及其经历	篇名	涉及地点	创作时间	主要内容	出处
范摅，居越州五云溪，布衣而终	南海非	南海	晚唐	房千里与其南海妾之事	《云溪友议》
	买山谶	邕州		邕州蔡京以诗测未来	
高彦休，曾摄淮南节度使高骈幕府盐铁巡官	辛尚书神力	邕州	晚唐[中和四年（公元884年）]	邕州辛尚书骁勇善战，力大如牛，保卫邕州人民	《唐阙史》
苏鹗，咸通间进士	南海卢眉娘（篇末云为唐人李像先作）	南海	晚唐	从小流落岭南而聪慧的卢眉娘修道成仙	《杜阳杂编》
	罗浮先生轩辕集	广州		轩辕集修仙不老，后被召入内廷以教皇帝长生不老术	
郑熊，曾为南海主簿	五羊之名	广州	不确考	昔有五仙骑五羊来，因而广州又名五羊	《番禺杂记》
	海边鬼市	岭南		岭南海边有半夜合、鸡鸣散的鬼市场	
	雷藏	岭南		岭南村民凿山供雷	
	沓潮	岭南		早潮下，晚潮上，相合曰沓潮	
	鲎帆	岭南		乘风而行者曰鲎帆	
	南人饮食	岭南		介绍南越及容州人饮食习惯	
	菖蒲涧	岭南		介绍菖蒲涧相关故事	
	交趾膏腴	交州		介绍交州旧君长雄王	
	岭南荔枝	岭南		介绍岭南不同荔枝种类	

（续表）

唐代笔记小说集中的岭南书写					
作者及其经历	篇名	涉及地点	创作时间	主要内容	出处
房千里，文宗大和进士，后谪南方十三年，至广、新、雷、辩、崖、琼诸州	新州美酒	新州	盛唐（开成中）	新州制酒方法及酒味	《投荒杂录》
	缚妇女婿（同见于《南海异事》）	岭南		介绍南荒人抢婚风俗	
	陵水招义二郡	辩州、罗州		批判辩州太守胡溔的恶行；介绍招义郡煮海场	
	琼山太守	崖州		介绍琼山郡太守韦公干贪酷行为	
	振州陈武	振州		介绍振州富豪陈武致富之法	
	海中妇人	岭南		海中妇人擅厌媚法，使男子酷爱之	
	春州仙署馆	春州		房千里在仙署馆所遇奇事	
	海康郡之雷	雷州		介绍海康郡名之由来及雷神传说	
	新州吉财	新州		介绍新州一种名为吉财的可治诸毒的药，以及服用方法	
	刺桐花	岭南		介绍刺桐花样貌及生长习性	
	雷郡鹿	岭南		雷郡有腥臊无比的鹿，不可食用，传说为海鱼所化	
	十二时虫、新州无蛇	广州南海、新州		介绍十二时虫样貌及其毒性；介绍新州西南诸郡无蛇无蚊	
	南海诸虫	广州		介绍南海郡似树叶的蜂类及名曰诸龙的水虫	
	南方蚊子	岭南		介绍南方蚊可遍布人之居所	

（续表）

唐代笔记小说集中的岭南书写					
作者及其经历	篇名	涉及地点	创作时间	主要内容	出处
房千里，文宗大和进士，后谪南方十三年，至广、新、雷、辩、崖、琼诸州	南方蛤	岭南	盛唐（开成中）	介绍蛤的样貌、味道及功效	《投荒杂录》
	南方僧佛	岭南		岭南人不信佛教，其僧人食肉好色，且土人以女配僧	
	番禺相思药	广州		番禺端午节有老妇卖相思药，即媚男子之药	
	岭南不教女红	岭南		岭南女子不学女红，但学庖厨烹饪，并以此为婚聘条件	
	南方之春	岭南		介绍岭南春天气候	
	新州俚人（同见于《南海异事》）	新州		新州男女美发、卖发风俗	
	岭南之夏	岭南		介绍岭南夏天气候	
	恩州涉海	恩州等		介绍岭南涉海路线	
	相思亭	岭南		介绍相思亭中的树木	
	高凉郡名	高州		介绍高凉郡命名由来	
	春州琵琶	春州		春州出以狗肠作弦的琵琶，声音凄楚	
	岭南飓风	岭南		介绍岭南飓风之命名	
	黄茅瘴	岭南		六七月芒茅枯时，瘴大发	
同上	乌浒人	岭南	同上	乌浒人以掌跖为珍	《南方异物志》
	獠妇生子	岭南		獠妇生子后由丈夫哺乳	
	交州鹦鹉	交州		介绍交州鹦鹉种类	
	广管鹦鹉	雷州、罗州		雷州罗州多鹦鹉，但不及陇山鹦鹉	

（续表）

唐代笔记小说集中的岭南书写					
作者及其经历	篇名	涉及地点	创作时间	主要内容	出处
同上	岭南孔雀	交州、雷州、罗州	同上	介绍岭南孔雀生活习性、外貌以及岭南人的饲养之法	《南方异物志》
	高鱼	岭南		高鱼，形似鳟鱼，有雌无雄	
	比目鱼	岭南		比目鱼又名箬叶鱼	
	水猪	岭南		水猪又名馋鱼	
	自然灰	广州		介绍自然灰的用途	
孟琯，元和五年（公元810年）进士，文宗大和九年（公元835年）贬梧州司户参军	岭南兔（同见于《岭表录异》）	岭南	中唐	述岭南郡牧得兔皮后做笔，醉失之，则以己须为笔事	《岭南异物志》
	文宣王庙	岭南		一刺史安排官吏充当文宣王及亚圣，有人来祭拜时若不合体制，便让"文宣王"判决对其处罚	
	岭南刺桐	梧州、广州		介绍苍梧名之由来及岭南刺桐花之产地、样貌	
	岭南蚊子树	岭南		岭南蚊子树，树如冬青，果如琵琶，成熟后有蚊子飞出	
	岭南构屋	岭南		岭南沿海地区人民建房子时常于江中寻找木材，所建房子虽在泥沙中，但不会腐朽	
	岭南红槿	岭南		介绍红槿生长习性	
	南中踯躅	岭南		介绍岭南杜鹃之样态	
	岭南肉芝	岭南		介绍岭南一种可食用、似人形的菌类	
	岭南气候	岭南		岭南春夏雨多潮湿，物皆腐坏，芥菜长脚	

（续表）

唐代笔记小说集中的岭南书写					
作者及其经历	篇名	涉及地点	创作时间	主要内容	出处
孟琯，元和五年（公元810年）进士，文宗大和九年（公元835年）贬梧州司户参军	两头蛇	韶州、梧州	中唐	介绍两头蛇产地及习性	《岭南异物志》
	龙母	康州		介绍龙母传说	
	海中鱼屋	岭南		介绍海中生物"鱼屋"之异	
	珠崖远山	崖州		珠崖人在晴朗时可见远处蜈蚣山	
	韦执谊	岭南		述韦执谊与李甲事	
	风猩	岭南		介绍风猩样貌及其相关传说	
	鹅毛被（同见于《岭表录异》）	岭南		岭南酋豪多选鹅毛做成鹅毛被，软而暖，适合婴儿	
	鸭粪淘金（同见于《岭表录异》）	广州		介绍洛洭县人以鸭粪淘金致富事	
	交趾孔雀	交州		交趾郡人捕捉、饲养孔雀法	
	岭南吐蚊鸟	岭南		岭南溪山深处有大鸟，常吐蚊子	
	南方二山	岭南		介绍岭南两座远山奇景及传说	
	海中洲渚	岭南		介绍岭南一洲渚为螃蟹事	
	南海蛱蝶	广州		有人于南海岸遇见一巨型蛱蝶，重80斤，肉肥美	
	十二时虫	容州		介绍十二时虫样貌	
	避役	岭南		介绍避役可随十二时而变化，见者有喜	
	南方梅	岭南		南方梅如北杏，十二月开	
	南土茄子	岭南		岭南无霜雪，茄子十年不死	

（续表）

唐代笔记小说集中的岭南书写					
作者及其经历	篇名	涉及地点	创作时间	主要内容	出处
孟琯，元和五年（公元810年）进士，文宗大和九年（公元835年）贬梧州司户参军	儋崖瓠	儋州、崖州	中唐	介绍儋州、崖州瓠的种植	《岭南异物志》
	岭南土芥	广州		岭南土芥高五六尺，广州人以巨芥为咸菜	
	诃黎勒	广州		介绍广州法性寺佛殿前诃黎勒味道及其用法	
	岭南花	岭南		介绍岭南桃花、菊花花期	
	岭南气候	岭南		岭南烟雨，无别晨暮	
同上	南海屠娘	广州	同上	南海解牛者多为女性	《南海异事》
	指腹卖	广州		介绍南海贫民妻指腹卖子风俗	
段公路，唐懿宗咸通中因事往岭南，公元869年又至高州、雷州等	通犀	广州	晚唐	介绍岭南通犀、白犀及其用途	《北户录》
	孔雀媒	雷州、罗州		雷、罗两州饲养孔雀的方法；介绍有关鬼车、姑获的传说	
	鹧鸪	岭南		介绍鹧鸪样貌及用途	
	鹦鹉瘴	新州、勤州等		介绍鹦鹉特点及饲养方法，不可用手触其背，否则会染鹦鹉瘴	
	赤白吉了	容州		以普宁郡人获赤白吉了事进而介绍白吉了传说	
	绯猨	高州		介绍绯猨样貌、啼声、习性等	
	蚺蛇牙	岭南		介绍蚺蛇样貌习性，及其胆、牙、皮之用途	
	红蛇	雷州		介绍雷州红蛇样貌及习性	

（续表）

唐代笔记小说集中的岭南书写					
作者及其经历	篇名	涉及地点	创作时间	主要内容	出处
段公路，唐懿宗咸通中因事往岭南，公元869年又至高州、雷州等	蛤蚧	岭南	晚唐	介绍蛤蚧样貌及生活习性	《北户录》
	红蟹壳	儋州、恩州		介绍红蟹壳的样子及恩州石蟹	
	蛱蝶枝	岭南		介绍岭南丹青树枝上缀满各类蛱蝶	
	红蝙蝠	泷州		介绍红蝙蝠样貌、习性及其可做媚药的用途	
	金龟子	岭南		介绍金龟子样貌和习性	
	乳穴鱼	岭南		介绍了金沙龙盆鱼、五色鱼、丹鱼、黄公鱼等各种神异鱼类	
	鱼种	岭南		介绍岭南人以鱼种生鱼法	
	水母	岭南		介绍水母食疗之法	
	蚊母扇	端州、新州		介绍了岭南可吐蚊子的蚊母鸟及可生蛾子及蚊子的古度树	
	鹅毛被	邕州		介绍邕之南豪酋所用鹅毛被，并引古籍对比之	
	红虾杯	潮州、潘州		介绍岭南人以红虾为杯之事	
	鸡毛笔	广州、昭州		介绍岭南不同地区不同的制笔材料	
	鸡卵卜	邕州		介绍邕州之南鸡卵卜风俗	
	鸡骨卜	岭南		介绍岭南鸡骨卜之法	
	象鼻炙	循州、雷州		述岭南人吃象鼻事，其味不如牛心、猩猩唇	

（续表）

唐代笔记小说集中的岭南书写					
作者及其经历	篇名	涉及地点	创作时间	主要内容	出处
段公路，唐懿宗咸通中因事往岭南，公元869年又至高州、雷州等	鹅毛脡	恩州	晚唐	介绍恩州鹅毛脡的味道及所选鱼材	《北户录》
	桄榔炙	岭南		介绍食用桄榔茎叶之法	
	红盐	恩州		恩州有盐场，出红盐	
	米饼	广州		广州米饼制作方法、味道及有关米饼的相关古籍记载	
	食目	韶州、勤州、窦州等		介绍岭南各州人民的饮食，包括韶州芜菁、勤州栗子等	
	睡菜	岭南		介绍睡菜生长习性及味道	
	水韭	岭南		介绍水韭样貌及生长习性	
	蕹菜	岭南		介绍蕹菜样貌及用途	
	斑皮竹笋	岭南		介绍岭南各地笋类及相关轶事	
	无核荔枝	梧州、潘州		介绍岭南各地荔枝味道及生长习性	
	变柑	新州		介绍新州变柑样貌味道及其他古籍中的记载	
	山橘子	岭南		介绍山橘子样貌及岭南人的食法	
	橄榄子	高州		介绍橄榄味道及生长习性，以及高凉郡的银坑橄榄	
	山胡桃	岭南		介绍山胡桃样貌味道	
	白杨梅	潘州、越州		介绍各地白杨梅样貌	
	偏核桃	岭南		介绍偏核桃味道及疗效	
	红梅	岭南		介绍岭南红梅及枸橼子	

（续表）

唐代笔记小说集中的岭南书写					
作者及其经历	篇名	涉及地点	创作时间	主要内容	出处
段公路，唐懿宗咸通中因事往岭南，公元869年又至高州、雷州等	五色藤筌蹄	琼州、新州	晚唐	琼州等州出五色藤，州民便以五色藤制作各种手工艺品	《北户录》
	香皮纸	罗州		岭南人以罗州栈香树制纸	
	抱木屦	潮州、新州		潮州、新州多以水中抱木制鞋	
	红藤簟	琼州		引用多种古籍介绍簟的样貌及用途	
	方竹枝	澄州、融州		介绍方竹样子	
	山花燕支	端州		山花样貌及其用途	
	鹤子草	岭南		介绍鹤子草样貌、生于鹤子草上的媚蝶及其相关传说	
	越王竹	严州		介绍越王竹生长习性及其用法用途	
	无名花	广州		介绍广州一种蔓生无名花及其相关故事传说	
	指甲花	岭南		介绍指甲花样貌；介绍岭南周边各国花类	
	相思蔓子	岭南		介绍相思蔓子样貌及其药用价值	
	睡莲	岭南		介绍睡莲之形、生长习性及相关故事	
刘恂，唐昭宗时为广州司马，后因中原动乱而居岭南	南海飓母	广州	晚唐	南海秋夏间若出现飓母，则必有飓风	《岭表录异》
	南中飓风	岭南		介绍飓风的威力	
	瘴母（同见于《番禺杂记》）	岭南		瘴母从空中而下，人中之即病	
	岭南气候	岭南		介绍岭南湿热气候及瘴气的形成	

（续表）

唐代笔记小说集中的岭南书写					
作者及其经历	篇名	涉及地点	创作时间	主要内容	出处
刘恂，唐昭宗时为广州司马，后因中原动乱而居岭南	沓潮	岭南	晚唐	介绍沓潮出现的时间及其威力	《岭表录异》
	梧州火山	梧州		介绍梧州对岸火山景象	
	岭南溪涧	琼州、振州		琼州到振州间多溪涧，有乘牛过者，牛若失蹄则引人发笑	
	潘州名	潘州		潘州名源于方士潘茂成仙事	
	绿珠井	白州		白州绿珠井传说	
	廉州珠池	廉州		廉州岛中有珠池，与海通，可采大量珍珠	
	木箕淘金	富州、宾州、澄州		富州等州以木箕淘金，有一天丝毫未获者	
	泷州石英	泷州		介绍石英样貌及通途	
	康州焦石穴	康州		康州民于焦石穴中采石为器皿	
	白土坑	富州		岭南妇女用白土坑中铅粉化妆	
	玳瑁	岭南		介绍岭南玳瑁样貌及相关故事	
	岭南山田	新州、泷州等		介绍新州、泷州等地以鱼养田之法	
	铜柱	爱州		韦公干欲熔伏波铜柱，为岭南人阻止	
	铜鼓	岭南		介绍岭南铜鼓样貌及传说故事	
	岭南节日	岭南		岭南重视腊一、伏二、冬三、年四等节	
	獠市	邕州		岭南人通商于岭南石溪口	
	岭南春堂	岭南		介绍春堂摆设及工作方式	

（续表）

唐代笔记小说集中的岭南书写					
作者及其经历	篇名	涉及地点	创作时间	主要内容	出处
刘恂，唐昭宗时为广州司马，后因中原动乱而居岭南	桄榔造船	岭南	晚唐	岭南人用桄榔造船而不用铁钉	《岭表录异》
	番禺鸡毛笔	广州、昭州、富州、春州、勤州		番禺无狐、兔毛，以鹿毛为笔；昭州、富州等以鸡毛为笔	
	广州土锅镬	广州		介绍土锅镬用途用法	
	葫芦笙	交州		交趾人用老瓠做葫芦笙，音韵清响	
	卢亭者	广州		卢循兵败后奔入大海野居，仅食蚝蛎	
	容南饮食	容州		介绍容州人食用牛肉之风俗	
	不乃羹	交州		介绍不乃羹做法及食法	
	南中醞酒	岭南		介绍岭南人酿酒之法	
	岭南野象	潮州、循州等		潮州、循州多野象，民多捕之食其鼻，亦介绍岭南周边蛮国大象	
	南中缁流	崖州		介绍岭南由于绍僧人，而常临时安排人扮僧事	
	龙母	康州		介绍龙母故事，较《岭南异物志》更详细	
	陵州刺史	岭南		述陵州刺史周遇在岭南附近海域所历六国之事	
	南中草菜	岭南		介绍岭南地区种植蔬菜方式	
	广州地热	广州		广州地热，种麦苗而不食	
	山橘子	容州、广州		介绍山橘子样貌、味道	

（续表）

唐代笔记小说集中的岭南书写					
作者及其经历	篇名	涉及地点	创作时间	主要内容	出处
刘恂，唐昭宗时为广州司马，后因中原动乱而居岭南	山姜花	岭南	晚唐	介绍山姜花样貌、使用方法和药用价值	《岭表录异》
	鹤子草	岭南		介绍鹤子草样貌、生于鹤子草上的媚蝶及其相关传说，基本与《北户录》同，但少古籍引用	
	野葛	岭南		介绍野葛毒性及解毒之法	
	思笏竹	岭南		介绍思笏竹用途	
	罗浮竹	广州		述一犯人逃于罗浮山后见到罗浮巨竹事	
	沙摩竹	桂州、广州		介绍沙摩竹的样貌、生长习性	
	𥱼竹	邕州		介绍𥱼竹生长习性，邕州旧以此为墙	
	倒捻子	岭南		介绍倒捻子样貌及其用途	
	榕树	桂州、广州、容州等		介绍榕树生长习性、样貌	
	枫树	岭南		岭南枫人岭诸多枫树，忽遇一日雷暴骤雨，树赘长了三尺	
	桄榔树	岭南		介绍桄榔树样貌、用途	
	枹木	潮州、循州		介绍枹木的用途	
	岭南栗	勤州		介绍勤州石栗生长习性	
	波斯枣	广州		介绍广州波斯枣生长习性及味道	
	偏桃核	岭南		介绍偏桃核药用价值	

（续表）

唐代笔记小说集中的岭南书写					
作者及其经历	篇名	涉及地点	创作时间	主要内容	出处
刘恂，唐昭宗时为广州司马，后因中原动乱而居岭南	荔枝	梧州、新州、高州、广州等	晚唐	介绍荔枝样貌、味道及其生长习性	《岭表录异》
	龙眼子	岭南		介绍龙眼样貌、味道	
	橄榄	岭南		介绍橄榄用途	
	枸橼子	岭南		介绍枸橼子样貌及岭南女子用其雕花风俗	
	椰子树	岭南		介绍椰子样貌、食用方式及味道	
	栈香树	罗州		罗州栈香树如柜柳，花白，可做香皮纸	
	朱槿花	岭南		介绍朱槿花样貌、生长习性	
	胡桐泪	岭南		胡桐泪为胡桐树脂	
	沙箸	岭南		介绍沙箸生长习性及用途	
	秦吉了	廉州、白州		介绍秦吉了样貌	
	越王鸟	岭南		越王鸟冠可为酒杯	
	带箭鸟	岭南		介绍带箭鸟样貌	
	蚊母鸟	岭南		蚊母鸟食鱼，可口吐蚊子，取其翎可避蚊子	
	枭	桂林		桂林人养枭以捕鼠	
	鬼车	岭南		鬼车爱入人家，以吸魂气	
	鸺鹠	岭南		鸺鹠昼伏夜出，好食人指甲	
	鸮	岭南		鸮不祥，肉肥美	
	韩鹏	岭南		介绍韩鹏生长习性	
	鹧鸪	岭南		介绍鹧鸪外貌及其解毒功用	

（续表）

唐代笔记小说集中的岭南书写					
作者及其经历	篇名	涉及地点	创作时间	主要内容	出处
刘恂，唐昭宗时为广州司马，后因中原动乱而居岭南	孔雀	交州	晚唐	交趾人养孔雀，采其翠毛为扇	《岭表录异》
	犀牛	岭南		介绍岭南不同种类犀牛	
	红飞鼠	交州、泷州		介绍红飞鼠样貌及可做媚药的用途	
	琼州黄牛	琼州		琼州不产骡马，人骑黄牛	
	跳鲩	岭南		介绍岭南鱼肉酱的制作方法	
	嘉鱼	梧州		嘉鱼出梧州戎城县，甚肥美，是制作跳鲩的最佳选择	
	鲨	岭南		介绍鲨鱼的样貌及食用方式	
	黄蜡鱼	岭南		介绍黄蜡鱼样貌及食用方法	
	竹鱼	岭南		介绍竹鱼样貌及食用方法	
	乌贼鱼	广州		介绍乌贼鱼样貌及食用方法	
	石首鱼	岭南		介绍石首鱼样貌及食用方法	
	比目鱼	岭南		又称鞋底鱼，引《尔雅》加以形态说明	
	鸡子鱼	岭南		介绍鸡子鱼样貌	
	鳄鱼	潮州		介绍鳄鱼样貌及李德裕贬潮州经鳄鱼滩事	
	生母鱼	岭南		此鱼欲产子时，须以鱼头触其腹	
	鲮鱼	岭南		介绍鲮鱼样貌及味道	
	鹿子鱼	岭南		介绍鹿子鱼样貌	
	鲍鱼	岭南		介绍样貌及食用方式	

（续表）

唐代笔记小说集中的岭南书写					
作者及其经历	篇名	涉及地点	创作时间	主要内容	出处
刘恂，唐昭宗时为广州司马，后因中原动乱而居岭南	灵水溪鱼	桂州	晚唐	灵水溪中有鱼，尾短、四足，渔人不敢捕	《岭表录异》
	海鳅鱼	岭南		海鳅鱼为海上最大的鱼，岭南盛传其可吞舟之说	
	虾生	岭南		介绍岭南虾生的制作方法	
	海虾	岭南		介绍海虾样貌	
	石矩	岭南		介绍石矩食用方法	
	紫贝	儋州、振州		儋州、振州民采紫贝以为货	
	鹦鹉螺	岭南		介绍鹦鹉螺样貌及可盛酒之用途	
	瓦屋子	岭南		介绍瓦屋子命名由来及其食用方式	
	水蟹	琼州、崖州		介绍水蟹食用方法	
	蟛蜞	岭南		蟛蜞为巨蟹，介绍其样貌	
	蛤蚧	端州		介绍蛤蚧样貌及药用价值	
	海镜	岭南		介绍海镜样貌及生活习性	
	蚝	岭南		介绍蚝生活习性及食用方法	
	彭蜞	岭南		彭蜞足上无毛，可食	
	竭朴	岭南		竭朴双螯，大螯捕食，小螯分食	
	招潮子	岭南		潮来之前招潮子全出坎	
	水母	岭南		介绍水母样貌及其使用方法	
	十二时虫	岭南		介绍十二时虫样貌及生活习性	

（续表）

唐代笔记小说集中的岭南书写					
作者及其经历	篇名	涉及地点	创作时间	主要内容	出处
刘恂，唐昭宗时为广州司马，后因中原动乱而居岭南	金蛇	桂州	晚唐	金蛇鳞可解毒	《岭表录异》
	蚺蛇	岭南		介绍蚺蛇样貌及生活习性	
	蚺蛇胆	雷州		介绍雷州养蛇户取蛇胆之法	
	两头蛇	岭南		介绍两头蛇样貌及传说	
	蟥蟥	潮州、循州		潮州、循州民取蟥蟥壳为货	
	蜈蚣	岭南		引《南越志》说明蜈蚣味道	
	庞降	岭南		介绍庞降样貌及其可为媚药之用途	
	蚁卵	交州、广州		交广溪洞间酋长收蚁卵并卤为肉酱	
	岭南蚂蚁	岭南		介绍岭南人买卖蚂蚁、以蚁养柑的风俗	
	仙人山（同见《桂林风土记》）	象州		象州仙人山有神仙聚众	
	越井岗	岭南		介绍越井岗遗址及其相关传说	
	越台井	岭南		介绍越台井地理位置及其历史	
	朝汉台	岭南		介绍朝汉台遗址	
	雷公庙	雷州		雷州百姓每年造连鼓雷车置于庙中；同食鱼、猪立刻有雷；大雷雨过后有雷公墨，可催生	
	野煎盐	岭南		介绍岭南盐商事	
	麦铁杖	韶州		述麦铁杖为陈朝执伞随驾时传说故事	
	蛊毒	梧州、康州		岭南人多蓄蛊毒，梧州、康州出解药	

（续表）

唐代笔记小说集中的岭南书写					
作者及其经历	篇名	涉及地点	创作时间	主要内容	出处
刘恂，唐昭宗时为广州司马，后因中原动乱而居岭南	野鹿藤	儋州、琼州	晚唐	儋州、琼州百姓以野鹿藤便为幕以充赋税	《岭表录异》
	槟榔	交州、广州		介绍槟榔样貌及其用途	
	鹅毛鋌	恩州		鹅毛鋌味美，细如毛而白	
	金龟子	岭南		介绍金龟子样貌及用途	
	冼氏	高州		冼氏在秦末岭南丧乱之时，率军稳固岭南统治	
	卉服	岭南		岭南常用植物花卉制衣	
莫休符，广南封川开建人（今广东春阳人），官居融州刺史、御史大夫等	桂林	桂州	晚唐	介绍桂林地理环境、相关历史传说等	《桂林风土记》
	舜祠			介绍舜祠景色	
	双女冢			双女冢在城北十里，为舜妃所葬之地	
	伏波庙			伏波庙在东北二里，是伏波将军祠堂	
	东观			介绍东观地理位置、景色及其相关故事	
	越亭			介绍越亭地理位置、景色及其相关故事	
	严光亭			介绍严光亭位置及景色	
	訾家洲			介绍訾家洲位置、名字由来及其景色	
	漓山			介绍漓山位置、景色及相关故事	

（续表）

唐代笔记小说集中的岭南书写					
作者及其经历	**篇名**	**涉及地点**	**创作时间**	**主要内容**	**出处**
莫休符，广南封川开建人（今广东春阳人），官居融州刺史、御史大夫等	尧山	桂州	晚唐	介绍尧山位置及山上灵庙	《桂林风土记》
	东山亭			介绍东山亭地理位置	
	碧浔亭			介绍碧浔亭建造过程及景色	
	拜表亭			介绍拜表亭地理位置	
	夹城			介绍夹城位置、建造历史	
	独秀峰			介绍独秀峰位置及其壮观之景	
	欧阳都护冢			述此冢灵异事件	
	海阳山			介绍海阳山位置	
	会仙里			旧有仙人群聚于此，故曰	
	隐山			介绍隐山位置、景色及相关历史	
	灵渠			介绍汉代灵渠相关历史	
	甘岩			介绍甘岩位置及景色	
	张天师道陵宅	贺州		介绍此宅今为庙，庙中有美味果实，可食不可采	
	岩州羿河水	岩州		羿河水八十余丈	
	如锦潭	昆州		潭水深无际，潭边巨木倒入水中，逶巡沉默，潭中时有音乐	
	迁莺坊	桂州		介绍迁莺坊位置及名字由来	
	菩提寺道林和尚	桂州		述桂州薛公元供养一僧，后僧人归去前增其经书事	
	开元寺震井	桂州		介绍开元寺观音井神异之事	

（续表）

唐代笔记小说集中的岭南书写					
作者及其经历	篇名	涉及地点	创作时间	主要内容	出处
莫休符，广南封川开建人（今广东春阳人），官居融州刺史、御史大夫等	延龄寺圣像	桂州	晚唐	述延龄寺卢舍一古像奇异之事	《桂林风土记》
	宜州龙开江	宜州		述龙开江异事	
	徐氏还魂	桂州		述阳朔徐氏死后突还家事	
	石氏射樟木灯檠祟	桂州		述桂林禅将石从武除家中樟木灯檠精怪事	
	米兰美绩	桂州		述米兰阻止给事李渤酒醉杀人事	
	李给事长歌	桂州		录李渤所作长歌	
	李光禄	桂州		述李光禄一生事	
	李卫公	桂州		述李靖与桂州事	
	褚中令	桂州		述褚遂良在桂州事	
	张中令	韶州		述张九龄一生事	
	桂州陈都督	桂州		述陈思应因收留一异人而得其帮助后除桂州都督事	
	张鹭	龚州		述张鹭一生事	
单篇传奇中的岭南书写					
作者及其经历	篇名	涉及地点	创作时间	主要内容	出处
阙名	补江总白猿传	岭南	初唐	欧阳纥于岭南失妻，后与白猿大战夺回妻子	《太平广记》卷444
房千里	杨娟传	岭南	中晚唐	述杨娟与岭南帅爱情悲剧	《太平广记》卷491
孟弘微	柳及传（《前定录》末尾云此篇为孟作）	广州	晚唐	述柳及游南海时与妻所生子死后化鬼前来诉说柳及及其妻子后事	《前定录》
共计399篇					

后记

———

　　这本书是在我的硕士论文基础上修改完善而成的，在某种程度上，或标志着我对岭南文学研究的暂时收兵。我本身是土生土长的粤西人，对岭南这片土地充满了爱意和敬意。我犹记得2017年我面临硕士论文选题，同时也想参加当时广西壮族自治区教育厅对研究生开放的"创新项目"的申请，我和我最为尊敬的殷祝胜老师商量后，决定以"唐代小说中的岭南书写研究"这个题目同时作为我的论文选题和"创新项目"的选题。很幸运的是，二者双双通过，我便开始了论文的写作工作。广西师范大学是"桂学"研究中心，广东多地高校又以"岭南学"为研究内容，前辈学者的众多研究为我这个题目后续活动的开展提供了极大的帮助。如果说我的导师殷老师给我的是学习、生活上的关怀及论文写作上的指导，那么两广地区乃至全国各大高校岭南文化、文学研究者的著述则是我这个题目得以完成的重要领航员。

　　为了能较好地完成这个课题，我以《太平广记》为主，广泛涉猎近现代以来各位学者对唐代小说文献的搜集整理著述，参考了《全唐五代笔记》《唐五代笔记小说大观》《全唐五代小说》《唐五代传奇集》等文献资料，尽量能够将研究对象悉数掌握。接着，我开始对这些小说进行研读、分类，搞清楚其中的主要书写内容，并结合《新唐书》《旧唐书》《资治通鉴》《全唐文》《全唐诗》《太平御览》《舆地广记》《广西通志》等史料，参考今人对岭南文学研究做出的各种努力，综合取去，尽力在做到创新的同时能够使此选题更系统化和准确化，通过唐代小说的岭南书写，尽量展现唐代岭南的风情画卷，同时勾勒唐代岭南文学文化的发展进程，为唐代小说研究、岭南文学文化研究添砖加瓦，也尽量弥补现有岭南文学文化研究中多以诗文为主，忽略小说的不足。然而，硕士仅仅是科研入门，学力的有限性使得若干问题难以解决，一些问题在提出后或也没有得到完美的解答，十分期盼师友读者能够发现书中的错误、遗漏和存在的问题，不吝赐教。